CW01666924

ΚΑΙΝΟΥΡΓΙΑ ΠΟΛΗ

ΤΟΥ ΙΔΙΟΥ

1990 *Κρυμμένοι άνθρωποι* (μυθιστόρημα), 1η έκδοση Εκδόσεις Νέα Σύνορα – Α. Α. Λιβάνης, 2η αναθεωρημένη έκδοση Εκδόσεις Πατάκη 2002

1991 *Ο αρχαίος φαλλός* (διηγήματα), Εκδόσεις Νέα Σύνορα – Α. Α. Λιβάνης, 2η αναθεωρημένη έκδοση Εκδόσεις Κέδρος 1995 (υπό έκδοση από τις Εκδόσεις Πατάκη)

1993 *Ο Ναύτης* (μυθιστόρημα), Εκδόσεις Κέδρος 2η αναθεωρημένη έκδοση Εκδόσεις Πατάκη 2013

1996 *Ο χορευτής στον ελαιώνα* (μυθιστόρημα), Εκδόσεις Κέδρος (υπό έκδοση από τις Εκδόσεις Πατάκη)

1998 *Τα νερά της Χερσονήσου* (μυθιστόρημα), Εκδόσεις Κέδρος (υπό έκδοση από τις Εκδόσεις Πατάκη)

2001 *Το Παρτάλι* (μυθιστόρημα), Εκδόσεις Πατάκη

2003 *Έξω απ' το σώμα* (μυθιστόρημα), Εκδόσεις Πατάκη

2005 *Αλούζα, Χίλιοι και ένας εραστές* (μυθιστόρημα), Εκδόσεις Πατάκη

2007 *Χάρτες* (διηγήματα), Εκδόσεις Πατάκη

2009 *Δεύτερη γέννα* (νουβέλα), Εκδόσεις Πατάκη

2010 *Ο παλαιστής και ο δερβίσης* (μυθιστόρημα), Εκδόσεις Πατάκη

2012 *Το μυστικό της Έλλης* (μυθιστόρημα), Εκδόσεις Πατάκη

2015 *Ζωή μεθόρια* (μυθιστόρημα), Εκδόσεις Πατάκη

ΘΕΟΔΩΡΟΣ ΓΡΗΓΟΡΙΑΔΗΣ

Καινούργια πόλη

Μυθιστόρημα

ΕΚΔΟΣΕΙΣ
ΠΑΤΑΚΗ

Θέση υπογραφής δικαιούχου δικαιωμάτων πνευματικής ιδιοκτησίας
εφόσον αυτή προβλέπεται από τη σύμβαση

Το παρόν έργο πνευματικής ιδιοκτησίας προστατεύεται κατά τις διατάξεις της ελληνικής νομοθεσίας (Ν. 2121/1993 όπως έχει τροποποιηθεί και ισχύει σήμερα) και τις διεθνείς συμβάσεις περί πνευματικής ιδιοκτησίας. Απαγορεύεται απολύτως άνευ γραπτής αδείας του εκδότη η κατά οποιονδήποτε τρόπο ή μέσο (ηλεκτρονικό, μηχανικό ή άλλο) αντιγραφή, φωτοανατύπωση και εν γένει αναπαραγωγή, εκμίσθωση ή δανεισμός, μετάφραση, διασκευή, αναμετάδοση στο κοινό σε οποιαδήποτε μορφή και η εν γένει εκμετάλλευση του συνόλου ή μέρους του έργου.

Εκδόσεις Πατάκη – Σύγχρονη ελληνική λογοτεχνία
Πεζογραφία – 411
Θεόδωρος Γρηγοριάδης, *Καινούργια πόλη*
Υπεύθυνος έκδοσης: Κώστας Γιαννόπουλος
Επιμέλεια-Διόρθωση: Ελένη Γεωργοστάθη
Σελιδοποίηση: ΦΑΣΜΑ ΑΦΟΙ Καπένη Ο.Ε.
Φιλμ - Μοντάζ: Μαρία Ποινιού-Ρένεση
Copyright© Σ. Πατάκης ΑΕΕΔΕ (Εκδόσεις Πατάκη)
και Θεόδωρος Γρηγοριάδης, Αθήνα, 2017
Πρώτη έκδοση από τις Εκδόσεις Πατάκη, Αθήνα, Απρίλιος 2017
Κ.Ε.Τ. Α987 Κ.Ε.Π. 209/17
ISBN 978-960-16-7243-4

ΕΚΔΟΣΕΙΣ ΠΑΤΑΚΗ

ΠΑΝΑΓΗ ΤΣΑΛΔΑΡΗ (ΠΡΩΗΝ ΠΕΙΡΑΙΩΣ) 38, 104 37 ΑΘΗΝΑ,
ΤΗΛ.: 210.36.50.000, 801.100.2665, 210.52.05.600, ΦΑΞ: 210.36.50.069
ΚΕΝΤΡΙΚΗ ΔΙΑΘΕΣΗ: ΕΜΜ. ΜΠΕΝΑΚΗ 16, 106 78 ΑΘΗΝΑ, ΤΗΛ.: 210.38.31.078
ΥΠΟΚ/ΜΑ: ΚΟΡΥΤΣΑΣ (ΤΕΡΜΑ ΠΟΝΤΟΥ – ΠΕΡΙΟΧΗ Β΄ ΚΤΕΟ), 57009 ΚΑΛΟΧΩΡΙ ΘΕΣΣΑΛΟΝΙΚΗΣ, Τ.Θ. 1213,
ΤΗΛ.: 2310.70.63.54, 2310.70.67.15, 2310.75.51.75, ΦΑΞ: 2310.70.63.55
Web site: http://www.patakis.gr • e-mail: info@patakis.gr, sales@patakis.gr

Και τώρα έχουμε παντού ήττες και δεν μπορούμε να βρούμε σε τι από όσα υπάρχουν έδωσε αυτός που ορίζει τα ονόματα τούτο το όνομα: σωφροσύνη.

Πλάτων, *Χαρμίδης**

---

* Πλάτωνος, *Χαρμίδης*, Εισαγωγή, Μετάφραση, Σημειώσεις Ν. Μ. Σκουτερόπουλος, Εκδόσεις Εκκρεμές, Αθήνα 2014, σελ. 101.

ΠΡΩΤΟ ΜΕΡΟΣ

Οδός Θαλού

1

ΤΟ ΟΝΕΙΡΟ με τον πνιγμένο, που έβλεπε μέρες τώρα, τον ανάγκασε να πεταχτεί απ' το κρεβάτι. Αναζήτησε διέξοδο σπρώχνοντας το μοναδικό παράθυρο της κρεβατοκάμαρας, ένα βιδωμένο σφιχτά παντζούρι, που άνοιξε με πάταγο, λες και περίμενε καιρό κάποιο δυνατό χέρι να το απεγκλωβίσει. Παραμέρισε την ξεχασμένη άπλυτη κουρτίνα. Το φως που διαχύθηκε στο δωμάτιο του θάμπωσε τα μάτια, όμως, καθώς διαλυόταν μέσα στο χορευτικό της σκόνης, αντίκρισε τον λόφο της Ακρόπολης, ένα κομμάτι του τείχους πάνω στο οποίο είχε στηθεί και κυμάτιζε μια τεράστια ελληνική σημαία.

Επέστρεψε να δει τη θέα με καθαρότερο μάτι και ένα ποτήρι νερό στο χέρι. Τις πρώτες μέρες πίστευε ότι το παράθυρο κοιτούσε σε κάποιον τυφλό ακάλυπτο, δεν είχε ακόμη τη διάθεση να εξερευνήσει το σπίτι και την περιοχή. Και όταν προσπάθησε να το ανοίξει με μια απλή κίνηση, δεν τα κατάφερε, το ανέβαλε.

Στο μεταξύ η Ερινύα δραπέτευσε στα λημέρια της, μπορεί κι απ' τη μεριά του θεάτρου του Διονύσου, της ταίριαζε ν' αράζει κατά κει. Άραγε ποια από τις τρεις Ερινύες ήταν η δικιά του που τον κατέτρεχε;

Πράγματι, πίσω από το παράθυρο βρισκόταν ο ακάλυπτος, ωστόσο, πάνω από τα σπίτια και τις ταράτσες, υψωνόταν ο ατάραχος βράχος – κλέβοντας μισό ουρανό θέα. Κι αυτός συνερχόταν, έπαιρνε τις παλιές του διαστάσεις, σώμα και ψυχή ξανασχημάτιζαν ό,τι η τυραννία της νύχτας είχε αποδιοργανώσει.

Αναγνώριζε τον εαυτό του. Ξυπνούσε στην πρωτεύουσα ένα ακόμη πρωινό αφότου έφτασαν με τη Μαργαρίτα.

Το διαμέρισμα ήταν στην Πλάκα, σε ένα δρομάκι, την οδό Θαλού. Εκεί θα ζούσε, κι αυτό το «ζούσε» ήταν σχετικό γιατί το σπίτι τού είχε παραχωρηθεί για ένα μικρό διάστημα.

Επέστρεψε στην κουζίνα, άφησε το ποτήρι σε έναν παμπάλαιο τσιμεντένιο νεροχύτη, στιγματισμένο από ξεχασμένους λεκέδες.

Κατέφτασαν σαν κυνηγημένοι... Εκείνη στο σπίτι της θείας κι αυτός στην τετραώροφη πολυκατοικία χωρίς ασανσέρ, χτισμένη τη δεκαετία του '40. Στον δεύτερο όροφο αναζήτησε το αφημένο κλειδί, όπως ακριβώς του είχε πει ο Γιώργος στο τηλέφωνο: να το ζητήσει από την Κρίστη, στον πρώτο όροφο, γιατί εκείνος, Ιούλιο μήνα, έφευγε από την Αθήνα, ήταν ο μήνας των διακοπών του και δε θα 'χανε ποτέ τις «Κυκλάδες του», τόνισε επιδεικτικά με μια παραξενιά στη φωνή του, ένα ανησυχητικό δείγμα ότι δε γνωριζόντουσαν και τόσο καλά.

Ναι, κατέφτασαν καλοκαιριάτικα στην Αθήνα, μάνα και γιος, έχοντας αφήσει πίσω τους ένα δροσερό νησί.

Ώρα για καφέ, θα συμβιβαστεί με έναν ζεστό Nescafé. Να τος, καθισμένος ανάμεσα στα κουρασμένα έπιπλα, στη σκόνη που είχε κατακαθίσει παντού στο ακατοίκητο διαμέρισμα, αφού ο Γιώργος δεν κοιμόταν από καιρό εδώ. Ακόμη και οι μισοάδειες ντουλάπες του πρόδιδαν ότι ο ιδιοκτήτης τους τις χρησιμοποιούσε περιστασιακά.

Έβαλε λίγη μουσική να ανταγωνιστεί τον ήχο της πόλης που ερχόταν κυματιστά απ' έξω: φουρνιές τα αυτοκίνητα αμολιούνταν στην αρχή της Συγγρού με κατεύθυνση τον Πειραιά. Ταυτόχρονα, απ' το διαμέρισμα της Κρίστης, ερχόταν μια μουσική new age –αναγνώρισε τους Dead Can Dance–, λες και είχε βάλει ηχείο στον φωταγωγό και στον διάδρομο.

Μισόκλεισε τα μάτια, μία ώρα ύπνο θα μπορούσε να τον κερδίσει. Λίγους μήνες πριν, θα έβγαινε από μια άλλη κουζίνα ο Σβεν, με μια κούπα τσάι στο χέρι, ρωτώντας τον τι ώρα ήταν. Έτσι ήταν ο Σουηδός: δεν κοίταζε ποτέ την ώρα για να μην τον ελέγχει εκείνη. Όμως η φιγούρα του Σβεν έφευγε μαζί με το απορημένο του βλέμμα. «Πότε θα μεγαλώσεις;» τον είχε ρωτήσει μια φορά κι ο Μανόλης χαμογελούσε.

Μισούσε τις ηλικίες και τα χρόνια, δε γιόρταζε ποτέ γενέθλια αλλά μετά τα τριάντα έβλεπε να σβήνουν μόνα τους τα κεριά και θύμωνε με την τούρτα που του έφερνε ο Σβεν, αφού ο Σουηδός είχε μάθει από το διαβατήριό του πότε να τα γιορτάζουν, έστω και με τα μούτρα του Έλληνα κατεβασμένα.

Όχι, τα γενέθλια, όπως και οι γιορτές, είναι μια υποχώρηση στον χρόνο που δεν πρέπει να μας αγγίζει, κάτι τέτοιο του έλεγε επιχειρηματολογώντας. Σε τούτο έμοιαζε με τη Μαργαρίτα, που επίσης μισούσε τα γενέθλια και αφαιρούσε τα κεράκια για διαφορετικούς λόγους.

Για εκείνη ο χρόνος ήταν απαγορευμένος και είχε σταματήσει κάπου στην ηλικία που βρισκόταν τώρα ο γιος της, δηλαδή στα τριάντα επτά: μάνα και γιος υπερνικούσαν κάθε έννοια του χρόνου και της ενηλικίωσης... Αλίμονο αν κάποιος αμφισβητούσε την ηλικία της Μαργαρίτας, κινδύνευε να ακούσει έναν οχετό από ασυναρτησίες και αυτοπαινέματα. Έφηβη –το είχε πει η αδελφή της–, βγάζοντας την αστυνομική της ταυτότητα, δήλωσε τρία χρόνια νεότερη, γιατί τα αρχεία της πόλης είχαν καεί σε μια πυρκαγιά. Πάντως καλύτερα να της λέγανε πόσο δεν άλλαξε από κορίτσι, που ήταν και παρέμενε κατά βάθος στην ψυχή.

Η μουσική σταμάτησε στο διαμέρισμα της Κρίστης. Ακούστηκε η πόρτα της να κλείνει δυνατά. *Άραγε χορεύουν οι νεκροί;*

Από δω και πέρα θα έπρεπε να σκέφτεται τη μάνα του και να τη νοιάζεται. Κι εκείνη χρειαζόταν λίγο χρόνο για να προσαρμοστεί, μετά μπορεί να μην τον ήθελε στα πόδια της – μια συνηθισμένη διαλυμένη οικογένεια. Αρκεί να μην ξανάμπλεκε με κανέναν σαν τον άλλον που κατέληξε στα κύματα. Η σκέψη αυτή του προκάλεσε δυσφορία, περισσότερο κι απ' την εικόνα του πτώματος, που θα μπορούσε να την εκτοπίσει κάπου βαθιά στο μυαλό του, αλλά οι σκέψεις, σαν τους πνιγμένους, βρίσκουν ευκαιρία να αναδυθούν εκεί που δεν το περιμένεις.

2

Η ΚΡΙΣΤΗ, στον πρώτο, που του είχε δώσει το κλειδί, ήταν λίγο μεγαλύτερή του. Μελαχρινή, τεράστια μάτια, επιτηδευμένη γλύκα. Τον είχε μπάσει μέσα, του είχε προσφέρει ένα γλυκό του κουταλιού περγαμόντο, «Είμαι κι εγώ Βόρεια» του είχε πει «από τη Θεσσαλονίκη, ένα χωριό κοντινό, το Νικομηδινό, το έχεις ακουστά;».

Είχε έρθει στην Αθήνα για να κάνει καριέρα ηθοποιού, «Έχω παίξει ήδη σε ένα σίριαλ στην ΕΡΤ, είδες καθόλου το *Έρωτας στο κύμα*;».

Δεν έβλεπε τηλεόραση, της το είπε διστακτικά, τα τελευταία χρόνια δε ζούσε καν στην Ελλάδα, ταξίδευε, άλλαζε τόπους – τέτοιες αβεβαιότητες. Πέρασε μία ώρα μέχρι να της πει ότι τον λένε Μανόλη, ότι γεννήθηκε στο τελευταίο χωριό του Έβρου και ότι σπούδασε ελληνική φιλολογία στο πανεπιστήμιο στη Θεσσαλονίκη! Να λοιπόν που είχαν αρκετά κοινά στοιχεία, εκείνη είχε τελειώσει τη σχολή του Κρατικού Θεάτρου Βορείου Ελλάδος, είχε δώσει εξετάσεις μετά το λύκειο.

«Ωραίο το γλυκό σου» την παίνεψε και κάθισε πάνω σε έναν φθαρμένο καναπέ, έπιπλο από δεύτερο χέρι.

«Μόνη μου το φτιάχνω» χάρηκε αυτή σαν να μπήκε ξαφνικά σε έναν άπαιχτο ρόλο.

Παρότι τον εξερευνούσε, ο Μανόλης αισθανόταν ότι ήθελε να τον ξεφορτωθεί, ίσως είχε κάτι στο μυαλό της, μια πρόβα, μια συνάντηση· καμιά φορά δεν είμαστε έτοιμοι να υποδεχτούμε τον άλλον, τον καινούργιο, απρόσκλητο και αναπάντεχο. Παραμέρισε τα μαξιλαράκια και σηκώθηκε να φύγει.

Εκείνη του είπε να της χτυπάει το κουδούνι όποτε ήθελε και καμιά φορά να τρώνε μαζί, «Μαγειρεύω καλά» πρόσθεσε και τότε αυτός θυμήθηκε τη μάνα του, κι εκείνη παινευόταν για τη μαγειρική της, διοργανώνοντας διαγωνισμούς με μοναδική υποψήφια τον εαυτό της. Μετά τα τακούνια, η επόμενη εμμονή της Μαργαρίτας ήταν το μαγείρεμα με σπεσιαλιτέ τη θρακιώτικη λαχανιά, με μπόλικο γλυκό κόκκινο πιπέρι.

Η Κρίστη τον αποχαιρέτησε με ένα πεταχτό φιλί στην πόρτα και αμέσως ανέβασε την ένταση της μουσικής πίσω του. Αυτή τη φορά έπαιζε ένα παλιό τραγούδι των Cocteau Twins – θα τη λάτρευε ο Σβεν αν ήταν εδώ μαζί τους, έλιωνε με τις μπίρες στο χέρι ακούγοντάς τους· ο Μανόλης έβρισκε λίγο παραπάνω 80s τον ήχο τους, τότε όμως του άρεσε γιατί ίσως άρεσε και στον Σουηδό.

Βγήκε στο μπαλκόνι, έβαζε ένα ξύλινο σκαμπό, μόλις που χωρούσε καθιστός για να κάνει ένα τσιγάρο χαζεύοντας τους τουρίστες που πηγαινοέρχονταν στην Πλάκα. Ξανάρχισε το τσιγάρο με το που γύρισε στην Ελλάδα, κατευθείαν έπεσε στα Καρέλια, λες και δεν είχε περάσει μία δεκαετία χωρίς καπνό – άντε κανένα πού και πού, στους διαλογισμούς του κρύου Βορρά κι αυτό.

Η Θαλού έμπαινε από τη λεωφόρο Αμαλίας, στο ύψος

της Πύλης του Αδριανού, και έβγαινε στην εκκλησία της Αγίας Αικατερίνης – τριάντα μέτρα δρομάκι. Στην αρχή της Θαλού, γωνία με Πιττακού, δέσποζε το επιβλητικό κτίριο της ΑΣΔΕΝ, που το φρουρούσαν μόνιμα στρατιώτες σε ένα ορθογώνιο κουβούκλιο σαν άδειο τηλεφωνικό θάλαμο. Οποιαδήποτε στιγμή έστριβες από την Αμαλίας για την Πλάκα, σίγουρα θα έβλεπες έναν φαντάρο όρθιο ή λυγισμένο πάνω στο ένα πόδι να μισοκοιμάται και να ονειρεύεται το απολυτήριό του ή μια βόλτα στα καφέ της γειτονιάς, λίγο παραμέσα.

Το είχε η μοίρα μου, χαμογέλασε. Θυμήθηκε τον Έβρο, το χωριό του, κι εκεί τους φύλαγαν στρατιώτες, εδώ όμως; Μέσα στην καρδιά της πόλης φυλάγανε τα μισοάδεια κτίρια; Έπειτα, όταν τη δεύτερη μέρα πήγε να πει μια καλημέρα στον στρατιώτη, εκείνος λίγο ενοχλήθηκε, μάλλον τα καλημερίσματα των περαστικών –ειδικά στην περιοχή αυτή– ήταν συνηθισμένες και ιδιοτελείς προσφωνήσεις, οπότε τους τις έκοψε κι αυτές στο εξής. Μακριά από τον στρατό. Αρκετούς μήνες πρόσφερε στην πατρίδα του χωρίς αντίκρισμα για να την εγκαταλείψει αμέσως μετά.

3

ΣΤΟ ΠΑΓΚΡΑΤΙ πήγαινε με τα πόδια, ούτε μισή ωρίτσα, κόβοντας μέσα από το Ζάππειο, περνούσε απέναντι, στο Καλλιμάρμαρο, και ανέβαινε ίσα πάνω τη Βασιλέως Κωνσταντίνου, έστριβε στη Βασιλέως Γεωργίου – δρόμοι με ονόματα παλιών βασιλιάδων... Εκεί, στο νούμερο 62, στην αρχή της Σπύρου Μερκούρη, στον δεύτερο όροφο, απέναντι από το στενό ασανσέρ. Εκεί έμενε η θεία Πηνελόπη. Εκεί θα τις έβρισκε θεία και ανιψιά.

Όταν πρωτοχτύπησαν το κουδούνι της θείας και τους άνοιξε η ογδοντάχρονη, αντίκρισαν μια ξένη, μιαν άγνωστη ηλικιωμένη που τους κοίταζε διερευνητικά, έτοιμη να τους απορρίψει στο κατώφλι.

«Μα είναι αυτή σόι μας;» πήγε να πει ο Μανόλης. Ύστερα είδε τη μάνα του και την άλλη να αναγνωρίζονται, κι ας μην είχαν βρεθεί ποτέ. Ναι, δεν είχαν ξαναδεί ποτέ η μία την άλλη. Όμως κάτι στο αίμα και στα μάτια, κάτι στο γονίδιο και στην κληρονομημένη μνήμη, αγκαλιάστηκαν και άρχισαν να κλαίνε με λυγμούς, η καθεμιά για διαφορετικούς λόγους. Αφού ρούφηξαν τις μύξες και τα δάκρυα, άρχισαν να κοιτάζονται σαν γυναίκες, σαν κοκέτες που έπρεπε πια να αρέσει η μία στην άλλη πριν αρχίσουν τις κουβέντες. Να αναμετρηθούν για όσα είχαν να μοιραστούν και να χωρίσουν.

Ο Μανόλης ηρέμησε. Κατάλαβε ότι η μάνα του βρήκε αυτή που της ταίριαζε: τη μοναδική συγγενή από την άλλη πλευρά της καταγωγής της, τη νότια, την κρητική, κι ας ζήσανε και οι δύο μακριά από τον τόπο τους.

Η Πηνελόπη αγκάλιασε πιο αμήχανα τον Μανόλη, ο γιος της ανιψιάς πάντα παραμένει ένα μακρινό ανίψι, όμως μπορεί και από ένστικτο να μην της γέμιζε το μάτι, κάτι δεν την έπειθε με αυτόν τον άντρα από τα λίγα που είχε ακούσει να της λέει στο τηλέφωνο ένα μήνα νωρίτερα. Μιλούσε διαφορετικά, κι ας έλεγε τις ίδιες λέξεις περίπου. Και τότε στο τηλέφωνο, της είχε φανεί επίμονος όταν της έλεγε, πρέπει να μείνει η Μαργαρίτα με έναν δικό της, να ξεκολλήσει από τα βόρεια και απ' όσα έγιναν, τόσο δραματικά. Εδώ είχε ανεβάσει λίγο τον τόνο και εκείνη λύγισε.

Κατά βάθος η Πηνελόπη θα ήθελε να μην είχαν συμβεί τόσο σοβαρά πράγματα, ίσως για να μη βαραίνει στη σχέση τους κάτι θλιβερό και γρουσούζικο, όμως σύντομα κατάλαβε ότι η Μαργαρίτα ήταν μια γλεντζού, μια γυναίκα που δε θα δενόταν με το παρελθόν της – άρα θα την είχε πια δική της, μόνη κι αυτή, χήρα χρόνια τώρα, όπως θα τους εξηγούσε φλυαρώντας ασταμάτητα. Μόνο μια Πολωνή ερχόταν καθημερινά για μία ώρα για τα πιο απαραίτητα.

Κι έτσι, η Μαργαρίτα, η μάνα του, άραξε στο μεγάλο διαμέρισμα της θείας της κι ας μην την είχε ξαναδεί, κοιμόταν στο πίσω δωμάτιο, που έβλεπε σε έναν ακάλυπτο μέσα από τον οποίο υψωνόταν ένα πανύψηλο δέντρο που τα φυλλώματά του έγλειφαν σχεδόν την τζαμαρία της μπαλκονόπορτας, δημιουργώντας από το πρώτο κιόλας βράδυ απειλητικές σκιές.

Εκεί μέσα η μάνα του άπλωσε τα ρούχα της, δυο βαλίτσες νοικοκυριό, αφού είχαν συμφωνήσει με τη θεία να μην πάρει τίποτε περιττό μαζί της. Ρούχα και κοσμήματα και τα τακούνια της, πέντε ζευγάρια κόκκινα τακούνια που έμοιαζαν μεταξύ τους ώστε ποτέ κανείς να μην αντιλαμβάνεται ότι τα άλλαζε κάθε φορά· εκείνη όμως γνώριζε τις διαφορές τους, τον τρόπο που την πήγαιναν και τα πήγαινε κι εκείνη.

4

ΕΙΧΕ ΓΙΑ ΝΑ ΖΗΣΕΙ λίγους μήνες, συνειδητοποίησε φυλλομετρώντας το βιβλιάριο, φυλαγμένο για έκτακτες ανάγκες. Εκεί μέσα κρατούσε λίγα λεφτά σε συνάλλαγμα φερμένα από τη Σουηδία. Ωστόσο έπρεπε να αρχίσει από κάπου, και αυτό το κάπου το είχε χαμένο. Αλήθεια, τι θα μπορούσε να κάνει; Ο Γιώργος ισχυριζόταν ότι θα τον βοηθούσε μόλις κατέβαινε στην Αθήνα, το εννοούσε, ας έκανε υπομονή μέχρι να γυρίσει από το νησί εκείνος και μέχρι να βολευτεί κάπως κι αυτός.

Στριφογύριζε στο κρεβάτι. Τα καθαρά σεντόνια που μόλις είχε απλώσει και στέγνωσαν σε μισή ώρα μύριζαν κάτι ενοχλητικό, ίδρωνε και τον καταπλάκωνε μια αφύσικη υγρασία και μυρωδιά. Αυτό το δωμάτιο λες και ήταν κλειστό από χρόνια. Έριξε μια ματιά κάτω από το κρεβάτι, από μικρός την είχε αυτή τη συνήθεια. Κενό και σκοροφαγωμένο ξύλινο δάπεδο. Το πάτωμα είχε κλείσει μισό αιώνα βάρη. Λίγη αϋπνία νικιέται με αόριστες κινήσεις.

Κάτι σημείωσε σε ένα τετραδιάκι, μια σκέψη βγαλμένη από υπογραμμισμένες σελίδες βιβλίων. Ύστερα στάθηκε μπροστά στη μεταλλική βιβλιοθήκη, μια σειρά βιβλία σε κάθε ράφι και μπροστά τους σταθμευμένες δεκάδες μινιατούρες αυτοκινήτων. Τράβηξε ένα βιβλίο του Γιώργου από το ράφι και γέμισε σκόνη το χέρι του: Τζακ Κέρουακ – η πρώτη και τελευταία απόπειρα των νεαρών να βγούνε στον δρόμο πριν κατακαθίσουν στη ζωή. Και λίγος Σάλιντζερ στη σίκαλη, μαζί με τον απαραίτητο της εφηβείας Λουντέμη.

Η μικρή βιβλιοθήκη –με ράφια ντέξιον που ήδη σκούριαζαν– είχε σταματήσει να ενημερώνεται μία δεκαετία πριν, αναγνώριζε καλά τα βιβλία, γιατί και αγόραζε και δανειζόταν τόσα χρόνια. Ο Μανόλης είχε φέρει μαζί του μερικά βιβλία, όμως δεν μπορούσε να τα βρει ακόμη, ίσως να ξέπεσαν με τα πράγματα της μάνας του, έπρεπε να τη ρωτήσει. Ένα δύο πακέτα δεν είχαν ανοιχτεί ακόμη στο διαμέρισμα της θείας.

Ύπνος δεν του ερχόταν, παρά μόνο το αλλεργικό φτέρνισμα από την κατακαθισμένη σκόνη που της χαλούσε την ησυχία. Σηκώθηκε, βγήκε στο μπροστινό μπαλκόνι –άλλωστε δεν υπήρχε άλλο– και κοίταζε τη λεωφόρο Αμαλίας, απ' όπου περνούσαν με ταχύτητα τα αυτοκίνητα, οι ξενύχτηδες. Η Κρίστη δεν ακουγόταν, μπορεί να έφυγε κι αυτή σε κάποιο σπίτι δροσερότερο – στο ραδιόφωνο μιλούσαν για επερχόμενο καύσωνα ενώ δίνονταν οδηγίες προστασίας του ανήμπορου πληθυσμού.

Ξανάπεσε να κοιμηθεί και πετάχτηκε όρθιος κι αυτή τη φορά. Ούτε όνειρο ούτε εφιάλτης: αισθάνθηκε ότι έβλεπε παραδίπλα του να κοιμάται του καλού καιρού ο Στραβοπόδης ροχαλίζοντας. Το ροχάλισμα ήταν τόσο έντονο που του διέλυσε τα αυτιά καθώς έφτασε σε ένα εφιαλτικό κρεσέντο. Λουσμένος στον ιδρώτα, σκουπίστηκε σε μια πετσέτα, ντύθηκε βιαστικά και κατέβηκε στον δρόμο. Έστριψε μέσα στα στενά της Πλάκας. Ανακάλυψε ότι δε φορούσε εσώρουχο και αυτό του έφερνε μια περίεργη ανασφάλεια αλλά και ερεθισμό πρωινιάτικο. Μη χειρότερα...

Ξημέρωνε. Κάποιοι μεθυσμένοι τριγυρνούσαν με μπίρες, ένας γλίστρησε πάνω σε κάτι –σαπισμένα φρούτα– και σωριάστηκε στον δρόμο χωρίς να βγάλει κιχ. Οι άλλοι της παρέας συνέχισαν, αδιαφορώντας για τον πεσμένο.

Ένα καφενεδάκι στην πλατεία Λυσικράτους ήταν ήδη ανοιχτό· ζήτησε έναν μέτριο, μπορεί και να 'ταν ο πρώτος πελάτης. Απέναντί του το κυλινδρικό μνημείο, θαύμα πώς σώθηκε, πάνω του η Ακρόπολη και τριγύρω τα διατηρητέα σπίτια – όμορφη γειτονιά. Σταδιακά η πόλη ξυπνούσε. Βιαστικοί διέσχιζαν τους δρόμους οι πιο πρωινοί εργαζόμενοι. Ήπιε άλλον έναν καφέ και προσπάθησε να βρει τον βηματισμό της μέρας.

Ο Μανόλης χάζεψε τα μπακάλικα, τις καφετέριες, τα ομοιόμορφα μαγαζάκια με τα σουβενίρ που είχανε στριμώξει την πραμάτεια τους –τόσο μπλε και λευκό πώς χωρούσε εκεί μέσα;–, έκανε μερικά τετράγωνα, αλλά κι εδώ, μέσα στα γραφικά στενά, ασφυκτιούσε, οπότε ξαναβγήκε στη Φρυνίχου κι από εκεί στην Αμαλίας, στην ανοιχτωσιά, με τους Στύλους του Ολυμπίου Διός, περήφανους και μόνους. Παντού ερείπια, μνήμες παλιές και νεότερες, θαμμένες στο χώμα και στο μυαλό. Πώς να 'ταν εκείνοι οι Αθηναίοι που ζούσανε στους ίδιους δρόμους γύρω από την Ακρόπολη;

Απολάμβανε ένα ενδιάμεσο κενό στη ζωή της πόλης,

γιατί τώρα ξεκινούσε, αλλά ταυτόχρονα αυτό ήταν ένα μεταβατικό στάδιο που έπρεπε να πάρει νόημα και να ενσωματωθεί σε όσα ετερόκλητα είχαν προστεθεί στη ζωή του.

Η Μαργαρίτα.

Η μάνα του. Χαρά στο κουράγιο της, ύστερα από τόσα που πέρασε και άκουσε. Μόνο τις κατακραυγές και κατηγόριες της αδελφής της να θυμόταν στο νοσοκομείο και δε θα ξανακοιμόταν στη ζωή της. Όμως η Μαργαρίτα έτσι ήταν: διέγραφε όσα της χαλούσαν την ησυχία. Άραγε το εννοούσε όμως βαθιά στην καρδούλα της;

5

Ο ΓΙΩΡΓΟΣ εμφανίστηκε δύο βδομάδες μετά, για μια στιγμή τον είχε ξεχάσει, τόσο ξαφνιάστηκε μάλιστα που παρά λίγο να απαντήσει στο τηλεφώνημα «Ποιος Γιώργος;».

Ήταν τελείως διαφορετικός από εκείνον που είχε γνωρίσει στον στρατό όταν του είχε τάξει να απευθυνθεί σε αυτόν όποτε ήθελε, οποιαδήποτε βοήθεια κι αν χρειαζόταν. Είχαν πάρει και οι δύο αναβολή για καιρό και γι' αυτό έδεσαν, έχοντας κοινές εμπειρίες τα φορτωμένα τους χρόνια. Ύστερα χάθηκαν και να τοι πάλι, πολίτες από καιρό.

Ο Γιώργος τού έφερνε καλά μαντάτα: θα μετακόμιζε άμεσα στο Μετς, στο διαμέρισμα μιας φίλης του. Είχαν αποφασίσει να συζήσουν δοκιμαστικά και όπου έβγαινε. Θα του άφηνε το σπίτι όπως το είχε, σκονισμένο πρωτίστως, και με ένα φιλικό ενοίκιο.

«Θα είμαστε και σχετικά κοντά» τόνισε ικανοποιημένος.

Μαζί με την κοπέλα του δούλευαν γραφίστες σε ένα μεγάλο διαφημιστικό γραφείο, καινούργιοι ήταν, αλλά έλπιζαν ότι θα τα πήγαιναν καλά, διακατέχονταν κι οι δυο από μια αφύσικη αισιοδοξία, όπως θα διαπίστωνε αργότερα ο Μανόλης.

Οι δύο φίλοι απ' τον στρατό καθόντουσαν σε ένα μικρό καφέ στην ανηφόρα του Μετς που οδηγούσε στο Α' Νεκροταφείο, «μια ακριβή και ανερχόμενη περιοχή» του εξηγούσε ο Γιώργος και ο Μανόλης το είχε κρατημένο κάτω από τη γλώσσα να του πει: «Δε θα μπορούσα να ζήσω με θέα τους τάφους».

Κι εκείνος, σαν να διάβασε τη σκέψη του, διαπίστωσε ότι «κατά βάθος όλοι μαζί είμαστε νεκροί και ζωντανοί».

Ευτυχώς ο Γιώργος δεν του ζητούσε να μιλήσει για το παρελθόν του, έβλεπε μόνον μπροστά. Είχε σπουδάσει μηχανικός αλλά μετά στράφηκε στο αρχιτεκτονικό σχέδιο με μεταπτυχιακό στο Μιλάνο. Από εκεί άλλωστε έμαθε να ντύνεται καλά και ακριβά – πέρα απ' όσο άντεχε το πορτοφόλι του.

Μια χαρά να ξεκινάς την καριέρα σου, αλλά με τον Μανόλη διέφεραν: αυτός, ο Μανόλης, ξεκίναγε βεβιασμένα, λες και ήθελε να ξεφορτωθεί τα προηγούμενα, όσο πρόσφατα κι αν ήταν. Επίσης, ο Γιώργος τον ρώτησε τι πίστευε ότι θα μπορούσε να προσφέρει στην αγορά που ανοιγόταν ελπιδοφόρα. Δε μιλούσε για δημιουργικότητα –αν και έκανε δημιουργικό επάγγελμα– αλλά για «αγορά», κάτι εντελώς ανήκουστο για τον Μανόλη, που η «αγορά» των δικών του σπουδών, με πτυχίο φιλολογίας και διδακτορικό στη φιλοσοφία, παρέπεμπε σε άλλες εποχές και συνδηλώσεις.

Ο Γιώργος επέμενε –τι φίλοι ήταν!– ότι στην Αθήνα έπρεπε να βρεις το στίγμα σου ή τουλάχιστον να πλασάρεις τον εαυτό σου σωστά και την κατάλληλη στιγμή.

«Είναι μεγάλος ο ανταγωνισμός, μεγάλη η πιάτσα» τόνισε τώρα, εκλαϊκεύοντας την πρότερη «αγορά».

«Η λέξη "ανταγωνισμός" με κουράζει ακόμη και που την ακούω πάντως».

Και ο Μανόλης θύμιζε αλλοφερμένο που σερνόταν περαστικός σε μια πόλη γιατί αυτός κι η μάνα του γύρευαν καταφύγιο. Πίστευε ακόμη ότι το σπουδαγμένο αρχαίο παρελθόν της Αθήνας θα μπορούσε να είναι στήριγμα και οδηγός επιβίωσης. Άραγε εκείνη ένιωθε το ίδιο κάνοντας σ' αυτή την ηλικία μια νέα αρχή;

Την είχε κατεβάσει, μια μέρα μετά, για καφέ στο κέντρο, στην πλατεία Κοτζιά και, μια και ήθελαν να ψάξουν ορισμένα είδη νοικοκυριού, άραξαν ψηλά στην καφετέρια του Κλαουδάτου πίνοντας φραπέδες. Η Μαργαρίτα τα έβαλε με τον Παρθενώνα που κυριαρχούσε απέναντι.

«Μόνο γι' αυτόν μιλάνε οι Έλληνες, μήπως έχουν κάτι καινούργιο να δείξουν; Ακόμη και τα εστιατόρια στη Γερμανία Παρθενώνες τα έβγαζαν».

Αυτό μάλιστα, είναι ανταγωνισμός, σκέφτηκε ο γιος.

Ο Μανόλης φοβήθηκε ότι, μαζί με το πλέγμα υπερπροστασίας που ύφαιναν ο ένας για την άλλη, ξεχνούσε –ειδικά αυτός– πως η μητέρα του, λόγος και συμπεριφορά μαζί, θα μπορούσε να φαίνεται πιο γραφική και αδέξια στην καινούργια πόλη όπου καταστάλαξαν. Δεν τους έφτανε το πρόβλημα που κουβαλούσαν ερχόμενοι, τώρα θα αντιμετώπιζαν κι αυτά που θα τους επέφεραν οι νέες αστικές συνθήκες μιας πόλης που πάσχιζε να βρει ένα καινούργιο ή πιο εναλλακτικό πρόσωπο και που ο Μανόλης το είχε θεωρήσει τόσο αυτονόητα βιωμένο στη σουηδική του παραμονή.

Ευτυχώς εκείνη νοιαζόταν τη θεία της, ανακάλυπτε

τις χαμένες της ρίζες και στο εξής θα ασχολιόταν με την καθημερινότητα και τις πρακτικές δουλειές. Ήδη είχε αρχίσει να αλλάζει τις κουρτίνες στο σπίτι, «να τις αλαφραίνει», όπως είπε. Επέμενε να αλλάξουν τους καναπέδες, αλλιώς να τους ξανάντυνε. Πενήντα χρόνια κώλοι τρίβονταν εκεί πάνω. Χώρια τα μικροσκοπικά ζωύφια, τα κακάρια, «μα πώς τα λένε, γιε μου;» που ζούσαν ευτυχισμένα και ανενόχλητα.

Η θεία πάντως είχε άποψη για όλα αλλά χαιρόταν που στα ογδόντα της τα μουντά χρώματα που είχε συνηθίσει να βλέπει ξαναζωντάνευαν. Σαν δώρο τής είχαν πέσει τα ξεχασμένα σόγια αλλά και κείνη ήταν σαν δωρεά γι' αυτούς – με το αζημίωτο.

6

Το ΠΤΩΜΑ του Στραβοπόδη, Παντελή Καβαρίτη, όπως αναγράφεται στην ταυτότητα, βρέθηκε τουμπανιασμένο δύο μέρες μετά την εξαφάνισή του στα παράλια του Θρακικού Πελάγους, της νήσου Σαμοθράκης. Η τοξικολογική έρευνα έδειξε μπόλικο αλκοόλ στα σπλάχνα του, ενώ οι άνθρωποι που τον γνώριζαν κουνούσαν συγκαταβατικά τα κεφάλια τους λες και περίμεναν να συμβεί κάτι τέτοιο από καιρό. Μέσα στις ταρακουνημένες σκέψεις τους συμπεριλάμβαναν και την άλλη πέτρα του σκανδάλου, τη γυναίκα με την οποία ο Στραβοπόδης συζούσε κοντά δεκαπέντε χρόνια.

Λες και ήταν κανένα μηδαμινό διάστημα, κανείς δεν έβλεπε ότι το ζευγάρι –παρά τις μεταξύ τους αντιπαραθέσεις– είχαν συζήσει και *πρόκοψαν*, για να πούμε και τη λέξη στην οποία όλοι απέδιδαν μεγάλη σημασία. Αυτό όμως που κανείς δεν τους συγχωρούσε ήταν πως παράτησαν και οι δυο τους ανθρώπους που είχαν παντρευτεί. Και, παρά το γεγονός ότι η Μαργαρίτα θα μπορούσε να έχει περισσότερες δικαιολογίες από τον Παντελή, τελικά ήταν εκείνη που πλήρωνε το τίμημα αυτής της συμβίωσης. Λες κι ο Παντελής απλώς μετακόμισε από τη ζωή της μίας αδελφής σε εκείνη της άλλης.

Το τελευταίο τους διάστημα ακούγονταν δυνατοί καβγάδες ανάμεσα στον πνιγμένο και στη συμβία του. Τη ζήλευε, ήταν τοις πάσι γνωστόν, ενώ εκείνη δεν έκανε καμία προσπάθεια να τον κατευνάσει· ζούσε και τρεφόταν από την υποτιθέμενη γοητεία της, αν και, όσο μεγάλωνε, εκείνη δε θύμιζε τόσο τη ζουμερή γυναίκα στα είκοσι, έστω και στα σαράντα, αλλά μια επίμονη μεσήλικη που δε συμβιβαζόταν με τον χρόνο και τις υποχρεώσεις της.

Κάποιοι άλλοι σχολίαζαν ότι ο ερχομός του γιου της, του Μανόλη, στο νησί έκανε τον Παντελή ακόμη πιο επιθετικό και αλκοολικό – πόσο παραπάνω δηλαδή; Ο γιος της επέστρεψε δέκα χρόνια μετά για να τους βρει όπως τους είχε αφήσει. Όπως τους είχε εγκαταλείψει για να βρει την ησυχία του και τον εαυτό του, έτσι δεν είναι, Μανόλη;

Το άψυχο κορμί του Παντελή λοιπόν έγινε για λίγο θέμα στην τοπική κοινωνία. Η Ρούλα, που δεν του είχε δώσει ποτέ διαζύγιο, άρχισε να διεκδικεί την περιουσία του άντρα της και η Μαργαρίτα ερχόταν αντιμέτωπη με την κάποτε αγαπημένη αδελφή της. Τίποτε δεν την κρατούσε πια στο νησί που την είχε κουβαλήσει ο Παντελής για απομόνωση, κανέναν δεν είχε να την υποστηρίξει. Να πήγαινε στη Θεσσαλονίκη, σε μια παλιά της φίλη τουλάχιστον, αλλά εκείνη είχε εμπλακεί με θρησκευτικές οργανώσεις και κατηχητικά και την κρατούσε σε απόσταση. Ο Παντελής μετρούσε μόνο ζωντανός! Για μια στιγμή λες κι είχε χάσει τη δύναμή της, γιατί, φαίνεται, φόρτιζαν ο ένας τον άλλον.

Ο Μανόλης τα κανόνισε όλα. Ξενοίκιασαν το μαγαζί και μετά άδειασαν το σπίτι. Έβαλαν έπιπλα και αζήτητα στην αποθήκη ενός γείτονα αφού του χάρισαν τα μισά. Μέσα σε δέκα μέρες έφυγαν χωρίς να αποχαιρετήσουν παρά μόνο δυο τρεις ανθρώπους. Μπήκαν στο φέρι μποτ με το αυτοκίνητο να ξεχειλίζει από τα συμπράγκαλα. Εκείνη φορούσε μια εμπριμέ της μαντίλα, αγορασμένη στο KaDeWe στο Βερολίνο, δεμένη σαν έτοιμη για φωτογράφιση. Ήξερε ότι την κοίταζαν λιμενικοί και μούτσοι κι αυτό της ήταν αρκετό.

Και μετά άρχισαν να ταξιδεύουν νότια, προς την Αθήνα, με τη συμφωνία να μη μιλήσουν για όσα αφήσαν πίσω τους –τουλάχιστον όσο κρατούσε το ταξίδι– και ότι θα ακούνε λαϊκή μουσική, «κάνε μου το χατίρι» έλεγε εκείνη. Έβγαλε μάλιστα μια κασέτα από την τσάντα της και πρώτο τραγούδι ακούστηκε το «Πρέπει». Μπορεί να μην τραγουδούσε καλά η Μαργαρίτα αλλά στο «*πεθαίνει η αγάπη*» σκέπασε και τη φωνή της Μοσχολιού:

Ασφαλώς και το ξέρω πως δεν είμαστε ίδια
Μοναχά στα παιχνίδια είμαστε όλοι παιδιά
Και αν εσύ το ξεχάσεις η ζωή σ' το θυμίζει
Και πεθαίνει η αγάπη και σωπαίνει η καρδιά

Σιώπησε ξαφνικά και σκούπισε τα μάτια της.

7

Η ΚΡΙΣΤΗ μαγείρεψε για πέντε άτομα και τελικά έφτασαν επτά, ενώ ο Μανόλης αισθανόταν παράξενα ανάμεσά τους, χωρίς να είναι σίγουρος αν τους προκαλούσε κι εκείνος μια αίσθηση παραξενιάς. Ένας σκηνογράφος από την ίδια οικοδομή, ένας σκηνοθέτης χωρίς ταινία, δύο νέοι ηθοποιοί χωρίς ρόλο, μια ξαδέλφη της Κρίστης που δούλευε σε μπαράκια, ένας τύπος ράστα με σπουδές ομοιοπαθητικής που δε μίλησε ποτέ και κατά καιρούς κουνούσε με συγκατάβαση το κεφάλι του σε ό,τι έλεγαν οι άλλοι, αν και ο Μανόλης υποψιαζόταν ότι απλώς τον ενοχλούσαν τα μαλλιά του, τα οποία μάλλον είχαν να λουστούν καιρό.

Ο Μανόλης δε συγκρατούσε ονόματα γιατί ήξερε ότι δεν είχαν σημασία, στην καλύτερη περίπτωση, αν κανείς τον χρειαζόταν, θα ζητούσε το τηλέφωνό του και, αν συμπαθιόταν με κάποια ή κάποιον, αυτό θα ερχόταν από μόνο του. Η αύρα του καθενός έκανε τη δουλειά της, την ολοκλήρωνε ο διάλογος μετά, τα λόγια τους όπως θα έβρισκαν τους ενδότερους στόχους.

Η Κρίστη τον σύστησε ως τον καινούργιο γείτονα του δεύτερου ορόφου, ο σκηνογράφος έμενε στον τρίτο, οι υπόλοιποι είχαν έρθει από τα Εξάρχεια. Αυτός αναγκάστηκε να ξεδιπλώσει για πρώτη φορά το βιογραφικό του μπροστά σε μια καινούργια παρέα – άρχιζε ακριβώς τη μέρα που πήρε το πτυχίο του και περιλάμβανε δυο τρεις γραμμές για την καταγωγή του από τον ακριτικό Έβρο, παρά τη φόρτιση που του δημιουργούσε το παρελθόν εκείνο.

«Και πώς δε διορίστηκες;» ρωτήθηκε.

«Με ενδιέφερε η ελληνική φιλολογία αλλά όχι το Δημόσιο. Προσπάθησα να κάνω ένα μεταπτυχιακό στη Γερμανία αλλά δεν τα κατάφερα. Μετά βρέθηκα στη Σουηδία, το τελείωσα εκεί και έκανα τον δάσκαλο για λίγα χρόνια. Δίδασκα αρχαία και νέα ελληνικά σε Σουηδούς».

«Όχι σε Έλληνες;»

«Σε Σουηδούς και σε αρκετούς από μεικτό γάμο. Από φλερτ διακοπών σε ελληνικά νησιά, Έλληνες που βολεύτηκαν στη Σουηδία διατηρώντας τις φαβορίτες τους ως μπαμπάδες πια. Πάντως είναι εντελώς διαφορετικό το να έχεις τέτοιους μαθητές γιατί κι εκείνοι ενδιαφέρονταν πραγματικά. Ήταν ιδιαίτερα εκεί, οι άνθρωποι, οι φίλοι, ακόμη και ο δύσκολος καιρός. Έκανα πατινάζ τους περισσότερους μήνες, το κρύο δεν αντεχόταν, κι εκείνο το ξημέρωμα από τις τρεις τα χαράματα ήταν τόσο αφύσικο όσο και η επίμονη νύχτα...»

Έτσι, ο Μανόλης απόκτησε ένα στίγμα. Τώρα όμως;

«Τώρα δεν ξέρω, ανιχνεύω και αφουγκράζομαι. Κάνω οτιδήποτε, γράφω τα πάντα. Μπορεί να τα καταφέρνω αλλά δε θέλω να διδάσκω πια καμιά νεκρή ή ζωντανή γλώσσα».

Ύστερα η παρέα έπεσε σε περισυλλογή καπνίζοντας και πίνοντας. Το σπαγκέτι με τη σάλτσα ντομάτα, φερμένη από βόρεια μέρη, λάσπωσε στα περισσότερα πιάτα, κάτι δεν έδενε με το χύμα κρασί που ξίνιζε αλλά κανείς δεν ασχολιόταν, ενώ ο ράστα άφηνε ανενδοίαστα να του ξεφεύγουν μερικά θορυβώδη ρεψίματα. Ήταν Παρασκευή βράδυ, κάποιος πρότεινε να πάνε στην ντίσκο Χαμάμ και μετά στα Σόδομα, ο Μανόλης ξερόβηξε ότι την επομένη το πρωί είχε υποσχεθεί να βγάλει τη μάνα του για κάτι μικροδουλειές που έπρεπε να τελειώσουν.

«Όμως γιατί πρέπει να βγαίνουμε μετά τις δώδεκα;» ρώτησε αλλά δεν του λύθηκε η απορία.

Εντάξει, μεθούσαν και ξερνούσαν στη Σουηδία –ειδικά Παρασκευές και Σάββατα–, αλλά αυτό το καθημερινό που αντίκριζε εδώ ήταν πέρα από κάθε λογική. Κι εκεί έπιναν για χαλάρωση μετά τη δουλειά, αλλά στις οκτώ τελείωνε η μέρα τους. Κι έτσι εξασφάλιζες μία σίγουρη καθημερινότητα και απολαβές.

Η κίνηση στην πόλη αυξανόταν όσο περνούσε η ώρα, η παρέα μάζευε τα κουράγια της ρίχνοντας κατουρήματα, πίνοντας νερό και κανέναν καφέ πριν περάσουν στην επόμενη φάση. Ο σκηνοθέτης τού πρότεινε να ξαναβρεθούν. Να δοκιμάσουν μαζί ένα σενάριο, χρειαζόταν μια δεύτερη ματιά και, αν το ενέκριναν από το Κέντρο Κινηματογράφου, θα μπορούσε να μπει κανονικά στην παραγωγή.

Ο Μανόλης, μεταξύ σοβαρού και αστείου, είπε: «Γιατί όχι; Έχω δει όλες τις ταινίες του Μπέργκμαν, πολλές φορές και όχι μόνο για τη γλώσσα».

Ο σκηνοθέτης, που αγαπούσε περισσότερο τον Γκοντάρ, ανασκουμπώθηκε κι αισθάνθηκε ότι είχε βρει τον τέλειο συνεργάτη. Θα βρισκόντουσαν δέκα μέρες μετά και, όταν ο Μανόλης θα διάβαζε την κεντρική ιδέα που θα έπρεπε να αναπτύξουν, θα ξερόβηχε και θα του έλεγε ότι μάλλον δεν προλάβαινε γιατί –στο μεταξύ– είχε προσληφθεί σε ένα διαφημιστικό γραφείο. Αυτό αργότερα κακοφάνηκε στην Κρίστη, καθώς άκουσε κάποια παράπονα από τον φίλο της για τον Μανόλη. Η Κρίστη ήθελε να έχει συνοχή και ομόνοια η παρέα της.

Ακούστηκαν τα γνωστά: «Μονόχνοτος και λίγο σνομπ. Επειδή έζησε στη Σουηδία; Κι εκεί πιάτα θα έπλενε!».

Αυτά ακούγονταν κανονικά ένα βράδυ που ο Μανόλης είχε βγει στο μπαλκόνι για τσιγάρο. Η Κρίστη μιλούσε δυνατά στο τηλέφωνο μπροστά στην ανοιχτή της μπαλκονόπορτα ενώ κοίταζε προς τη σκοπιά, όπου κρυφοκάπνιζε ένας ανήσυχος φαντάρος στέλνοντας σήματα καπνού προς το γδαρμένο μπαλκόνι της.

«Μπα, εντάξει μου φαίνεται» τον δικαιολογούσε η Κρίστη. «Λίγο απροσάρμοστος είναι για τη Αθήνα».

Χαμογελούσε. Ορίστε λοιπόν, είχε μπει για τα καλά στη ζωή της πόλης. Πού είσαι, Σβεν, ν' ακούσεις τι λένε για μένα και τη χώρα σου;

Αλήθεια, πού να βρισκόταν άραγε τώρα ο Σβεν;

8

ΕΚΕΙΝΕΣ ΤΙΣ ΜΕΡΕΣ, στο Πτι Παλαί, μόλις εκατό μέτρα από το διαμέρισμα της θείας Πηνελόπης, παιζόταν το *Βασικό ένστικτο*, μία ταινία που θα επηρέαζε τη συμπεριφορά της Μαργαρίτας σε πολλαπλά επίπεδα. Πρώτον και χειρότερο, η Μαργαρίτα αποφάσισε ότι με την ηθοποιό, που είχε την ηλικία του γιου της, είχαν τις ίδιες γάμπες. Η Πηνελόπη την τσάκωσε μπροστά στον καθρέπτη να ανοίγει τα πόδια της και τη ρώτησε «Τι έπαθες, κόρη μου, σε ποιον το δείχνεις;».

Μέχρι να αποσυρθεί η ταινία από τις αίθουσες, η Μαργαρίτα την είχε δει κάμποσες φορές, ακολουθώντας τη διανομή της ακόμη και σε συνοικιακά σινεμά –κρυφά πάντα–, πράγμα που ανάγκασε τη θεία της να μιλήσει στον γιο της.

«Κάτι συμβαίνει με τη μάνα σου. Τρέχει στο σινεμά μέρα παρά μέρα».

Ο Μανόλης, που γνώριζε ότι η μάνα του είχε να πάει σε κινηματογράφο χρόνια, παραξενεύτηκε αλλά θυμήθηκε ότι κολλούσε στη μικρή οθόνη κάθε φορά που προβαλλόταν κάποια ελληνική ή ξένη ταινία. Στο μεταξύ είχαν μπει και τα ιδιωτικά κανάλια στην τηλεοπτική αγορά κι έτσι πλήθαιναν οι επιλογές της μάνας του, που δεν αγαπούσε τα σίριαλ. Ήθελε να δει κάτι μια και έξω, να τελειώνει.

Της μίλησε διακριτικά.

«Μήπως αφήνεις τη θεία παραπάνω μόνη;»

Εκείνη, όρθια, ανεβοκατέβαινε στο σαλόνι, ενώ η θεία λαγοκοιμόταν στην κρεβατοκάμαρα.

«Να μην ξεσκάσω κι εγώ λίγο; Μ' έχει σαν υπηρέτρια νύχτα μέρα. Καλόμαθε! Έπρεπε να της πω ότι θα έχω κι εγώ τον χρόνο μου κι όχι να διώξει τη γυναίκα που έκανε τις βαριές δουλειές».

«Απ' όσο ξέρω όμως, με το αζημίωτο. Σου έδωσε και το ταμείο της ακόμη να κρατάς».

Η Μαργαρίτα το σκέφτηκε, κλέβοντας πλάνα του εαυτού της από τον μεγάλο κορνιζαρισμένο καθρέπτη του σαλονιού.

«Ναι, μόνο που δεν εξαγοράζεις την ελευθερία του άλλου».

«Καλά, βρε μάνα, δεν είσαι και κοριτσάκι».

«Είμαι» απάντησε αυτή έντονα. «Είμαστε συνεχώς ό,τι είμαστε. Φιλόσοφε, εσύ σκέψου το. Τι είναι αυτά που με πετάς με την ηλικία; Γι' αυτό αγαπούσα τον Παντελή» ανέβασε τόνους, «*κοριτσάκι μου* μ' ανεβοκατέβαζε. Τι με κοιτάς έτσι;».

«Δεν τον αγαπούσες. Σε κακοποιούσε».

«Ναι, η αγάπη είναι έτσι, έχει και πόνο. Μακάρι να το ένιωθες. Το ένιωσες ποτέ;»

«Μαργαρίτα, δε σου επιτρέπω να μου μιλάς έτσι».

«Μάνα σου είμαι».

«Δεν είμαι παιδί».

«Δεν είσαι, αλλά εγώ σε έσωσα από τα νύχια του

Βαρδαρίου, φοιτητή, ξέρω τι σου λέω. Έτσι προχώρησες σωστά».

Ο Μανόλης συννέφιασε.

«Δεν τ' αφήνουμε αυτά; Πού προχώρησα; Στη Σκανδιναβία; Δική μου απόφαση ήταν να ξεκολλήσω. Ξεχασμένα κι όμορφα, και να συνεχίσω τη ζωή μου αλλού και με τους δικούς μου όρους. Όσο κράτησαν».

«Οπότε μη με κρίνεις που θέλω να ξεφεύγω κι εγώ, νέα γυναίκα είμαι ακόμη. Δες πόσες διάσημες ξεκινάνε μετά τα πενήντα την καριέρα τους».

Ο Μανόλης άνοιξε την πόρτα διακριτικά και της είπε: «Αν θέλεις, να πηγαίνουμε και μαζί σινεμά αλλά όχι στο ίδιο έργο».

Της πρότεινε να δούνε τα *Μαθήματα πιάνου* ή το *Σπίτι των πνευμάτων*. Δεν ήξερε καμιά ταινία η Μαργαρίτα, οπότε την πήγε στα *Μαθήματα πιάνου* δυο μέρες μετά.

Σκαρφάλωσαν στο Κολωνάκι, η Μαργαρίτα έσερνε τα τακούνια της στην Πατριάρχου Ιωακείμ, ρίχνοντας κριτικές ματιές στα καφέ και στις βιτρίνες της ανηφορικής περιοχής. Καταλάβαινε ότι η περιοχή είχε τη δική της βαρύτητα αλλά εκείνη θα τους έδινε κι εδώ ένα μάθημα. Καμιά από αυτές με το ξυστό ξανθό μαλλί και τα ταγέρ, που την προσπέρασαν, δεν ήταν του δικού της επιπέδου. Μπορεί να είχαν ένα ρολόι πιο ακριβό, μπορεί να κουβαλούσαν εκείνα τα ογκώδη αποσπώμενα κασετόφωνα μέσα στον δρόμο, αλλά μία ήταν η Μαργαρίτα.

«Μάνα, από δω, μη χαζεύεις τον κόσμο έτσι!»

«Μα γιατί κουβαλάνε τα κασετόφωνα όπου πάνε;»

«Γιατί σπάνε τα αυτοκίνητα, τα κλέβουν».

Βυθίστηκαν στο Έμπασσυ. Η Μαργαρίτα αφέθηκε στην ταινία και στη μουσική της. Συνέπασχε με την ηρωίδα και απορούσε γιατί διάλεξαν μια τόσο μέτρια και κοντή ηθοποιό. Μερικές φορές, αντί να βλέπει τη δράση, μεταφερόταν στην οθόνη με το μυαλό για να αναμετρηθεί με την πρωταγωνίστρια.

Όμως εκεί κάτω, στο κολωνακιώτικο σπήλαιο, ο Μανόλης αισθάνθηκε μια δυσπεψία και δυσφορία μαζί – έφταιγαν λιγάκι και τα όσπρια που του είχε δώσει να τσιμπήσει η μάνα του. Σκεφτόταν να πεταχτεί στην τουαλέτα ή στην κοντινότερη έξοδο κινδύνου, αλλά ευτυχώς έγινε διάλειμμα και, μόλις άναψαν τα φώτα, άκουσε μια λεπτή, υστερική φωνή να λέει πίσω του: «Ο Μανόλης! Καλά το κατάλαβα ότι αυτός ο περήφανος σβέρκος με το σκυμμένο κεφάλι κάτι μου θύμιζε».

Τι δε θα έδινε να μην είχε συναντήσει τη γυναίκα αυτή.

9

ΝΑ ΚΑΤΙ που δεν είχε υπολογίσει ή ίσως πίστευε ότι θα αργούσε να συμβεί: να συναντήσει συμφοιτητές και συμφοιτήτριες, γνωστούς από τη φοιτητική εποχή που πάσχιζε να παρακάμψει. Η Ντίνα ήταν ντυμένη άψογα, όπως το συνήθιζε και τότε που ήταν φοιτήτρια. Κομψή, αστή και, όπως τότε, μακρινή. Το ίδιο απόμακρη αλλά και έτοιμη να εκτοξεύσει εκκρίματα σιελογόνων αδένων στη φορτισμένη εκφορά κάθε λέξης. Το πρόσωπό της είχε ελαφρά παραμορφωθεί, κάτι θα πείραξε σίγουρα, και όχι μόνον εξαιτίας του παλιού της ατυχήματος.

Όταν τον φώναξε, ο Μανόλης γύρισε και της έδωσε το χέρι ανέκφραστος λέγοντάς της «Θα σε περιμένουμε στην έξοδο».

Τελείωσε η ταινία και η Μαργαρίτα ρουφούσε τα τελευταία της δάκρυα. Ανέβαιναν επάνω αργά, στριμώχνονταν λόγω του αποσβολωμένου πλήθους. Κάποιος ρωτούσε τον διπλανό του αν είχε κυκλοφορήσει το σάουντρακ της ταινίας και πού μπορούσε να το βρει.

Έξω στο πεζοδρόμιο, όρθια η Ντίνα, ασυνόδευτη, όπως και κάτω – περίεργο.

Τον πρόλαβε.

«Ζω μόνη μα κυρίως πάω στον κινηματογράφο και

στο θέατρο χωρίς φίλες και φίλους. Μου αρέσει και δεν μπορώ να το εξηγώ».

«Είδες;» πετάχτηκε η Μαργαρίτα πριν καν τη συστήσει.

«Είστε η μητέρα του Μανόλη; Σας είχα ακουστά, μοιάζετε με τον γιο σας. Είστε όμορφη».

Πληθυντικός ή ενικός; Η Μαργαρίτα το χάρηκε και αισθάνθηκε φιλικά απέναντι σε μια γνήσια Αθηναία που συντηρούσε τη φήμη της.

Η Ντίνα τού άρπαξε το χέρι.

«Μην έχεις άγχος, Μανόλη. Δε θα μιλήσουμε για τα φοιτητικά μας. Όποτε θέλεις όμως, τηλεφώνησέ μου. Όλοι μας τα περάσαμε και κάτι αφήσαμε στη Θεσσαλονίκη. Δε θα κάνουμε ψυχανάλυση. Δε μ' ενδιαφέρει, μόνο θεωρητικά παρακολουθώ τον κλάδο μου».

Εδώ χανόταν το παιχνίδι για τη Μαργαρίτα, απέναντι σε μια μορφωμένη γυναίκα με την οποία ίσως δε θα είχε τίποτε να πει και που οι σπουδές της την έκαναν να διαβάζει τις ψυχές των άλλων. Μπα, δεν το πίστευε.

Ύστερα όμως ηρέμησε: κόρη της θα ήταν κι αυτή.

Η Ντίνα τούς έδωσε από ένα ρουφηχτό φιλί στα χείλη και έβγαλε την κάρτα της μέσα από μια τεράστια τσάντα, περασμένη στο μπράτσο της, την οποία η άλλη, η μάνα, παρατηρούσε προσεκτικά.

«Σε περιμένω οπωσδήποτε».

Απομακρύνθηκε λικνιστικά και σίγουρη ότι ακόμη την έβλεπαν.

«Μα τι φιλιά είναι αυτά που δίνουν στην Αθήνα».

Ο Μανόλης τα είχε γευτεί και στης Κρίστης.

«Ναι, φιλιούνται με το παραμικρό, με ένα γεια. Λίγο κουραστικό».

Θυμόταν μικρός κανένα φιλί, συγγενικό, τις γιορτές, κι εκείνο με σκυμμένο κεφάλι. Συνήθως το πιο ζεστό φιλί τού το 'δινε ο θείος Παντελής, που μύριζε πάντα ούζο.

Η Μαργαρίτα περίμενε λίγη ανάλυση παραπάνω, ήθελε λόγια, η ταινία τής είχε αρέσει αλλά θα προτιμούσε να ήταν πιο κοντά της η εποχή, να ταυτίζεται.

Ο Μανόλης τη συνόδεψε μέχρι το Παγκράτι, τη στήριζε γιατί την κούραζαν τα τακούνια.

«Είδες και την Ντίνα, τακούνια φορούσε».

Έκοψαν μέσα από το αλσύλλιο απέναντι από το Πολεμικό Μουσείο, που έμοιαζε πολύ εγκαταλειμμένο και σκοτεινό, και βγήκαν απέναντι στον δρόμο τους, στην αρχή της Σπύρου Μερκούρη.

Έπρεπε να της εξηγήσει της ανήσυχης. Ότι η Ντίνα ήταν κολλητή φίλη της Ζωής – «Θυμάσαι καλά τη Ζωή, την είχες συναντήσει όταν συμμαχήσατε εναντίον μου». Ότι τα δύο κορίτσια είχαν ένα άσχημο τροχαίο μαζί με δύο ξένους φοιτητές που σπούδαζαν στη Θεσσαλονίκη, δύο Σύρους, ο ένας σκοτώθηκε κι ο άλλος, ο φίλος της Ζωής, γλίτωσε με ελαφρά τραύματα. Αυτόν τον Ραΐντ τον γνώριζε καλά ο Μανόλης. Ωραίος τύπος. Μετά το ατύχημα όμως, η Ντίνα τόσο πολύ κλονίστηκε, που τα παράτησε και γύρισε στην Αθήνα. Τη μάζεψε ο πατέρας της άρον άρον.

«Δεν τη ρώτησα αν πήρε τελικά πτυχίο» είπε ο Μανόλης.

«Ωραία και πλούσια μου φαίνεται» σχολίασε η Μαργαρίτα.

«Μην το ψάχνεις, Μαργαρίτα. Είναι μια υστερικιά

που ζει με τις κληρονομιές των γονιών της. Δεν είδες το μάτι της;»

«Κάτι έκανε στη μυτούλα της πάντως, το κατάλαβα. Καλά έκανε. Κι εσύ πάψε να είσαι αυστηρός με όλους κι όλες, έτσι που κάνεις θα απομείνεις μονάχος».

Την έπιασε από τη μέση προστατευτικά κι εκείνη χαλάρωσε.

«Και να σου πω κάτι; Όλοι οι άνθρωποι χάνουν από κάτι. Να δεις η Πηνελόπη τι τρέλες και βλακείες μού αμολάει κάθε μέρα».

«Πιέζεσαι πολύ εκεί μέσα;»

«Λίγο. Όλα είναι καινούργια, η γριά απαιτητική, δεν της φαινόταν με την πρώτη».

«Έχεις εμένα εδώ».

«Δεν έπρεπε να γυρίσεις κι ας σε πεθύμησα. Είδες τι πάθαμε με το που γύρισες».

Ο Μανόλης την άφησε στην είσοδο. Μπορεί και να είχε δίκιο. Όμως κι αυτός έκλεισε τον κύκλο του στη Σουηδία. Ευτυχώς τα καλοκαίρια τα μαθήματα μετακόμιζαν στο Γκότλαντ, που θύμιζε τη Ρόδο, αλλά πού να κολυμπήσεις μέσα στα κρύα νερά της Βαλτικής, ακόμη και τον Αύγουστο πάγωνες! Ο μόνος που βούταγε εκεί μέσα ήταν ο Σβεν, αλλά αυτός ήταν πάντα βουτηχτής της ζωής, πρόθυμος να πέσει και στα πιο βαθιά.

Κάποια στιγμή βαρέθηκε να διδάσκει αρχαία σε εμμονικούς Σουηδούς φιλέλληνες –ούτε καν Έλληνες πια–, βαρέθηκε να μιλάει δύο γλώσσες. Μία αρχαία και μία ξένη. Τι κούραση ήταν αυτή. Και πώς να τους δώσει να καταλάβουν ότι γλώσσα και πατρίδα καμιά φορά ξεφεύγουν η μία από την άλλη και δημιουργούν ασυμβίβαστα.

10

Η ΑΝΑΦΟΡΑ στα φοιτητικά τους χρόνια, η παρουσία της Ντίνας τον αναστάτωσε σε συνδυασμό με τη μετακόμιση στην Αθήνα. Για μέρες δεν κοιμόταν και πάλι καλά, δεν ήταν φυσικά μόνον αυτό· όνειρα σαν άδικες Ερινύες, εφιάλτες που του έκοβαν την αναπνοή, η στιγμή που ανέσυραν το πτώμα του Παντελή, δεν άντεχε και δεν ήθελε να θυμάται τα ουρλιαχτά της μάνας του. Έτρεξε να την αγκαλιάσει αλλά εκείνη τον απώθησε, έμεινε μόνη, ξαφνικά σταμάτησε κάθε θρήνο, κοίταξε αγριεμένη τριγύρω της, ξέροντας ότι κανένας –εκτός από την αδελφή της– δε θα νοιαζόταν για τον χαμό ενός μεθύστακα.

Τότε επέστρεψε στο σπίτι και ετοιμάστηκε για τα επακόλουθα, την εισβολή της Ρούλας, τις τσιρίδες της, το φευγιό της χτυπώντας την πόρτα. Την κατάρα για την αδελφή της· δεν καταριέσαι έτσι μια ομοαίματη, να πάει να τον βρει τον πνιγμένο. Να πάει πού δηλαδή;

Κι εκείνη καθόταν μέσα στο μαγαζί παραλογισμένη και κοίταζε έξω, κανείς δεν έμπαινε να τη συλλυπηθεί για εκείνον με τον οποίο δούλευαν μαζί και συζούσαν.

Όσο έπινε ο Παντελής, τόσο κατάφερνε να οργανώνει τα πρακτικά, το μαγαζί, την εφορία, τα χαρτιά, τις υποχρεώσεις τους. Τώρα όμως η Μαργαρίτα αισθανόταν ότι δεν είχε να κάνει τίποτε, ήθελε να κλειδώσει το μαγαζί και να τσακιστεί να φύγει βροντώντας κι εκείνη την πόρτα. Οπότε, όταν είδε τον γιο της να μπαίνει στο μαγαζί με το κεφάλι κατεβασμένο, απλώς τον ρώτησε πότε θα τα μάζευε μια κι έξω.

Στο χωριό τους, στον Έβρο, και να ήθελαν να γυρίσουν, δεν είχαν πια σπίτι. Αλλά κι ο τελευταίος ερημίτης δε θα επέστρεφε στα σύνορα, στο Τριεθνές, όπου άδειαζε καθημερινά ο τόπος και βλαστημούσαν οι φαντάροι στα φυλάκια. Σε ένα συμφωνούσε με τον γιο της: Κάθε βήμα καινούργιο να 'ναι πιο μακρινό και ποτέ προς τα πίσω.

Έτσι, ο Μανόλης την καθησύχασε ότι σε λίγα εικοσιτετράωρα θα έφευγαν για την Αθήνα. Όλες εκείνες οι πληροφορίες που συνέλεγε ο ίδιος για το κρητικό σόι της –από την πλευρά του πατέρα της, ενός παππού που δε γνώρισε ποτέ– τώρα έπρεπε να συγκεκριμενοποιηθούν. Οι τελευταίες ρίζες ενός καχεκτικού οικογενειακού δέντρου περίμεναν ένα απελπισμένο μπόλιασμα.

Όρθιος στο μπαλκονάκι. Απέναντι, στο ακατοίκητο νεοκλασικό, νέκρα, στο ισόγειο, δίπλα στην είσοδο, ένα δωματιάκι σαν αποθήκη, σέρνεται μια γριά σαλεμένη, η κυρα-Βέρα, που συσσωρεύει σκουπίδια και ό,τι βρεθεί στο διάβα της. Πού πλένεται, πού αφοδεύει; Βρομάει συνεχώς το δρομάκι. Η Κρίστη τού είπε ότι κάνουν όλοι υπομονή γιατί η γριά είναι πολύ καλή μαζί τους, και το είδε κι ο ίδιος όταν άρχισε να την καλημερίζει. Τι να κάνουν, να τη στείλουν στον Καιάδα;

Στη θέα της κυρα-Βέρας, όλοι ξόρκιζαν μια κακή τύχη, έναν ξεπεσμό, αφού η γριά αυτή κάποτε υπήρξε νέα, δε ζούσε πάντα μέσα σ' έναν τέτοιο σκοτεινό τάφο, κάτι άλλο θα έκανε στα είκοσι, στα τριάντα, στα σαράντα, στα πενήντα, κάποια όνειρα θα είχε κι αυτή. Όμως η γριά δε μιλούσε ποτέ σε κανέναν για το παρελθόν της, το είχε διαγράψει εντελώς από τη μνήμη και το λογικό που ξέφτιζε. Κανείς, μα κανείς, δεν ήξερε για τη Βέρα, λες και γεννήθηκε γριά και τρελή μαζί.

Αυτή στη μια μεριά, ο φαντάρος στην άλλη, σύμβολα της μοναξιάς και μιας παράταιρης ιδιαιτερότητας, μιας ζωής ενδιάμεσης, χωρίς επιλογές. Όμως τον φαντάρο δεν τον λυπόταν και πολύ, φαντάσου τι βύσμα θα είχε για να υπηρετεί μέσα στην καρδιά της Αθήνας. Ενώ εμείς και πάλι μαυροσκούφηδες, στις εσχατιές και στα σύνορα, χωρίς πολιτικό μέσο, χωρίς προσωπικούς ευεργέτες.

Έναν πατέρα είχε, κι αυτός τους διέγραψε. Δεν πάτησε ποτέ να τον δει στο Βερολίνο να ψήνει μπριζόλες και να φτιάχνει μουσακάδες στο griechisches εστιατόριό του, συζώντας πια –γιατί όχι– με μια τουρκαλίτσα στα μισά του χρόνια, πρώην γκαρσόνα του – ποιος, αυτός, ο χουντικός κι ο εθνικιστής! Για φαντάσου όμως να την παντρευόταν τη μικρή – που μπορεί και να το έκανε! Να είχε μητριά μια μικρότερή του και Τουρκάλα. Σιγά μην τον ένοιαζε, όλα τα είχε δει στη Σουηδία και ίσως αυτό ήταν και ένα κίνητρο να φύγει πιο βόρεια όταν όλοι περίμεναν κάτι προβλέψιμο.

Επιστρέφει στη σκέψη που τον ανάγκασε να σηκωθεί από το κρεβάτι: αν τον ρωτήσει, τώρα που θα καταλαγιάσει η ιστορία του Στραβοπόδη, αν τον ρωτήσει η μάνα του «Σαν να 'σουν έτοιμος για να φύγουμε απ' το νησί, γιε μου. Με το που ήρθες, λες και ετοιμαζόσουν. Τα 'χες σχεδιασμένα ή έγιναν τυχαία;».

11

Επιτελους φανηκε η τεράστια επιγραφή *ADVERT/GROUP* στο κτίριο στο Μαρούσι, λαβύρινθος μέχρι να φτάσει και να το βρει, άλλαξε δύο λεωφορεία γιατί σιχαινόταν τα ταξί, λίγος ποδαρόδρομος, ίδρωνε σε κάθε βήμα του κι ας ήταν πιο δροσερά τώρα. Πέρασε κάτω από γέφυρες, σκαμμένους δρόμους, δημόσια έργα που καθυστερούσαν λόγω χρηματοδότησης και έργα υπερχρεωμένα ετοιμοπαράδοτα. Κάπως αλλιώς φανταζόταν τον εαυτό του περιπατητή στο αττικό τοπίο, με ήρεμες γραμμές στον ορίζοντα, με μικρά ποτάμια όπου βλάσταιναν πλατάνια και λυγαριές και ξεκουράζονταν στις όχθες τους οι διαβάτες που στοχαζόμενοι προχωρούσαν ξυπόλυτοι.

Γυάλινο κτίσμα, πανύψηλο, πέντε ορόφων, χωρίς μπαλκόνια, μικρομανχάτταν στις καταπατημένες εξοχές, ξεφύτρωνε σε μια έκταση που διατηρούσε ακόμη λίγη φύση και που σύντομα θα καταπατιόταν και τούτο, αφού ακριβώς απέναντι χτιζόταν ένα ακόμη συγκρότημα γραφείων. Παντού διέκρινε θεμελιώσεις αδιόρατων εργολαβιών, θεριεμένες σιδεριές και τσιμεντένιες επιστρώσεις.

Γεμάτα νέα άτομα τα γραφεία, ντυμένα χαλαρά, άνετα, τόσο που εντυπωσιάστηκε κι αυτός, ένας άντρας κάτω των σαράντα· εδώ μέσα άρχιζαν από τα είκοσι πέντε οι καριέρες τους. Νέος σημαίνει νέες ιδέες. Νεότερες σπουδές και εφαρμογές. Αλίμονο, τι ήθελαν από έναν φιλόλογο που σπούδασε τη δεκαετία του '70 στο πανεπιστήμιο διεκδικώντας προσωπικές και κοινωνικές ελευθερίες και καλλιτεχνική έκφραση που την είχε στερηθεί στα χρόνια της Χούντας; Και ύστερα οι σπουδές φιλοσοφίας να μοιάζουν πια σαν παλιομοδίτικη αναφορά αντί να τους ανατρέπουν κάθε στιγμή μια δεδομένη σκέψη;

Τι τον ήθελαν;

Η απάντηση θα ερχόταν σίγουρη και με μια άνεση που τον στρίμωχνε σαν άβολο επισκέπτη. Ο διευθυντής που τον υποδέχτηκε ήταν συνομήλικός του, με ένα μπλε κουστούμι στιλάτο και γυαλιά – μηδενικών βαθμών; Του έδωσε το χέρι, κοίταξε πλαγίως, και ίσως όχι τόσο επιδοκιμαστικά, τα σκονισμένα αθλητικά παπούτσια του Μανόλη, καθώς και το κλασικό 501 –που δεν αποχωριζόταν παρά μόνο για να το βάλει στο πλυντήριο– και του εξήγησε αμέσως γιατί χτυπούσαν συνεχώς τα τηλέφωνα ή έμπαινε κάθε λεπτό μια γραμματέας αφήνοντας μπρος του ένα εκτυπωμένο έγγραφο το οποίο εκείνος δεν κοίταζε καν αλλά έβαζε μία υπογραφή με ένα Montblanc.

«Κάθε στόχος μας έχει διαφορετικό σχεδιασμό, όπως και το κοινό, το target group, στο οποίο απευθυνόμαστε. Έχουμε τους σταθερούς μας κειμενογράφους αλλά αυτή τη φορά, συζητώντας με τον φίλο σας Γιώργο, τον κύριο Γαλίτση θέλω να πω, πέσαμε επακριβώς πάνω σας. Μπαίνω γρήγορα στο θέμα μας».

Ανακάτεψε –χωρίς λόγο– μια στοίβα από χαρτιά κι

έριξε μια ματιά στην οθόνη ενός μεγάλου Mac. Όλα τα κλισέ μαζί, όλοι τα είχαν ξαναδεί και τα αναπαρήγαν συνειρμικά ή ηθελημένα.

«Μας έχει ανατεθεί από το μεγάλο τουριστικό γραφείο TRAVELPLANET, που συνεργάζεται και με αντίστοιχα σκανδιναβικά, μια καμπάνια προσέλκυσης πελατών από τη Σκανδιναβία. Σε πρώτη φάση στοχεύουμε τη Σουηδία. Η καμπάνια θα χρειαστεί συνθήματα, σλόγκαν για αφίσες σε λεωφορεία και στάσεις δημόσιων μέσων συγκοινωνίας, ακόμα και μια μικρή διαφημιστική ταινία που θα παίζεται στις τηλεοράσεις και σε συγκεκριμένες αεροπορικές πτήσεις. Έχω εδώ τον κατάλογο για μια αντίστοιχη καμπάνια που είχαμε κάνει πρόπερσι για τον Καναδά. Μελετήστε το, αλλά μην το μιμηθείτε, δεν ήταν ιδιαίτερα ελκυστικό, έφερε Έλληνες ομογενείς, που εκείνους δε χρειαζόταν να τους στοχεύουμε με τόσο μεγάλο κόστος. Περιμένουμε από σας ιδέες, σενάρια, κείμενα, με την πείρα του κλασικού φιλολόγου αλλά και του ταξιδεμένου που έζησε στον Βορρά. Προσέξτε, κύριε... Κυρτσή; Χμ... Στην περίπτωσή σας θα διάλεγα ένα πιο εύηχο επώνυμο. Ακόμη και αν δεν αποδεχτούμε την πρότασή σας, θα πληρωθείτε με το δέκα τις εκατό της αμοιβής που θα παίρνατε αν αποδεχόμασταν όλη τη δουλειά».

Ο Μανόλης έσκυψε και πήρε το νερό που του είχαν βάλει μπροστά του, ήπιε, στραβοκατάπιε, ένα σκουπιδάκι φώλιασε στον φάρυγγα, πήγε να μιλήσει και οι φωνητικές του χορδές είχαν μπλοκάρει στο κατάπιομα, του έβγαινε μια φωνή παιδική, μια σαχλή, αντιεπαγγελματική φωνούλα.

Όμως ο συνομιλητής του δεν πτοείτο, μπορεί να θεωρούσε προτέρημα το ξάφνιασμα, τον δισταγμό ενός συνεργάτη που δεν είχε ποτέ σκεφτεί πέρα από τη λόγια γνώση του.

«Εννοείται, κύριε Κυρτσή, ότι σας φωνάξαμε όχι μόνον ως φιλόλογο, όπως αναφέρεται στο βιογραφικό σας, αλλά και ως γνώστη της χώρας που ζήσατε, όχι ως μετανάστη ή εργάτη. Αν, όπως διαβάζουμε εδώ, τους πείθατε να μαθαίνουν ελληνικά, τότε ας δούμε αν μπορείτε να τους πείσετε και να έρθουν να επισκεφτούν τη χώρα όπου μιλήθηκε η γλώσσα...»

Πήγε να πει ότι μιλιόταν ακόμη η ίδια γλώσσα και δεν ήταν αρχαία... Μάλλον δεν καταλάβαιναν ούτε κι αυτοί ούτε κανένας τόσα χρόνια. Ωστόσο ας μην το μπέρδευε περισσότερο, εδώ είχαν κάτι πολύ συγκεκριμένο στο μυαλό τους, ας το άφηνε έτσι.

Όταν του ανακοίνωσαν την τελική αμοιβή του σε περίπτωση συμφωνίας, κόντεψε να γλιστρήσει πάνω στη δερμάτινη πολυθρόνα. Φυσικά και δεν έχει πρόβλημα με την εφορία, μπορεί να πληρωθεί γιατί περιμένει την έκδοση ενός μπλοκ, αφού για πρώτη φορά θα εργαστεί στην Ελλάδα...

Κι αυτό άρεσε στον κύριο διευθυντή, αυτή η πρωτιά ενός νέου που επιστρέφει έπειτα από τόσον καιρό στη χώρα του, στην Αθήνα που μεγαλώνει – που τον τσακώνουν για να τον αξιοποιήσουν.

Ο Γιώργος καραδοκούσε στο απέναντι γραφείο και μόλις τον είδε να βγαίνει του χαμογέλασε και τον συνόδεψε ως την έξοδο λέγοντας «Ας κάνουμε μια πρώτη γιορτούλα. Απόψε στις δώδεκα στο Mercedes, στο Κολωνάκι, το ξέρεις;».

Δεν το ήξερε αλλά θα το έβρισκε, κάπου είχε διαβάσει για το κλαμπ ξεφυλλίζοντας το *ΚΛΙΚ* σε ένα κουρείο χωμένο σε μια στοά της Νίκης – στη διπλανή θέση κουρευόταν ένας κύριος, ποιητής, μίλησαν για να περάσει η ώρα και ο κύριος Κοντός τον ρώτησε αν γράφει...

Δώδεκα τα μεσάνυχτα όμως; Είχε κάτι χρόνια να ξενυχτήσει αλλά και λίγο το είχε πεθυμήσει.

Στον γυρισμό ένιωθε μπερδεμένος· από τη μια ήθελε να χαρεί και από την άλλη κάτι τον συγκρατούσε, μια σκέψη, ένας φόβος ότι αυτό θα ήταν πρόσκαιρο και ίσως και να μην το δικαιούτο. Ενοχικό συναίσθημα που ελλόχευε στα άδυτα των αδύτων της ψυχής του και όχι στον φόβο για την επιτυχία.

Σκόνταψε σε μία προεξοχή που είχε περισσέψει από διπλανές εκσκαφές στο ξεχαρβαλωμένο πεζοδρόμιο καθώς προχωρούσε. Τα αυτοκίνητα και τα φορτηγά πήγαιναν με μικρή ταχύτητα, μια περίεργη μυρωδιά –αστική, μεταβιομηχανική, εργολαβική– του ερέθιζε άσχημα τα ρουθούνια, αφήνοντας τη σκόνη να ενεργοποιεί τις αλλεργικές του αντιδράσεις. Άρχισε να φτερνίζεται στη μέση του δρόμου, τρομάζοντας έναν κύριο που ερχόταν από απέναντι· εκείνος σκιάχτηκε και δεν πρόλαβε να προστατευτεί από τα σταγονίδια σιέλου που ίσως ξεπερνούσαν και τα εκατόν είκοσι χιλιόμετρα την ώρα σε ταχύτητα εκτόξευσης.

12

ΑΠΟ ΤΗΝ ΠΡΩΤΗ ΤΟΥ ΕΞΟΔΟ, την πιο κοσμική, στην πόλη, θα θυμόταν ότι παρά λίγο να «φάει πόρτα». Το είχε ξεχάσει αυτό· αυτός που είχε «χτίσει» τα πρώτα μπαρ της Θεσσαλονίκης και μπαινόβγαινε σε καφέ και μπιστρό στη Σουηδία, εδώ, μπροστά σε αυτό το ανθρωπόμορφο μπουλντόγκ, κοντοστάθηκε. Δίπλα στο τέρας μια δίμετρη κοπέλα με στοιχειώδες ένδυμα, να φυλάει μαζί του τις πύλες της διασκέδασης.

Στην αρχή τον ρωτήσανε αν είχε κάνει κράτηση, το κορίτσι κρατούσε ένα δερμάτινο ντοσιέ με τα ονόματα των φρόνιμων πελατών, ύστερα εκείνη τον ρώτησε –δήθεν ευγενικά– αν ήταν μόνος. Κοιτάζανε τα ρούχα του, δε θα τα 'λεγες και απολύτως μοδάτα, μόνο το διαπεραστικό, καγχαστικό βλέμμα του απροσάρμοστου –ένα σκανάρισμα περιφρόνησης *αντεγαμηθείτε, αδιάβαστα*– τους έπεισε ότι πράγματι μέσα τον περίμενε ο κολλητός του ο Γιώργος Γαλίτσης, «ο συνεργάτης μου» τόνισε για να τους αποτρέψει από άλλη αμφισβήτηση.

Μπήκε χωρίς να τους πει λέξη, καμία συγγνώμη για την ανάκριση που υπέστη αυτός και οι επόμενοι που τολμούσαν να προσέλθουν στο άβατο της κοσμικότητας. Αρκεί να τους έβαζαν μέσα. Αρκούσε η ύστατη αποδοχή. Ένας νεανικός όχλος που εκλιπαρούσε ταπεινωτικά να μπει.

Μετά αδιαφόρησε για όλα. Δυνατή μουσική, ποπ, άσχημη μουσική, τελικά η Μαντόνα τούς έσωζε λιγάκι, ξέπλυμα με Depeche Mode και στο τέλος ελληνικά «μοντέρνα» τραγούδια που του έφερναν δυσφορία όσο ανέβαζαν την αδρεναλίνη του συμπυκνωμένου πλήθους. Περιφερόμενες γκόμενες, βαμμένες σαν να ήταν δαρμένες, οι γκόμενοι προσπαθούσαν να κερδίσουν ύφος ή κάτι πόντους τέλος πάντων, και ο Γιώργος με τη Μέξι και μ' άλλους μαζί απ' τη δουλειά σε ένα ολόκληρο τραπέζι – ολόδικό τους! Μια σαμπανιέρα ξεχείλιζε παγάκια, ξηροί καρποί σκορπίζονταν στο τραπέζι και κάποιοι, κάπου κάπου, δάγκωναν ένα αγγουράκι ή ένα αφύσικα κομμένο μακρόστενο καρότο, βουτηγμένα σε αλατισμένο χυμό λεμονιού σαν σαπισμένο νερό ανθοδοχείου.

Κανείς δεν τολμούσε να χορέψει, κι αυτό θα το διαπίστωνε ο Μανόλης στο εξής σε όλα τα μοδάτα κλαμπ, μάλλον ξεπερασμένο ήταν να ξεφαντώνεις, απλώς όλοι λικνίζονταν στο όρθιο, μια από δω και μια από κει, σαν ξεκούρδιστα ρομποτάκια. Οι ατσαλάκωτοι φορούσαν κολλαριστά πουκάμισα και πόλο μπλουζάκια ή ένα πουλόβερ ριγμένο στην πλάτη και εντυπωσιακά ρολόγια στο χέρι. Ένας δυο μετακινούσαν σαν παρκαδόροι πάνω στο τραπεζάκι ένα κινητό με την προεξέχουσα κεραία, που δε χτυπούσε ποτέ. Τα κορίτσια, όταν κάθονταν για λίγο, διατηρούσαν την απόλυτη ορθογώνια στάση, το πιγούνι παράλληλα με το δάπεδο, ώστε καμία DNAική εντολή να μη βιαστεί να ρυτιδώσει το νεανικό πρόσωπο, προστατευμένο με στρώσεις μέικ απ.

Ο Μανόλης ρούφηξε κάνα δυο βότκες που συνοδεύονταν από αιφνιδιαστικά σφηνάκια άλλων γλυκόπιοτων ποτών, φέρνοντας ένα τραμπάλισμα στο κεφάλι του. Κατουριόταν, αλλά πώς να φτάσεις ως την τουαλέτα;

Στριμώχτηκε. Μια φλασιά από υπόγεια Βαρδαρίου, κάτι ζεϊμπεκιές, ένας παράξενος τύπος στροβιλιζόταν στην πίστα, *με λένε Παρτάλι, έλα κάθισε στο τραπέζι μου να σου πω την ιστορία μου πώς βρέθηκα εδώ μέσα μ' αυτά τα κουρέλια να φοράω και να χορεύω στα μωσαϊκά με τους φαντάρους και τις πουτάνες από δίπλα. Θες να σου πω την ιστορία μου;*

«Μανόλη, είπες κάτι;» τον ρώτησε ο Γιώργος.

Κατουριέται.

Όταν έπλενε πια τα χέρια του, ανήσυχος για εκείνο το μικροτσούξιμο στην ουρήθρα, μπήκε μέσα ένας λυγιστός και χαριτωμένος –αργότερα θα τους αναγνώριζε ως είδος κοσμικών συνοδών, κομμωτών, μακιγιέρ–, που τον ρώτησε, τάχα μου αστεία, «Μήπως κάνω λάθος, αντρών δεν είναι εδώ;».

«Αν βλέπεις έστω και έναν άντρα, ναι» του απάντησε «αλλά εξαρτάται από ποια μεριά τον βλέπεις».

Εκείνος πάγωσε με την απάντηση, αρκετά ως εδώ, σκέφτηκε ο Μανόλης πλένοντας τα χέρια του. Ο άλλος όμως τον κοίταζε επίμονα από τον λαιμό και κάτω φέρνοντάς του μια δυσφορία –προσωπική–, αναδεύοντας κάτι κατακάθια του παρελθόντος.

«Έτσι στημένα γλεντάτε;» ρώτησε την Κρίστη δυο μέρες μετά που τον κάλεσε για καφέ στο διαμέρισμά της.

Εκείνη ήταν αραχτή στον καναπέ και χάιδευε μια γάτα που μόλις είχε μαζέψει από τη γειτονιά.

«Πάμε σε μικρά μπαρ και χορεύουμε, η ξαδέλφη μου δουλεύει σε κλαμπάκι στον Πειραιά όπου κανείς δεν είναι ποζάτος, άσε αυτούς που είδες εκεί μέσα, τους νεολεφτάδες».

Η Κρίστη χαιρόταν και για τις δικές του ευκαιρίες, «Κοίτα να πιαστείς τώρα» του έλεγε «ανοίγουν συνεχώς δουλειές».

Ο Λάμπρος, και εννοούσε τον σκηνοθέτη που είχε συναντήσει ο Μανόλης τις πρώτες μέρες, τελικά έκανε συμβόλαιο με μια εταιρεία παραγωγής ταινιών, CD ROM και βίντεο κλιπ, που είχαν αρχίσει να μπαίνουν δυναμικά στην αγορά της showbiz.

Η Κρίστη ήταν έτοιμη και όμορφη, όμως τον δοκίμαζε. Του άρεσε αυτό το παιχνίδι της, δεν απαιτούσε τίποτε, αντιθέτως δοκίμαζε πάλι τις αντιθέσεις του.

Απ' έξω ούρλιαζε η Βέρα και καταριόταν γιατί κάποιος της μίλησε. Η Κρίστη βγήκε στο μπαλκόνι και της είπε να ηρεμήσει. Παραδόξως η γριά την άκουγε και υπάκουσε. Ένα σφυριγματάκι ακούστηκε και από την πλευρά της ΑΣΔΕΝ.

«Άντε, ρε τσουτσέκι» είπε εκείνη γελώντας και ξαναμπήκε μέσα. Έδωσε μια γερή τσιμπιά στον Μανόλη, που τον διέγειρε, καθώς τον αποχαιρετούσε, προσφέροντάς του και λίγη φανουρόπιτα στο χέρι.

Κι έτσι, ο Μανόλης στρώθηκε να ετοιμάσει την πρόταση για τη διαφημιστική. Καθάρισε το γραφείο στο μπροστινό δωμάτιο, ρύθμισε την ανατομική καρέκλα, έβαλε μπόλικο καφέ στην καφετιέρα και προσπάθησε να αυτοσυγκεντρωθεί.

Στην αρχή αισθάνθηκε παράξενα που σκεφτόταν για τους Σουηδούς από απόσταση, ενώ εκείνοι εκεί τον σκέφτονταν ως απόγονο ενός αρχαίου πολιτισμού – αρχαίου όμως. Ύστερα είδε ότι η αρχαία γραμματεία των εδώ και των εκεί δεν είχε καμία σχέση με τον «τουριστικό ελληνισμό» που του ζητούσαν να αποδώσει: προφανώς ήθελαν μια εκλαϊκευμένη εκδοχή, πιο πολύ είχαν τη μυθολογία στο μυαλό τους σαν μια διασκεδαστική πολιτιστική εκδοχή παρά τη γραμματολογία, κι έτσι επιστράτευσε όσο μπορούσε τον παλιό του εαυτό.

Κάπνιζε –«μόνο στη δουλειά» έδωσε ψεύτικες υποσχέσεις στον εαυτό του– και αγκομαχούσε προσπαθώντας να φανεί έξυπνος και με μεταδοτικότητα, πειστικός και αληθινός ή αληθοφανής. Τι κούραση έκρυβε όλη αυτή η προσποίηση της διαφήμισης.

Σε μία βδομάδα είχε έτοιμη την πρόταση, γραμμένη στο χέρι. Χρειαζόταν υπολογιστή αλλά κόστιζε, πού να τρέχει και να ψάχνει τώρα; Μακάρι να δούλευε αυτό το μηχάνημα που είχε αφημένο εδώ ο Γιώργος. Σε σχέση με τον υπολογιστή που χρησιμοποιούσε ένα χρόνο πριν στη Στοκχόλμη, έμοιαζε απαρχαιωμένος.

Και πώς να ειδοποιήσει τον φίλο του, μήπως το είχε παρακάνει;

Ο Γιώργος πράγματι τον συμβούλεψε πώς να τον ανοίξει και να ξεκινήσει. Έβαλε έβγαλε δύο floppy disks και έκανε υπομονή μέχρι να πάρει μπροστά. Αφουγκραζόταν τα σωθικά του μηχανήματος, που έβγαζε έναν υπόκωφο ήχο λες και έκανε τα πρώτα του βήματα.

Μετά όλα ήταν εύκολα. Η ιδέα πήρε αλγοριθμική ψυχή και μεταμορφώθηκε σε κείμενο με τη γραμματοσειρά που επέλεξε. Μία μέρα μετά, αντέγραφε σε δισκέτα την ιδέα και τη μετέφερε σωσμένη στο Μαρούσι, σε μία μικρή τσάντα χειρός που του προσέδιδε σοβαροφάνεια και αναβάθμιζε ακόμη και τα χαρτομάντιλα ή τα κλειδιά που περιείχε.

Αμέσως κατάλαβε ότι τους έκανε καλή εντύπωση που δεν είχε φέρει μαζί του τετράδια, φωτοτυπίες ή σημειώσεις. Μία δισκέτα όλη κι όλη. Κάθισαν λοιπόν όλοι μαζί γύρω από την οθόνη και, αφού ο σύγχρονος υπολογιστής ζορίστηκε να διαβάσει τον παλιομοδίτικο, ο Μανόλης άρχισε να τους εξηγεί. Ήταν περίπου έξι άτομα, οι άλλοι καινούργιοι, μόλις τους γνώριζε. Σε κάθε πέντε δικές του λέξεις, οι τρεις απαντούσαν «OK», ενώ μια κοπέλα ψέλλιζε «pas mal, pas mal du tout».

Τους άρεσε όταν τους είπε ότι, εκτός από τα αρχαία ελληνικά, μιλούσε πολύ καλά σουηδικά και αρκετά καλά αγγλικά και γερμανικά. Άρα θα μπορούσε να βοηθήσει και στην άμεση απόδοση των όσων είχε γράψει. Όλα έδειχναν να πηγαίνουν περίφημα, ώσπου αισθάνθηκε πάλι δυσπεψία, που ξεκινούσε από την κοιλιά και χτυπούσε ίσα πάνω στον λαιμό και στη γνάθο, βαθιά μέσα στο δόντι. Προσπάθησε να τους εξηγήσει ότι κάτι τον πείραξε και πήγε στην τουαλέτα, κοιτάχτηκε στον καθρέπτη και ανάσανε βαθιά. Κανείς δε φαινόταν πίσω από τον καθρέπτη, ούτε ξεπρόβαλε μέσα από την τουαλέτα.

Όταν γύρισε, έμαθε ότι είχαν συμφωνήσει να αγοράσουν την πρότασή του αλλά θα επενέβαιναν αν χρειαζόταν. Άλλωστε καμιά διαφήμιση δε φέρει την υπογραφή του δημιουργού της, είπαν.

«Πάντως το όνομα του δημιουργού κυκλοφορεί μεταξύ μας στην αγορά, αυτό μετράει για σας πιο πολύ απ' ό,τι θα γράφετε».

13

Η ΜΑΡΓΑΡΙΤΑ σκούπιζε το τραπέζι της κουζίνας, η Πηνελόπη στο σαλόνι έβλεπε βωβή τηλεόραση, απογευματάκι, χτύπησε το κουδούνι τους. Από το χτύπημα κατάλαβε τον γιο της, του 'δωσε ένα φιλάκι και έφτιαξε την ποδιά της. Κάθε φορά που βλέπονταν ένιωθαν μια ανακούφιση, χαρά δεν το 'λεγες.

Ο Μανόλης, μπαίνοντας στο σαλόνι, χαιρέτησε την Πηνελόπη, εκείνη τον κοίταξε με έναν τρόπο διερευνητικό. Σαν να έψαχνε να βρει κάτι που θα της το έλυνε ο ίδιος, μια και πέρασε να τις δει.

«Θέλω να σας βγάλω έξω απόψε» τους είπε. «Πήρα τα πρώτα μου λεφτά από εκείνη τη δουλειά που σας έλεγα».

Η μάνα του ήξερε, η Πηνελόπη αρνιόταν να κατανοήσει οτιδήποτε δεν την αφορούσε άμεσα.

«Να βγείτε, μάνα και γιος, εγώ δεν κουνιέμαι εύκολα».

Αυτοί δεν επέμεναν. Άλλωστε η συμπεριφορά της Πηνελόπης ήταν αναμενόμενη. Η Μαργαρίτα έτρεξε στο μπάνιο να φρεσκαριστεί και βγαίνοντας είπε «Παράξενο, οι καθρέπτες στην Αθήνα με μεγαλώνουν».

Ο γιος ξεφύλλισε κάτι ξεχασμένα βιβλία στο μικρό σκρίνιο, όπου κυριαρχούσαν κορνιζαρισμένες φωτογραφίες ενός όμορφου άντρα που φορούσε παντού κοστούμι με μαντιλάκι στο πέτο και καπέλο, ο πρώτος σύζυγος της Πηνελόπης, ο τραπεζικός. Σε μια άλλη, το ζευγάρι, Μεσοπόλεμος, όμορφοι και οι δύο, βόλταραν στο κέντρο της Αθήνας. Παιδιά δεν έβλεπες σε καμία φωτογραφία, άλλωστε η Μαργαρίτα τού είχε πει ότι η θεία της δεν μπορούσε να κάνει, αλλά γι' αυτό κατηγορούσε κάθε φορά τους συζύγους της, που τους χώριζε ή τους αποτέλειωνε. Μετά τον τρίτο, ευτυχώς σταμάτησε κάθε προσπάθεια να αποδείξει τη γονιμότητά της.

Βγαίνοντας, άκουσαν την Πηνελόπη να τους λέει «Μην αργήστε πολύ, θέλω ένα φλαμούρι πριν κοιμηθώ». Φοβόταν να βράσει αφεψήματα γιατί επέμενε ότι της ξέφευγε το καυτό νερό και την είχε κάψει πολλές φορές σε αρκετά σημεία στα πόδια της· όμως δε φαίνονταν ποτέ σημάδια.

Κοιμόταν πολύ αργά η γριά, η Μαργαρίτα δεν απάντησε στο αίτημά της. Αισθανόταν ότι υπηρετούσε τη θεία της αντί μιας άλλης γυναίκας, που θα έπρεπε να προσλάβουν. Όμως τα διπλά χαρτζιλίκια που έπεφταν, το κοινό ταμείο, περνούσαν πια στον έλεγχο της Μαργαρίτας.

«Ενώ είναι σφιχτοχέρα, με εμπιστεύεται, ποιον άλλον έχει στον κόσμο; Με τέτοιο στόμα, τους χαντάκωσε όλους».

Πήγαν σε ένα ταβερνάκι εκεί κοντά, αφού γυρόφεραν την περιοχή, στον Ηλία. Έφαγαν μπιφτέκια, σαλάτα, φέτα με λαδορίγανη. Ήπιαν λίγο κρασί ρετσινάτο, χαλάρωσαν κάπως, αν και η Μαργαρίτα τέθηκε σε επιφυλακή μόλις αντιλήφθηκε σε ένα διπλανό τραπέζι κάποιους ηθοποιούς από τα σίριαλ που πλημμύριζαν τα ιδιωτικά κανάλια. Ο Μανόλης, πάλι, μακριά από την Ελλάδα τόσα χρόνια, δεν αναγνώριζε κανέναν. Σε κάποιες παρέες μιλούσαν δυνατά και φυσούσαν τον καπνό των τσιγάρων τους μέσα στη μούρη των άλλων ή χαλάρωναν σπρώχνοντας τις παρακείμενες καρέκλες μπας και τεντώσουν τα πόδια τους.

Πολύ δειλά άναψε κι ο Μανόλης ένα τσιγάρο αντί να βγει έξω.

Μίλησε στη μάνα του για τη δουλειά, μια δουλειά που την έκανε χωρίς δυσκολία.

«Λες και τους κορόιδευα με όσα έκανα, κάτι αρχαίες λέξεις που ξαναγράφονται στα *σουηδικά*, παιδικά αστειάκια θα τα έλεγα, όμως αυτά ήθελαν, έτσι λειτουργεί η αγορά, με σλόγκαν και συνθήματα. Δεν έχω βγάλει πιο εύκολα λεφτά μέχρι σήμερα».

«Ευκαιρία να φτιάξεις εδώ τη ζωή σου. Όλα γίνονται στις μεγάλες πόλεις. Πού αλλού να πάμε; Δουλέψαμε κι οι δύο στην Ευρώπη αλλά εδώ είναι το ζουμί μας, ακόμη και με την τρελή εκεί μέσα, αισθάνομαι καλύτερα απ' ό,τι εκείνα τα χρόνια στο μουσκεμένο Βερολίνο».

«Εγώ θα έμενα πάντως κι άλλο στη Σουηδία. Όμως σε σκεφτόμουν, με είχε πιάσει και μια νοσταλγία για δω...»

«Μόνον αυτό; Εγώ περνούσα μια χαρά, αν εξαιρέσεις...»

«Τι να εξαιρέσω, Μαργαρίτα; Ότι σε έδερνε ο Στραβοπόδης; Δεν το ένιωθα, δε μου το άφηνες να εννοηθεί;»

«Δεν ήταν ακριβώς βία. Αν δεθείς με έναν άνθρωπο για τον οποίο χαλάς την οικογένειά σου, να, μετά θέλεις να αποδείξεις ότι δεν έκανες λάθος και κάθεσαι να το αντέξεις. Δεν ήταν όμως τόσο άσχημα...»

«Ήταν. Μην ξεχνάς ότι στο τελευταίο σου απελπισμένο τηλεφώνημα σκέφτηκα πολύ απλά ότι στερούμαι έναν πατέρα που ίσως και να το αξίζει, την πατρίδα μου και τη μάνα μου όμως;»

Ήπιανε λίγο παραπάνω. Η Μαργαρίτα καθόταν σε ορθή γωνία μονίμως, ατσάκιστη ακόμη κι όταν το ποτό την είχε ζαλίσει αρκετά. Η αίσθηση ότι γύρω της υπήρχαν άνθρωποι του θεάτρου και του κινηματογράφου την έκανε ακόμη πιο ανταγωνιστική.

«Μανόλη, δεν ήθελα να σου το πω κι αυτό...»

Όμως δίσταζε.

«Χθες τηλεφώνησε η Ρούλα και, χωρίς φωνές και υστερίες, μου είπε ότι έχασε δύο φορές άδικα τον άντρα της. Μια που της τον πήρα και μια που της τον έπνιξα».

Ξεροκατάπιε. Κοίταξε γύρω της. Ο γιος της έσπευσε να τη διορθώσει.

«Φυσικά, ο Παντελής πνίγηκε μέσα στα μεθύσια του».

«Όχι μόνο, Μανολάκη μου. Εννοούσε κανονικό πνίξιμο, μπλέξαμε με άλλη μία τρελή».

Η λέξη «τρελή» ήχησε δυνατά καθώς τελείωσε απότομα το τραγούδι στα ηχεία και η φωνή της ήταν ανεβασμένη. Οι διπλανοί γύρισαν να δουν. Οι φωνές σταμάτησαν για δευτερόλεπτα, μια παγωμένη σιωπή χιλιοστών του δευτερολέπτου. Κι ύστερα ξαφνικά άρχισαν όλοι μαζί να μιλάνε, καθώς ξανάρχιζε το επόμενο λαϊκό.

14

Πρωτα εβαψε το σπίτι, τα ντουλάπια και τον πάγκο στην κουζίνα. Η Κρίστη τού συνέστησε έναν Πολωνό, καλό βαφέα και φτηνό. Η γυναίκα του καθάριζε πολυτελή δικηγορικά γραφεία με τα ίδια χέρια που στην πατρίδα της έπαιζε πιάνο.

Τώρα πια ο Γιώργος δεν του παραχωρούσε το σπίτι, το νοίκιαζε κανονικά, και μάλιστα εκείνος φρόντισε να το αδειάσει από τα δικά του πράγματα, αφήνοντάς του το ψυγείο και το πλυντήριο. Το διαμέρισμα πάλιωνε, όλα ήθελαν αντικατάσταση αλλά θα έκανε υπομονή ο Μανόλης.

Άλλωστε ζούσε στην καρδιά της πόλης, από το παράθυρο του διαδρόμου έβλεπε τους Στύλους του Ολυμπίου Διός, και μάλιστα καδραρισμένους μέσα από την Πύλη του Αδριανού, ενώ πίσω, στην κρεβατοκάμαρα, η θέα του Ιερού Βράχου παρέμενε ακλόνητη· λέγανε κανένας σεισμός δεν μπορεί να την ταρακουνήσει, αιώνες εκεί πάνω. Δεν έκλεινε πια το παντζούρι πίσω, έβλεπε τα δωμάτια των γειτονικών οικοδομών, τις κουζίνες τους κυρίως – μα γιατί βάζουν τις κουζίνες πίσω και είναι τόσο στενές κι αφήνουν τα σαλόνια ακάθιστα στα πιο φωτεινά μέρη του σπιτιού; Στη Σουηδία η κουζίνα ήταν σαλόνι και τραπεζαρία μαζί, γύρω γύρω παράθυρα, να γεμίζει διαμπερώς το φως. Στα περβάζια, μέσα από τα παράθυρα, έβαζαν λογιώ λογιών στολίδια και γλαστρούλες.

Ύστερα βγήκε να αγοράσει μερικά βιβλία, αναζήτησε μικρά βιβλιοπωλεία στα στενάκια στην Ακαδημίας, έστριψε στη Ζωοδόχου Πηγής. Ένα βιβλίο που είχε αγαπήσει και το «δίδασκε» στη Σουηδία, το *Ελληνικό καλοκαίρι* του Ζακ Λακαριέρ, το εντόπισε στον ίδιο τον εκδοτικό οίκο, ένα ισόγειο βιβλιοπωλείο.

Στο γραφείο, μια κυρία με γκρίζα μαλλιά τον κοιτούσε. Την καλημέρισε και της είπε ότι από εδώ παράγγελνε αρκετά βιβλία εδώ και λίγα χρόνια, πόσο δύσκολο ήταν να γίνει μια τέτοια παραγγελία στο εξωτερικό!

«Εμείς να δεις όταν ζητάμε τα δικαιώματα πόσο δύσκολο είναι επίσης».

Του συστήθηκε: η κυρία Χατζηνικολή. Αυτός τη ρώτησε αν είχε να του προτείνει κάτι ενδιαφέρον. Τον ενδιέφεραν οι ταξιδιωτικές περιπλανήσεις όπως του Γάλλου φιλέλληνα.

Εκείνη τον οδήγησε στο ράφι με τα βιβλία ενός Εγγλέζου, Μπρους Τσάτουιν, τον είχε γνωρίσει πριν πεθάνει άδικα.

«Ήταν ένας οξυδερκής και ακάματος ταξιδιώτης, αλλά μην ξεχνάς τη Γιουρσενάρ· εδώ έχεις να κάνεις με μια τεράστια συγγραφέα, την είχα γνωρίσει κι αυτή».

Μακάρι να ταξίδευε και να έγραφε. Πλήρωσε και έφυγε με μια βαριά τσάντα. Στο κέντρο η πόλη ασφυκτιούσε από την κίνηση και το νέφος. Παντού επικρατούσε μια ανεξήγητη ένταση σαν ανεξέλεγκτη μέθη, όπως και η εποχή. Είχε αναλάβει και πάλι το ΠΑΣΟΚ την εξουσία, ο Ανδρέας ήταν αθάνατος τελικά; Χαμογέλασε: ο Ανδρέας είχε περάσει από τη Σουηδία, εκεί δίδαξε και διαμορφώθηκε πολιτικά. Όμως κι αυτός διαμορφώθηκε κοινωνικά στη Σουηδία, ας μην είχε παράπονο, είχε εκμεταλλευτεί ως ξένος σωστά κάθε προνόμιο.

Ο Μανόλης όμως δεν είχε ψηφίσει κανέναν, δεν ψήφιζε από καιρό, είτε γιατί έλειπε είτε γιατί τώρα βαριόταν να διαχειριστεί τα εκλογικά του δικαιώματα. Έπρεπε να κάνει κάτι γι' αυτό. Ήταν ακόμη δημότης ενός μέρους από το οποίο είχε φύγει είκοσι χρόνια πριν και δεν είχε κανένα νόημα αυτή η μακρινή εγγραφή στο δημοτολόγιο του τόπου καταγωγής του. Ναι, έπρεπε να το δει αυτό, να δει πόσο εύκολο ήταν για να το κάνουν μαζί με τη μάνα του.

Πιο αποφασισμένος... αισθάνθηκε. Μπορούσε ακόμη και την Ντίνα να αντιμετωπίσει, για να μην πούμε ότι τον έτρωγε κιόλας πως θα βασανιζόταν μαζί της, αλλά με την Ντίνα πάντα ένιωθες έξυπνος, διασκέδαζες με τις εμμονές της. Ναι, μπορούσε να της τηλεφωνήσει.

Έριξε ένα κέρμα σε έναν θάλαμο στην Κολοκοτρώνη, με το άγαλμα παραδίπλα, περήφανο και με κατακτητική διάθεση, ενώ η μπλαζέ φωνή της Ντίνας τον ρώτησε ποιος είναι.

«Ποιος άλλος; Ο Μανόλης».

«Α, Μανόλη μου. Τι φωνή αστάθμητη είναι αυτή; Μια χαρά είμαι, μάλλον η χαρά είναι καλά. Απόψε, τι λες για ένα κρασάκι, άσε με να σε βγάλω εγώ. Ντύσου καλούτσικα» συμπλήρωσε και τον σύγχυσε.

Σιγά μην έβαζε κοστούμι για να συνοδέψει μια εγκλωβισμένη αστή που τον επέκρινε φοιτήτρια στη Ζωή. Ύστερα ξαναμπήκε στον θάλαμο να πει ένα γεια στη μάνα του. Κι εκεί ακούστηκε μια φωνή που περίμενε κάτι πέρα από την καθημερινότητα. Η βαθιά, μελαγχολική φωνή της Μαργαρίτας.

«Τι να κάνω; Μαγειρεύω νερόβραστο ρύζι γιατί είχε διάρροια σήμερα. Έφαγε κάτι σοκολατάκια υγείας που τα είχα κρυμμένα. Όταν είναι να φάξει, σηκώνεται μια χαρά. Και τώρα ξεσκατώνω γιατί δεν προλάβαινε να φτάσει μέχρι την τουαλέτα».

Προβληματίστηκε για τη μάνα του. Ίσως έπρεπε να το ξαναδεί, να μιλήσει μαζί της, όπως την έφερε ας πορευόταν τουλάχιστον.

Έκοψε δρόμο από την οδό Νίκης. Ακόμη κυκλοφορούσε στο κέντρο έχοντας σημάδια αναγνωριστικά. Μπορεί και να χανόταν για λίγο, όμως η Πλάκα σε ορισμένες γειτονιές τον ηρεμούσε, του θύμιζε αντίστοιχες παλιές πόλεις στο εξωτερικό. Σε όποιον έλεγε ότι δεν είχε ξανάρθει στην πρωτεύουσα θα τον κοίταζε έντρομος, αν όμως του ανέφερε ότι είχε ζήσει δέκα χρόνια στη Σουηδία, θα το έβρισκε πιο φυσικό. Τόσο μεγάλη ιδέα είχαν για την πολιτεία τους οι γηγενείς και οι αυτόχθονες.

15

ΣΥΝΑΝΤΗΘΗΚΑΝ κοντά στο ογκώδες κι αυστηρό Μέγαρο Μουσικής. Η Ντίνα ερχόταν με ένα ύφος σοβαρό και ξαφνιασμένο, λες και δεν περίμενε να τον βρει εκεί. Κομψή διαχρονικά, βαμμένη έντονα, του έδωσε το υγρό φιλί-βεντούζα στο στόμα. Πέρασαν, διασχίζοντας βιαστικά τον δρόμο, απέναντι, πίσω από το Αιγινήτειο. Ανάμεσα σε ιδιωτικές κλινικές άνθιζαν καινούργια κλαμπ και εστιατόρια, «Εκεί βρίσκεται ο Ηριδανός» του εξήγησε η Ντίνα, που τον κρατούσε αγκαζέ, δικαιωματικά και κτητικά.

Ξαφνικά ο Μανόλης αισθάνθηκε οικεία μαζί της, λες και έβγαιναν από μια κινηματογραφική προβολή των φοιτητικών τους χρόνων για να συνεχίσουν σε ένα από τα ταβερνάκια γύρω από τη Ροτόντα. Εκείνη λαχταρούσε τις βαρυφορτωμένες ομελέτες που έφτιαχνε ένα μαγαζί, γκρίνιαζε για τη βαρβαρότητα της λαδίλας αλλά τις καταβρόχθιζε.

Ο Ηριδανός ήταν ένα γωνιακό νεοκλασικό αρχοντικό με κήπο, που είχε μετατραπεί σε μπαρ-εστιατόριο. Στη φωτεινή του είσοδο είδαν κόσμο που περίμενε καρτερικά να τους υποδεχτεί ο διευθυντής δημοσίων σχέσεων, ένας υπερκινητικός τελετάρχης ο οποίος, μόλις αντίκρισε την Ντίνα, φιλήθηκαν όχι στο στόμα αλλά πλαγίως και πάνω από τα μάγουλα, ανέγγιχτα και με ανορθωμένα τα πιγούνια.

Προφανώς η Ντίνα σύχναζε εδώ και είχε κάνει κράτηση, γιατί ο επί της υποδοχής τούς οδήγησε κατευθείαν σε ένα τραπέζι για δύο στην κεντρική αίθουσα, ένα ψηλοτάβανο σαλόνι του παλιού καλού καιρού, που μπορεί και να έκλεινε τις πόρτες του για να γίνουν δύο δωμάτια. Στο βάθος, στον τοίχο που έβγαζε στο κήπο, κάποιος είχε ζωγραφίσει τεράστιες τοιχογραφίες από την Πομπηία. Λες και έβλεπες κάποιους ήρωες του Τερζάκη να περιφέρονται σε ένα λογοτεχνικό dejà vu μεταφερμένο σε στούντιο ελληνικής τηλεόρασης. Τριγύρω ορθογώνια παράθυρα με στολισμένα βάζα στα εσωτερικά περβάζια, διακριτικοί φωτισμοί στις γωνίες, μουσική που ερχόταν από παντού χωρίς να ξεκουφαίνει – ναι, σίγουρα ήταν ένας χώρος που εντυπωσίαζε και τον Μανόλη. Αργότερα θα μάθαινε ότι στο διπλανό πριβέ σαλόνι σύχναζαν τα πιο μεγάλα ονόματα της κοσμικής Αθήνας – ονόματα που σε έναν ξενοφερμένο σαν κι εκείνον δεν έλεγαν τίποτε προς το παρόν.

Προς στιγμήν νοστάλγησε την απλότητα και τη λειτουργικότητα της σκανδιναβικής χώρας. Τίποτε εκεί δεν του φαινόταν περιττό, όλα έδειχναν χρήσιμα κι αυτό που εδώ έπρεπε να κατακτηθεί ως εκκεντρικότητα εκεί προϋπήρχε ως έμφυτη φυσικότητα.

Η Ντίνα πήρε πρωτοβουλίες για το φαγητό και το κρασί, οι τιμές τσουχτερές. Όσο την πρόσεχε, τόσο πιο πολύ απομακρυνόταν από την εικόνα του πλουσιοκόριτσου που είχε γνωρίσει στα φοιτητικά δωμάτια. Δε ζούσε στο πατρικό της μετά τον θάνατο του πατέρα της· την έθλιβε να ζει εκτός κέντρου, είχε αγοράσει ένα διαμέρισμα στη Διδότου, ψηλά, προς το Γαλλικό Ινστιτούτο, τόνισε. Αυτή ήταν η Αθήνα. Εδώ γύρω. Όλα τα άλλα ήταν χωριά που κρέμονταν σαν τσαμπιά γύρω της, ψεγάδια που κατέστρεφαν την εικόνα της. Αναστέναξε.

«Πάλι καλά που ζεις στην Πλάκα. Εγώ τη βρίσκω πολύ τουριστική –απρόσωπη, κι ας είναι γεμάτη κόσμο–, αλλά τι σε νοιάζει; Κινείσαι ευκολότερα στο κέντρο».

«Πράγματι δε με νοιάζει, ήθελα να μη χρησιμοποιώ συγκοινωνίες και να πηγαινοέρχομαι με τα πόδια στη μάνα μου».

«Τη νοιάζεσαι, ε; Δεμένοι πάντα με τη μάνα;»

«Όχι όπως το εννοείς».

«Σου υπόσχομαι να μη σου κάνω ψυχανάλυση. Το σταμάτησα πια και ως επάγγελμα και ως καθημερινή ενδοσκόπηση. Αλλά το κουσούρι μένει. Να, βλέπεις αλλιώς τους ανθρώπους και τελικά τούς τρομάζεις. Αυτό ήταν το δικό μου λάθος. Γι' αυτό και δε μ' άντεξε κανείς αλλά ούτε κι εγώ κανέναν».

Η Ντίνα βρήκε ευκαιρία να μιλήσει και την άφησε. Κάποια στιγμή πέρασε μια μάλλον διάσημη σταρ του ελληνικού κινηματογράφου για το πριβέ μέρος, αριστερά και πίσω, και έγινε σούσουρο στο κεντρικό σαλόνι. Όλοι έγερναν προς τον διάδρομο για να ελέγχουν το πέρασμα των διασήμων. Ο διευθυντής κρατούσε από τη μέση τη λαμπερή ύπαρξη, την ωθούσε αέρινα και προστατευτικά προς τα ενδότερα διατηρώντας το χαμόγελό του αναλλοίωτο αλλά και εκστομίζοντας αποθεωτικές φράσεις που την έκαναν ακόμη πιο δυνατή μέχρι να κλειστεί μέσα στο άβατο. Άραγε εκεί μέσα ηρεμούσαν καθόλου οι διάσημοι εγκλωβισμένοι, αυτάρκεις στην επωνυμία τους; σκέφτηκε ο Μανόλης νοσταλγώντας ανοιχτούς χώρους και περιπάτους διαλογισμού σε ανοιξιάτικα ανθισμένα μονοπάτια, δίπλα σε μεσαιωνικά κάστρα με ορθάνοιχτες πύλες και πετρωμένες ιστορικές μνήμες.

«Θα μιλήσουμε για όσα θέλουμε, έχουμε καιρό, αλλά και δεν είναι απαραίτητο, Μανόλη. Τώρα πια δεν έχουμε στόχο, είμαστε κατασταλαγμένοι. Όμως ήθελα να σου πω ότι άλλαξες, ωρίμασες και... ομόρφυνες. Στη Σουηδία, φαίνεται, σε ωφέλησε το κλίμα, για να το εκλαϊκεύσω!»

Ένας σερβιτόρος λύγισε για να γεμίσει τα ποτήρια τους, δε χρειαζόταν τόσο πολύ. Ο Μανόλης απολάμβανε ένα κόκκινο κρασί και περίμενε στωικά να ακούσει όσα υπολόγιζε.

«Παράτησα το πανεπιστήμιο, με απήγαγε ο πατέρας μου μετά το ατύχημα. Με βρήκε εύθραυστη, πληγωμένη σωματικά, μα, πάνω απ' όλα, κατατρομαγμένη. Δεν μπόρεσα να αντιδράσω. Δεν είναι και λίγο να κινδυνεύεις να σκοτωθείς στα είκοσι, όπως ο φίλος σου δίπλα σου. Έχασα τα πάντα για λίγα χρόνια και, όταν αποφάσισα να πάρω το πτυχίο μου, είχατε φύγει όλοι πια. Η Ζωή έμαθα ότι διορίστηκε στα σύνορα, εκείνη τα γούσταρε κάτι τέτοια εναλλακτικά, ο Ραΐντ έφυγε στην πατρίδα του, οι καλλιτεχνικές μας ομάδες – αλήθεια, τι απέγιναν τόσο δημιουργικές ομάδες; Όλοι μας κάτι πάθαμε τότε, καλό ή κακό δεν έχει σημασία... Γι' αυτό μας λένε τώρα γενιά της Μεταπολίτευσης και πάνε να μας φορτώσουν διάφορα. Όμως εγώ δεν έπρεπε να ξεκόψω, αλήθεια, είδες ποτέ κανέναν από τις παρέες;»

Ο Μανόλης περίμενε τη σειρά του.

«Έχω δει αρκετό κόσμο αλλά όχι τους βασικούς, τους πρωταγωνιστές –που θα λέγαμε–, μια και είμαστε σε χώρο όπου κινούνται αστέρες του θεάματος. Ο Μάικ πρέπει να έφυγε στην Αμερική να σπουδάσει θεατρολογία –ελπίζω, έτσι άκουσα–, διαφωνήσαμε έντονα τότε που εμφανίστηκε με τη μάνα μου και με ψάχνανε. Η Ζωή... καμία επικοινωνία, της είχα φερθεί αλλόκοτα... λίγο αχάριστα, εκείνη με φρόντιζε, όταν αρρώσταινα με περιέθαλπε στο σπίτι της, οικογενειακά, η μάνα της με αγαπούσε. Ναι, αν θες, πες το, κλείστηκα κι εγώ στον κόσμο μου, στα τείχη μου μέσα».

Η Ντίνα έβγαλε ένα πολύ λεπτό πουράκι, που έσπευσε ένα άλλο γκαρσόνι να της το ανάψει, αυτός που καθόταν παραδίπλα τους λες και τους κρυφάκουγε.

«Ό,τι ζήσαμε ήταν κέρδος» είπε ο Μανόλης. «Φοιτητές ήμασταν, έπρεπε να βουτήξουμε σε όλα. Μαθαίναμε και προχωρούσαμε».

«Σας ζήλευα καμιά φορά, ήσασταν οι πιο τολμηροί. Εγώ ήμουν η πιο βολεμένη. Το ήξερα ότι με το ζόρι με αποδεχόσασταν, εμένα, την εύπορη, την αστή Αθηναία, την ατσάκιστη. Ώσπου έφαγα τα μούτρα μου».

«Μην το λες έτσι, κανείς δε σε τιμώρησε. Έπειτα, και η Ζωή, η ανήσυχη, το ίδιο έπαθε. Ελπίζω να έφυγε εκείνο το σημάδι από το πρόσωπό της».

«Κι εσύ έφυγες μετά τον στρατό, ε; Δεν το άντεχες πια εδώ;»

«Αν εννοείς όσα αντιλαμβάνομαι, ναι. Μου αρέσει να

ζω κάνοντας κύκλους ανά δεκαετία. Χωριό, σπουδές, στρατό. Μου ήταν αδιανόητο να ζήσω στην ίδια πόλη που ψαχνόμουν, αλλά και το ίδιο δύσκολο να διδάσκω σε σχολεία. Το εξωτερικό ήταν η πιο αυτονόητη λύση».

«Βέβαια, Μανόλη, πάντα φεύγουμε μακριά γιατί δε μας φταίνε μόνον οι τόποι που αφήνουμε πίσω μας».

«Ναι, γι' αυτό, ώσπου να μας τελειώσουν και εκείνοι. Να με και πάλι στην Αθήνα».

«Καλώς όρισες λοιπόν».

Τσούγκρισαν τα ποτήρια τους.

Μια γυναίκα έσκυψε προς το μέρος του αιφνιδιαστικά και φίλησε την Ντίνα ρουφηχτά. Το άρωμά της, βαρύ νοσοκομειακό φάρμακο, τους έπνιξε.

Η Ντίνα έκανε τις συστάσεις.

«Ο φίλος μου ο Μανόλης».

Ο Μανόλης δε συγκράτησε το όνομα της κυρίας, όμως θυμόταν μέρες μετά πως, όταν η Ντίνα τον σύστησε ως φιλόλογο, εκείνος σοβαρά πρόσθεσε «Θα προτιμούσα να πεις πλατωνιστής», οπότε η άλλη υποχώρησε λες και την είχαν κοροϊδέψει κατάμουτρα.

16

ΕΝΑ ΒΡΑΔΥ, γυρίζοντας στο σπίτι στην Πλάκα, βρήκε το αυτοκίνητό του τρακαρισμένο. Το είχε αφήσει αριστερά, μπαίνοντας στη Θαλού από την Αμαλίας και γωνία με Πιττακού, ένα δύσκολο σημείο, αλλά έβλεπε ότι κι άλλοι άφηναν εκεί τα αυτοκίνητά τους –και όπου αλλού ήθελαν–, αν και μόλις χωρούσε το εισερχόμενο.

Ήταν ένα χειμωνιάτικο βράδυ, επέστρεφε από το Παγκράτι, όπου είχε δει τις δύο γυναίκες του, τις είχε βρει κατσουφιασμένες, και αυτή την κατήφεια την κουβάλησε μέχρις εδώ για να κορυφωθεί με την τράκα. Αρκετά μεγάλη ζημιά για ένα παλιό αυτοκίνητο, άντε τώρα να τρέχεις μέσα στην Αθήνα σε ασφαλιστικές και συνεργεία – ένα χάος που περιπλεκόταν, γιατί πράγματι δε γνώριζε πώς να προχωρήσει στις απαραίτητες διαδικασίες.

Πέντε μέτρα παρακεί στεκόταν ο συνήθης φρουρός ενός άδειου στρατιωτικού κτιρίου, τον ρώτησε αν είδε ή αν άκουσε τη σύγκρουση.

«Α!» απάντησε εκείνος «κάθε μέρα εδώ γύρω γίνονται τράκες, οι περισσότεροι δεν έχουν ασφάλεια και την κοπανάνε τρέχοντας».

Τρέχοντας μέσα στα στενά; Τόσο υπεύθυνη απάντηση από έναν φρουρό της πατρίδας αλλά όχι των πολιτών της. Προφανώς ο τυπάκος φοβόταν μην μπλέξει με μαρτυρικές καταθέσεις κτλ. Ο Μανόλης τα ήξερε αυτά από τον στρατό, οπότε συνέχισε απέναντι στην είσοδο, όπου είδε σωριασμένη τη γριά Βέρα με ένα μπουκάλι μπίρα στο χέρι. Αυτή σίγουρα δεν έβλεπε τίποτε επίγειο. Ωστόσο τον αναγνώριζε και του μιλούσε, όμως στη δεύτερη λέξη δεν έλεγε κάτι συγκροτημένο. Ως εκεί. Τη βοήθησε να ανασηκωθεί, μύριζε πολύ άσχημα η γιαγιά, και την πήγε μέχρι το πορτάκι της τρύπας όπου ζούσε. Κατά τη διάρκεια της ημέρας την παρατηρούσαν και οι τουρίστες σαν αξιοθέατο, καθισμένη στο πλατύσκαλο μιας σφραγισμένης εισόδου, τα μαλλιά της ξεραμένα και ορθωμένα από την απλυσιά. Δε μίλαγε αλλά αλίμονο αν άρχιζε να πίνει. Ένας απίστευτος οχετός, βρισιές και κατάρες, εξέρχονταν από το στόμα της, και ευτυχώς που οι ξένοι δε μάθαιναν τέτοια ελληνικά.

Το διαμέρισμα φτιαχνόταν σταδιακά. Όλο και κάτι πρόσθετε, τα λεφτά του αξιοποιούνταν σε μικρές αγορές. Ένα cd player Technics τού είχε στοιχίσει εξήντα οκτώ χιλιάδες δραχμές και τα πρώτα cd που αγόρασε ήταν του Χατζιδάκι και των Massive Attack και ένα κλασικής μουσικής, που διάλεξε τυχαία, αρκεί να ακουγόταν τσέλο. Τελικά ήταν Σούμαν, ένα ολόκληρο κοντσέρτο για τσέλο, και αυτό έβαλε να ακούσει για να ηρεμήσει.

Ξάπλωνε μετά με το βιβλίο και προσπαθούσε να πείσει τον εαυτό του γιατί ήταν τόσο ευχαριστημένος. Κορόιδευε τον εαυτό του ή τους άλλους; Κι αν με μια τέτοια σάχλα είχε βγάλει λεφτά για να ζήσει λίγους μήνες, τώρα που του προτείνανε μια διαφημιστική ατάκα του ενός λεπτού πόσα έπρεπε να ζητήσει;

Ο Γιώργος πάλι τον είχε καλέσει τηλεφωνικώς και του είπε να παραβρεθεί σε μια συνάντηση στο Μαρούσι. Ξαναβρέθηκε εκεί και του πρότειναν να σκεφτεί το σενάριο της διαφήμισης μιας σπιτικής σάλτσας με αναφορά στους αρχαίους, ήταν ένα θέμα που βόλευε και πουλούσε τελικά.

Προσπάθησε να επιστρατεύσει απανθίσματα και θησαυρίσματα από τα διαβάσματά του αλλά δεν του έβγαινε η ατάκα για μέρες. Μαζί με την ατάκα έπρεπε να είχε σκεφτεί και την ιστορία, το πλαίσιο μέσα στο οποίο έπρεπε να λεχθεί.

Και τότε είδε τη μάνα του να μαγειρεύει σε ένα νεοκλασικό σπίτι της Πλάκας, να ανοίγει το παράθυρό της, με θέα την Ακρόπολη, και να καλεί μέσα τη θεά Αθηνά να γευτεί μια σύγχρονη ελληνική συνταγή που δεν την είχε προλάβει. «Ποια, εγώ;» θα έλεγε η αρχαία θεά, αφήνοντας περικεφαλαία και ακόντιο στην άκρη, και μετά, γελώντας, οι δύο γυναίκες θα δοκίμαζαν τη σάλτσα NOSTIMO, μια συνταγή που μπορεί να πείσει και τους αρχαίους θεούς ακόμη να κατεβούν από τα ύψη τους.

Ντράπηκε όταν το ολοκλήρωσε, μα δε χρειαζόταν να κάνει κανείς παραπομπές στον *Χαρμίδη* και στον *Φαίδρο* για να γράψει μια τέτοια σαχλαμαρίτσα, μάλλον τον είχαν παρεξηγήσει. Ένα μήνα μετά, η διαφήμιση παιζόταν απ' άκρη σ' άκρη στα ιδιωτικά κανάλια, ευφραίνοντας προφανώς τους καταναλωτές και τους υπεύθυνους της εταιρείας. Του έγινε πρόταση για μόνιμη συνεργασία: τρία κείμενα τον μήνα, αλλά με απαγόρευση συνεργασίας με άλλη εταιρεία. Το δέχτηκε, αφού δε θα χρειαζόταν να βρίσκεται συνεχώς κοντά τους ούτε και να ξενυχτάει μαζί τους.

Για την αποδοχή και την επιτυχία του ένιωθε συνδικαιούχος κι ο Γιώργος, κι έτσι αναγκάστηκε να τον ακολουθήσει ένα βράδυ στο REX, στην Πανεπιστημίου, όπου η Δέσποινα Βανδή κατέβαινε από την οροφή και υπερίπτατο των θαμώνων τραγουδώντας. Είχε δυνατή φωνή πάντως αλλά ο Μανόλης φοβόταν μην της γυρίσει ανάποδα το μυαλό της με τέτοιες στροφές στον αέρα, σκαρφαλωμένη καθώς ήταν σε αόρατους γερανούς, με τα αέρινα τούλια της να μπλέκονται θεαματικά στο περίπλοκο, πανάκριβο σκηνικό.

Εκεί μέσα παστωμένοι, όλοι έπιναν και κάπνιζαν, ενώ τα γκαρσόνια έφερναν συνεχώς νερά και τόνους παγάκια και άλλαζαν τα τασάκια που ξεχείλιζαν αποτσίγαρα και μισοσβησμένα πούρα. Κι όταν το σόου τελείωσε στις τρεις το πρωί, ο Γιώργος, η Μέξι αλλά και μία ακόμη φίλη τους επέμεναν να πάνε για μια σούπα στην κεντρική αγορά της Αθηνάς.

Η κοπέλα ήταν φωτογράφος της εταιρείας, βοηθός του διευθυντή κάστινγκ. Προφανώς την προόριζαν για τον Μανόλη, αλλά και πάλι δεν έδενε το όλο σκηνικό. Κάποια στιγμή εκείνη έπεσε χαλαρά πάνω του, αυτός αφέθηκε αλλά δεν είχε καμία περιέργεια να συνεχίσει. Η μικρή εικοσιπεντάρα, της άρεσε να ψηλαφίζει, σίγουρα θα σιγομουρμούριζε κάτι την επομένη στη Μέξι, ήταν ήδη μεγάλος για εκείνη, ξέρουν αυτές, κορίτσια είναι, μάλλον θα είναι προβληματικός, «ασέξουαλ μου φαίνεται ή μήπως όχι;».

«Πλατωνικός» είπε χασκογελώντας η Μέξι και αμέσως σοβαρεύτηκε γιατί κατά βάθος τον εκτιμούσε.

Στο τέλος του 1993 ο Μανόλης Κυρτσής μάζεψε τις αποδείξεις για την εφορία: μόνο για βιβλία είχε δώσει τριακόσιες χιλιάδες. Κάθε καινούργιο βιβλίο που έμπαινε σπίτι του πρόσθετε ένα μέτρο ακόμη αμφισβήτησης και απομάκρυνσης από το πλήθος απ' έξω. Το ήξερε κι ο ίδιος, γι' αυτό και ξανάδε την Ντίνα. Ήταν η μόνη μάρτυρας του νεαρού εαυτού του, όταν άρχισε να σπουδάζει διψασμένος για ζωή και γνώσεις, τότε. Όλοι οι άλλοι, που τον γνώριζαν τώρα, ξεκινούσαν από τις ιδιομορφίες του. Και δεν το περίμενε ο ίδιος ότι μέσα σε δύο δεκαετίες εκείνα που αυτός θεωρούσε αξίες και προτεραιότητες για κάποιους άλλους θα ήταν γραφικότητες.

Όμως τώρα κι αυτός διπλασίαζε το χαρτί του. Όχι μόνο τόνιζε τις σπουδές του, αλλά τις υπερκάλυπτε με μεταπτυχιακά. Δεν έλεγε ψέματα. Διάβαζε από μόνος του αλλά και δε θα τους άφηνε ακάλυπτους στον τρόμο τους ότι ένας μελετητής του Πλάτωνα είχε παρεισφρήσει στον λαμπερό καινούργιο κόσμο τους. Κάπως έτσι, τον άφηναν και πιο ήσυχο, αν και, στην περίπτωση της κοπέλας μετά τη σούπα, δεν τα κατάφερε. Όταν χωρίσανε στα στενά της Πλάκας, η νεαρή φωτογράφος κατόρθωσε και τον πήρε στο στόμα της στην άκρη του δρόμου, κολλημένοι στον τοίχο του λαογραφικού μουσείου της Χατζημιχάλη, κάτω από μια τεράστια αναρριχώμενη περικοκλάδα που κάλυπτε το σπίτι και περιτύλιξε τα κουρασμένα τους κορμιά.

Κι έτσι, ησύχασαν και οι δυο –η μία για το στοίχημα που είχε βάλει κι εκείνος που αποφορτιζόταν–, τρομάζοντας ξανά κι οι δυο με την ποσότητα σπέρματος που συσσωρεύουν η εγκράτεια και η αποχή.

17

ΜΙΑ ΗΣΥΧΗ χειμωνιάτικη Κυριακή, ξύπνησε και έβαλε να ακούσει τη μουσική από την ταινία *Τσάι στη Σαχάρα*. Με μια κούπα καφέ, σκεφτόταν τη μέρα και τις καινούργιες υποχρεώσεις που είχε αναλάβει, τη μάνα και τη θεία του που γκρίνιαζαν ότι απέμειναν μοναχές.

Ο Σακαμότο γαλήνεψε την ψυχή του, εδώ και μέρες είχε πάψει να βλέπει εκείνα τα ανήσυχα όνειρα: πως κάποιος κοιμόταν συνεχώς δίπλα του, γι' αυτό και –ντρεπόταν να το ομολογήσει και στον πιο (ποιον;) κολλητό του, πόσο μάλλον σε ψυχολόγο– από την πλευρά που περίσσευε χώρος –και που για καιρό παρέμενε άδεια– έβαζε δυο μεγάλα μαξιλάρια γιατί πίστευε ότι έτσι θα εμπόδιζε τον άλλο να χωρέσει.

Χαμογελούσε σαρκαστικά με την παιδική και αφελή αντίδραση, αλλά τα βράδια κανείς δεν είναι παιδί ούτε μεγάλος. Εκεί στο κρεβάτι, όνειρα και υποσυνείδητο είναι χωρίς ηλικία.

Άφησε τον καφέ και βγήκε για να πάρει τις κυριακάτικες εφημερίδες, τις ξεφύλλιζε και μετά έπιανε το βιβλίο του, μην ξεχνιόμαστε, λίγες σελίδες κάθε πρωί τον ξυπνούσαν κανονικά. Στην είσοδο καλημερίστηκε με τον σκηνογράφο, τον Βασίλη, του τρίτου. Είπανε δυο λόγια, χαθήκαμε, έτσι είναι εδώ στην πόλη, χανόμαστε, να τα πούμε, όποτε θες μου χτυπάς το κουδούνι.

Ο Βασίλης, λίγο μεγαλύτερός του, ξεχώριζε απ' όσους έβλεπε στο καινούργιο του επαγγελματικό περιβάλλον. Δούλευε στο θέατρο χωρίς να κυνηγάει χρήμα και δημόσιες σχέσεις. Αν όλοι είναι δημιουργοί και καλλιτέχνες, τότε μερικοί αδικούνται. Έδειχνε πιο αφοσιωμένος και απόμακρος σε σχέση με την υστερία που βασίλευε εκεί έξω, στα γραφεία διάφορων καλλιτεχνικών παραγωγών.

Μεσημέρι, τρώγανε στης θείας. Τους είχε προτείνει να βγούνε έξω και η μάνα του είπε: «Μεσημέρι Κυριακής είναι σαν να μη νηστεύεις Μεγάλη Παρασκευή. Γιατί τα 'χουνε τα σπίτια και δεν τρώνε μέσα;».

«Μα τα 'χουνε όλη την εβδομάδα, Μαργαρίτα. Και μια Κυριακή βγαίνουν για να ξεσκάσουν. Μην κοιτάς που εσύ δούλευες σε εστιατόριο κάθε μέρα και άραζες μια Κυριακή να ευχαριστηθείς το φαγάκι σου».

Η Πηνελόπη έτρωγε ανόρεχτα. Κάτι δεν της άρεσε, το κρέας τής έπεφτε σκληρό για τα, διαπιστωμένα, γερά δόντια της.

Η Μαργαρίτα κοίταξε λοξά τον Μανόλη.

«Τελευταία είναι λίγο ανόρεχτη η θεία μας».

Εκείνη όμως δεν το έβαλε κάτω.

«Δε μ' αρέσει όπως το κάνεις το κοκκινιστό, σ' το είπα κι άλλη φορά. Πάρ' το καλύτερα από μπροστά μου».

«Φάε το ρυζάκι, θεία» την προέτρεψε η Μαργαρίτα.

Εκείνη καθόταν και κοίταζε το πιάτο θυμωμένη.

«Θεία Πηνελόπη, αν συμβαίνει κάτι, να μας το πεις».

«Τίποτε δε συμβαίνει. Όμως φεύγουν πολλά λεφτά, πού πάνε τόσα λεφτά;»

Η Μαργαρίτα σταμάτησε να τρώει. Πήρε το πιάτο της και το έβαλε στον νεροχύτη. Ύστερα άρπαξε από το μπουφέ στο χολ ένα τετραδιάκι και μπήκε ξανά μέσα. Άρχισε να διαβάζει τα έξοδα του μήνα. Όμως δεν την άκουγε κανείς.

«Θεία, αν νομίζεις ότι γίνεται κάτι υπερβολικό, να μας το πεις. Φυσικά, είστε δύο, όλα πια τρέχουν ακριβότερα, η Μαργαρίτα δεν έχει έσοδα. Τώρα μπορώ κι εγώ να σας βοηθήσω».

Η Πηνελόπη, κατσουφιασμένη, σηκώθηκε και πήγε στο σαλόνι, υποδυόμενη τη σακάτισσα.

Η Μαργαρίτα κοίταζε τον γιο της και του είπε ψιθυριστά: «Ενοχλείται που ντύνομαι και βάφομαι. Γιατί; Αφού είμαι, λέει, χωρισμένη, τι τα θέλω; Αν έβρισκα κάποιον, θα την άφηνα, αυτό φοβάται, και πότε προλαβαίνω να βγω να γνωρίσω κάποιον, μήπως εγώ θέλω να ξαναγνωρίσω κάποιον;».

Ο Μανόλης πλησίασε τη θεία του και της χάιδεψε τα μαλλιά. Παράξενο, δεν αισθανόταν καμία οικειότητα με την ηλικιωμένη γυναίκα που κουβάλαγε ένα κομμάτι της καταγωγής του, ένα καταχωνιασμένο τεταρτάκι από την πλευρά της Μαργαρίτας.

Όταν είχε δει, στο πατρικό τους, μαθητής ακόμη στο γυμνάσιο, ένα αγγλοελληνικό λεξικό Divry's, τότε είχε πρωτομάθει για την Πηνελόπη. Το είχε αφιερώσει η μικρούλα Πηνελόπη στον αδελφό της, τον πατέρα της Μαργαρίτας, πριν φύγει για τον πόλεμο, νέος αξιωματικός που αγαπούσε την πατρίδα του και την ήθελε μεγάλη και δυνατή.

Εκεί, στην αναστάτωση των βαλκανικών πολέμων, πώς γνώρισε μια εθελόντρια νοσοκόμα; Μια νέα κοπέλα, ντόπια, που του στάθηκε φύλακας άγγελος. Σαν μυθιστόρημα εποχής. Κι έτσι, μετά τον πόλεμο, πήγε να τη συναντήσει στα μέρη της, στην όμορφη Αλεξανδρούπολη, που ήταν μια καινούργια ελληνική πόλη, ίσως η νεότερη που προστέθηκε στη μεγαλωμένη Ελλάδα.

Τη ζήτησε αμέσως σε γάμο, υπήρχε κτήμα και οικόπεδο να ζήσουν. Εκεί αποκτήσανε δύο κοριτσάκια. Αυτός δούλευε στο Δημόσιο, σε μια αγροτική υπηρεσία, ξεχάστηκε εκεί. Για κάποιον λόγο που κανείς δεν τον έμαθε, ποτέ δεν αναζήτησε την οικογένειά του στην Κρήτη, ούτε καν τη μικρή του αδελφή Πηνελόπη, που τόσο τον αγαπούσε και είχε παντρευτεί και ζούσε στην πρωτεύουσα.

Και τώρα αυτή φοβόταν μην της φύγει και η κόρη του αδελφού της. Λες να 'ταν μόνο αυτό;

«Θέλω να μου τα πεις όλα αυτά, θεία Πηνελόπη, να μας τα διηγηθείς μια μέρα από την αρχή. Θέλω να μαθαίνω ποιοι είμαστε, δεν είμαστε μόνο Βόρειοι. Έχουμε και το κρητικό αίμα μέσα μας».

«Να πάτε μια μέρα στην Κρήτη να βρείτε και τους άλλους. Αν τους προλάβετε. Γιατί τα παιδιά τα νέα δε θυμόνται, δεν ξέρουν τίποτε».

«Θα πάμε, θεία. Τώρα θέλουμε να χαρούμε εσένα. Και να μας λες τα παράπονά σου. Να είμαστε όλοι μια παρέα. Να μην έχουμε μυστικά».

Στην λέξη «μυστικά», μάνα και γιος κοιτάχτηκαν αυτομάτως για ένα δισεκατομμυριοστό του δευτερολέπτου και το προσπέρασαν.

Όταν η Μαργαρίτα έβγαλε τον γιο της μέχρι το ασανσέρ, τον ρώτησε αν περνούσε καλά, δεν εννοούσε μόνο τα λεφτά που έβγαζε, αν η ψυχούλα του ένιωθε καλά.

«Εκεί μέσα είναι τα λεφτά, Μανόλη μου» είπε και στέναξε.

Δεν άντεξε και κατέβηκε με το πασουμάκι μέχρι έξω να αγοράσει κι αυτή μια εφημερίδα και κάνα περιοδικό για να χαζεύει κοσμικούς και ηθοποιούς, είπε. Στον δρόμο, στο φως, έδειχνε τόσο ξένη, τόσο παράξενη. Ο τρόπος που ντυνόταν, το μαλλί της, πάντα περιποιημένο – «ναι, πάω στο κομμωτήριο τακτικά και το χρεώνω στη γριά...».

Στο γωνιακό καφενείο κάποιος λεπτός μεσήλικας, που καθόταν παραμέσα, τέντωσε τον κορμό του για να τους δει καλύτερα, ήταν έτοιμος να τους χαιρετήσει. Ένας άλλος τύπος, καθισμένος στο τραπεζάκι της εισόδου, αυτός μάλλον συνταξιούχος, πρόσεξε κατευθείαν τα πόδια της, λευκά και καλλίγραμμα. Όμως εκείνη προσποιείτο την αδιάφορη και την αποξεχασμένη.

Ο Μανόλης σκεφτόταν «αν την αφήσω σε ένα άγνωστο μέρος, μπορεί και να μη βρει τον δρόμο της να γυρίσει πίσω, όχι γιατί δε θα μπορούσε να ρωτήσει αλλά γιατί δε θα ήθελε».

Λίγο πριν περάσει στο περίπτερο απέναντι, η Μαργαρίτα σαν να θυμήθηκε κάτι.

«Α, και κάτι ακόμη· θέλω κι από σένα λίγη βοήθεια. Σκέφτομαι να κάνω λίφτινγκ στα μάτια, δες τα πόσο κουρασμένα είναι, σακούλιασαν. Για δε ρωτάμε την... Ντίνα, εκείνη, μου φαίνεται, κάτι θα ξέρει από φτιαξίματα. Τι λες;»

18

Το ίδιο απόγευμα, θέλοντας να βάλει τα γέλια και τα κλάματα μαζί, προβληματισμένος και ανακουφισμένος, μπήκε σε ένα ταξί και ζήτησε να τον αφήσει κοντά στην Ακαδημία Πλάτωνος. Ο ταξιτζής, που κάπνιζε και έβριζε τον Ανδρέα, προβληματίστηκε λιγάκι. Μπερδεύτηκε με την οδό Ακαδημίας, σίγουρα δε γνώριζε επακριβώς την περιοχή, οπότε τον άφησε στα μισά της λεωφόρου Καβάλας και έτσι ο Μανόλης προχώρησε με μπούσουλα το ένστικτο προς τον αρχαιολογικό χώρο.

Τα σπίτια, οι βιοτεχνίες και οι γειτονιές τριγύρω, η ασχήμια και η προχειρότητα της παραμελημένης περιοχής καθόλου δεν προϊδέαζαν για έναν χώρο όπου άνθισε το πνεύμα και ο λόγος του Πλάτωνα στη μεγαλύτερη φιλοσοφική σχολή του κόσμου.

Ασφυκτική πρωτεύουσα, που δεν είχε αφήσει λίγο χώρο, λίγο δρόμο ακόμη για το σημαντικό της παρελθόν. Όταν διηγιόταν την ιστορία αυτή στους Σουηδούς σπουδαστές του, τον άκουγαν άφωνοι. Αυτός απλώς επανα-λάμβανε πράγματα διαβασμένα. Ωστόσο, τους έλεγε, υπήρξαν χρόνια που κανείς δεν μπορούσε να εντοπίσει την Ακαδημία, απλώς οι ειδήμονες προσέρχονταν στο περίπου στην περιοχή, κι αυτό μέσα από ένα πλέγμα ιστορικών πληροφοριών. Ευτυχώς που τα τελευταία χρόνια ο χώρος είχε προστατευτεί, η Μελίνα έκανε καλή δουλειά.

Εκεί μέσα, προχώρησε ανάμεσα στα μονοπάτια και στα απομεινάρια της Ιεράς Οικίας και του Γυμνασίου, ελάχιστα αρχαία ίχνη, που μόνο χάρη στη φαντασία αλλά και στη διαίσθηση μπορούσαν να προξενήσουν συγκινησιακή φόρτιση. Μια μάνα με ένα καροτσάκι περιφερόταν στα πιο βατά σημεία του πάρκου, ένα ζευγάρι ηλικιωμένων είχε αράξει στο παγκάκι της εισόδου και ο άντρας έτρωγε ηλιόσπορους πετώντας κάτω τα τσόφλια. Ένας νέος αθλητής έτρεχε, πέρασε σαν σκιά από δίπλα του. Παράξενο. Κάτι άφηνε το πέρασμά του, μια αύρα εποχής.

Κι όμως, εδώ ησύχαζε κάπως από τη βουή της πόλης, που του είχε πέσει πολλή τους τελευταίους μήνες. Μαζί με τη βουή, ήταν και τα δικά του κελεύσματα, των ενοχών και πολλών απαρνήσεων. Σκεφτόταν ότι ο δρομέας που έτρεχε λίγο πριν δίπλα του δεν είχε κατά νου παρά τη δύναμή του και το πώς θα ξεπερνούσε την καθημερινότητα. Κι άλλοι παραέξω έτρεχαν για τη δική τους καθημερινότητα, την πιο πεζή.

Έβγαλε τα αθλητικά του παπούτσια και τις κάλτσες, γύρισε τις άκρες του μπλου τζιν. Ξάπλωσε στο χορτάρι. Κι όταν προσπάθησε να περπατήσει ξυπόλυτος, τρόμαξε στην ιδέα να πατήσει κάτι και να ματώσει. Ακόμη και τα χώματα αλλάζουν μέχρι βαθιά στη γη. Λες να ήταν όλα στο μυαλό του και μόνο;

Την επόμενη μέρα έπρεπε να δει πάλι έναν παραγωγό της τηλεόρασης. Εκείνος θα του πρότεινε κάτι και ίσως έπρεπε να το κάνει κι αυτό για να καλύψει μερικά έξοδα ακόμη. Ναι, και το λίφτινγκ της μάνας του.

Αμάρτησα για το λίφτινγκ της. Χαμογέλασε. Εδώ μέσα στο Ιερό; Ορκίστηκε ότι θα ερχόταν μία φορά την εβδομάδα για χαλάρωση και προσκύνημα και ξαναβγήκε στον δρόμο και στην οχλαγωγία.

Ελπίζω να μην την ψώνισα κι εγώ, σκεφτόταν.

Στον γυρισμό, έβαλε πυξίδα την Ακρόπολη, που φαινόταν στο βάθος, και φαντάστηκε ότι ακολουθούσε την αρχαία διαδρομή της Ιεράς Οδού, στην οποία βγήκε σχετικά εύκολα.

Πέρασε έξω από τον Κεραμεικό, ανέβηκε την Ερμού μέχρι το Θησείο κι από εκεί χώθηκε στην Αδριανού για να βρεθεί στη γειτονιά του. Δυο ώρες κράτησε η ευεργετική βόλτα.

Στο σπίτι έβαλε να ακούσει τον *Οδοιπόρο* του Χατζιδάκι, ο θάνατος του οποίου λίγο καιρό μετά θα τον συντάραζε. Αυτό τον δίσκο τον είχε πρωτακούσει φοιτητής και αισθανόταν ότι η μουσική του ανήκε στη δική του πολιτεία, του πολιτισμού και των ευγενών αισθημάτων. Δάκρυα τον έπιασαν πάνω στη φράση

Την αγάπη πέταξα σ' ένα βυθό
και το φόβο μου έστρωσα να κοιμηθώ.

Διάβασε λίγο, κρατούσε κάτι σαν ημερολόγιο, όπως όλα τα καλά μορφωμένα παιδιά. Και σε ένα άλλο βιβλιαράκι σημείωνε όσα λόγια τού άρεσαν στα βιβλία που διάβαζε. «*Άλλων λόγια*» είχε γράψει απ' έξω.

Παράξενο – εκείνο το βράδυ δεν ονειρεύτηκε τον πεθαμένο στο πλάι του. Τον ανησύχησε όμως ότι είδε έναν ζωντανό να κοιμάται που δεν τον αναγνώρισε ποτέ.

Ξυπνώντας το πρωί, μάζευε τα ίχνη μιας ονείρωξης. Αντρικά πράγματα, σκέφτηκε ο Μανόλης. Κι ακόμη ήταν ερεθισμένος. Έφτιαξε έναν τούρκικο καφέ, χαμογελώντας στη λέξη «τούρκικος». Δεν ήθελε τις καφετιέρες από τότε που επέστρεψε, του θύμιζαν τη γλυκιά απομόνωση της ξενιτιάς. Εδώ θα ήθελε να δοκιμάσει τα πατροπαράδοτα και πάλι: έστω τον «ελληνικό» ή «βυζαντινό» καφέ.

Ο δρόμος για το γραφείο των τηλεοπτικών παραγωγών ατέλειωτος. Βρέθηκε στις εξοχές, κάπου στα Μελίσσια, ανάμεσα σε εκτάσεις που πάσχιζαν να σχηματίσουν γειτονιές αλλά έδειχναν ποδοπατημένες, εξαπλωμένες άναρχα. Καταράστηκε την ώρα που δεν είχε αυτοκίνητο γιατί το έδωσε για σιδερικά.

Βρέθηκε σε ένα από τα πρώτα στούντιο της ιδιωτικής τηλεόρασης, που θύμιζε τεράστια αποθήκη ή γκαράζ. Κάπου παραδίπλα, σε ένα γραφείο σαν κουβούκλιο –μάλλον προσωρινό–, τον υποδέχτηκε ο διευθυντής των στούντιο PROTON, πολύ χαλαρός, στρουμπουλός, με απόλυτο έλεγχο και σιγουριά για όσα πρέσβευε. Ένα χρυσό σταυρουδάκι ξεχώριζε ανάμεσα στον τριχωτό θύσανο του στέρνου που ξεπρόβαλλε από το ανοιχτό πουκάμισο.

Του μίλησε για την ιδιωτική τηλεόραση, για τη μεγάλη της δύναμη, για τον εκτοπισμό και την απαξίωση της ελεγχόμενης και στις πλάτες των φορολογουμένων κρατικής, του είπε ότι αναζητούσαν νέα άτομα που να μπορούν να γράφουν οτιδήποτε – εννοούσε για τη μικρή ή τη μεγάλη οθόνη, για τη showbiz, και, κοιτάζοντάς τον με νόημα, κατέληξε: «Στους δικούς μας χώρους, μιλάνε για ένα άτομο, έναν καινούργιο με διαφορετικό πνεύμα, που μπορεί να γράφει διαφορετικά. Το διαφημιστικό σου έσκισε, οι ατάκες σου στα ραδιόφωνα πουλάνε, ειδικά εκείνη με το ατμοσίδερο ανέβασε τις πωλήσεις. Όμως τι θα έλεγες να δοκιμαστείς σε ένα σίριαλ; Εδώ είναι η μεγάλη πρόκληση. Το κοινό είναι μεγάλο και πρέπει να το διευρύνουμε. Αναζητάμε κοινωνικές ιστορίες, δραματικές, κωμικές, τολμηρές όσο μπορεί να αντέξει η μικρή οθόνη. Μπορούμε να καταφύγουμε και σε διασκευές λογοτεχνικών βιβλίων, αλλά αυτά έχουν όρια, άσε που θα μας ζητάνε και πνευματικά δικαιώματα. Τι λες; Θέλεις να σου προτείνουμε εμείς μια ιδέα ή να μας κάνεις εσύ μια δική σου πρόταση; Θα περιλαμβάνει μια περίληψη είκοσι γραμμών, μια εκτεταμένη περιγραφή όλης της ιστορίας και μια σχηματική ανάπτυξη όλων των επεισοδίων. Προτιμάμε είκοσι τέσσερα επεισόδια με ενδεχόμενο να συνεχιστεί η σειρά, γι' αυτό και αφήνουμε κάποια ανοιχτά θέματα για τον επόμενο κύκλο...».

Διάβαζε στο σπίτι, μετά την επεισοδιακή επιστροφή, γιατί μπλοκαρίστηκαν στη λεωφόρο Κατεχάκη για μισή ώρα, το τρισέλιδο που του είχε δοθεί:

> Κάθε ωριαίο επεισόδιο κορυφώνεται στα είκοσι λεπτά, ώστε να μπαίνει σε εκείνο το σημείο ο διαφημιστικός χρόνος, και να ακολουθεί μια μεγαλύτερη κορύφωση στο τέλος, για να υπάρχει αναμονή για το επόμενο επεισόδιο. Στα δώδεκα επεισόδια η ιστορία πρέπει...
>
> ...Επιτρέπεται η ανάπτυξη ερωτικής σχέσης ανάμεσα σε αντιθετικά ζεύγη, όπως πλούσια/φτωχός, ξένος/ντόπια. Αναπηρίες σωματικές να αποφεύγονται...

Τι διαβάζω, Πλάτωνά μου..., αναρωτήθηκε και αποκοιμήθηκε με την προσδοκία ενός κορμιού που δε θα τον τρόμαζε απόψε.

19

Η ΠΕΡΙΛΗΨΗ των είκοσι τεσσάρων επεισοδίων ήταν έτοιμη μέσα σε μία νύχτα. Απλώς καθυστέρησε να τους τηλεφωνήσει για να μη φανεί πόσο λίγο κόπιαζε.

Αυτή τη φορά εκτύπωσε σε είκοσι τέσσερα διαφορετικά φύλλα κάθε επεισόδιο, έγραψε και τα υπόλοιπα που ήταν απαραίτητα –περίληψη και ανάπτυξη της ιστορίας– και πήρε ένα ταξί από την αρχή της Βουλιαγμένης μέχρι τις εσχατιές της πρωτεύουσας, δοκιμάζοντας μια εναλλακτική διαδρομή, προσέχοντας και πάλι το τοπίο.

Σιγά μην άλλαζε κάτι: μια διαδρομή μπερδεμένη, ένας τόπος βιασμένος, κακοχτισμένα οικόπεδα, φλύαρες πινακίδες, γιγαντοαφίσες, βιοτεχνίες, μάντρες, συνεργεία. Προσπαθούσε στην αταξία αυτή να βάλει μια πινελιά μεσογειακής γοητείας αλλά του έβγαινε η κακοποιημένη συνοικιακή ανάπτυξη. Η Σουηδία έβγαινε πάντα μπροστά του, τα πάντα σε τόση τάξη που σ' έπιανε απελπισία, η καθαριότητα, η επιμέλεια, η απλωσιά της φύσης και η ευρυχωρία των σπιτιών και των γειτονιών.

Είχε και για εκείνους ωστόσο ενστάσεις αλλά δε θα γινόταν και συγκριτολόγος κοινωνιών, άλλωστε εκεί του είχε δοθεί η δυνατότητα να παραμείνει διεκδικώντας τον χώρο του και την επαναπροσδιορισμένη του ταυτότητα. Η Αθήνα θα ήταν ένα ακόμη πέρασμα, το ήξερε κι αυτό. Σιγά μη γερνούσε εδώ.

Βρέθηκε και πάλι στο κουβούκλιο των στούντιο. Δύο λιμουζίνες, σταθμευμένες απ' έξω, δήλωναν την παρουσία σταρ σε γυρίσματα.

Ο διευθυντής, ο κύριος Ρακίνας, κάπνιζε ένα πουράκι μεσημεριάτικα και έπινε φραπέ από ένα πανύψηλο ποτήρι με τρία καλαμάκια.

Η ιδέα του κατατέθηκε, εκτέθηκε, συζητήθηκε, και του είπαν ότι θα του απαντήσουν σε μία εβδομάδα. Του τηλεφώνησαν λίγες ώρες μετά όμως για να τον ρωτήσουν αν την είχε κατοχυρώσει στην Εθνική Βιβλιοθήκη ή σε κάποιον δικηγόρο.

«Ούτε το ένα ούτε το άλλο».

«Να κάνεις είτε το ένα είτε το άλλο» του πρότεινε ο συνομιλητής του. «Πολλά κοράκια παραμονεύουν ακόμη και μέσα στα δικά μας γραφεία. Ο ανταγωνισμός είναι μεγάλος».

«Στην αντιγραφή προδίδεται ο κλέφτης» τους είπε, αλλά την άλλη μέρα προσπάθησε να βρει μια άκρη και επισκέφθηκε την Εθνική Βιβλιοθήκη.

Εντυπωσιάστηκε από το κτίριο, τον αρχιτεκτονικό του ρυθμό, από το εσωτερικό, με τις ψηλές κολόνες και τα ξύλινα γραφεία, αλλά και από την κλεισούρα και τη δυσκινησία των υπαλλήλων. Θυμόταν τις βιβλιοθήκες στη Σουηδία και στη Γερμανία, ακόμη κι εκείνες στις μικρότερες πόλεις, με τις τεράστιες τζαμαρίες, τα καφέ και το –έστω και προσποιητά– φιλικό και εξυπηρετικό προσωπικό. Παρ' όλα αυτά, με λίγες φωτοτυπίες και περισσότερες γκρίνιες, ξέμπλεξε σε δύο ώρες.

Αυτό με τα πνευματικά δικαιώματα δεν μπορούσε να το κατανοήσει, αλλά, φαίνεται, το πρόβλημα βρισκόταν σε εκείνους που δεν έχουν τα «πνευματικά», οπότε καλοκλέβουν τις ιδέες των άλλων.

Το επόμενο πρωινό τού τηλεφώνησαν να του πούνε ότι θα υπέγραφε συμβόλαιο δυο μέρες μετά: τριακόσιες χιλιάδες δραχμές το επεισόδιο. Θα πληρωνόταν για τα πρώτα τρία πριν από την προβολή και ανά τρία όταν θα άρχιζε να μεταδίδεται το σίριαλ, το φθινόπωρο.

Καλοκαίριαζε πάλι. Είχαν μεσολαβήσει γιορτές, Αποκριές, άλλοτε μόνος και άλλοτε μαζί με την «οικογένεια», με παρέες καινούργιες, που προέκυπταν με ξαφνικά τηλεφωνήματα. Ο Γιώργος περνούσε με το αυτοκίνητο και τον κουβαλούσαν στα πιο δυνατά κλαμπ, στο Merecedes, με τη σκληρή, ελεγχόμενη πόρτα, στη Γλυφάδα για χορταστικές βραδιές στα μπιφτεκάδικα, σε κάτι αποξεχασμένες ντίσκο στην Καστέλα, όπου η ντίσκο μπολ ξεψυχούσε φωτίζοντας άκεφους πελάτες: τους νέους διαφημιστές, νεαρές και νεαρούς που έπαιζαν στο θέατρο, στα σίριαλ, και όλοι μαζί μιλούσαν και γελούσαν και ήταν άνετοι και καμιά φορά, όταν θυμόντουσαν ότι είχαν απέναντί τους έναν λιγομίλητο, αλλοπαρμένο τύπο, κάπως κουμπώνονταν από αμηχανία ή σεβασμό.

Όταν όμως άρχισαν τα γυρίσματα, η καθημερινότητά του δυσκόλεψε. Του τηλεφωνούσαν οι πάντες, αφού αναγκάστηκε πολλές φορές να πάει στο στούντιο ή σε κάποια –λιγότερα– εξωτερικά γυρίσματα. Του ζητούσαν μια διόρθωση, μια σκηνή παραπάνω, μια πρωταγωνίστρια του υπέδειξε να μειώσει τις σκηνές μιας άλλης συμπρωταγωνίστριας. Και γενικά *γουστάριζαν* όλοι, αυτή τη λέξη που τη σιχαινόταν την άκουγε παντού.

Γουστάριζαν.

Η υπόθεση του σίριαλ αφορούσε μια σύγχρονη ιστορία στην Αθήνα –του '94 που διήνυαν–, μια παρέα φοιτητών και νέων εργαζομένων που έψαχναν δουλειά και την τύχη τους. Οι περισσότεροι ήταν καινουργιοφερμένοι στην πρωτεύουσα. Έτσι, βολευόταν με τη ματιά των νέων, των καινούργιων, αλλά και, όπου χρειαζόταν καμιά μάνα, τις ήξερε κι αυτές: μάνες και θείες και σόγια και κουνιάδοι και εραστές, πνιγμένοι και ζωντανοί...

Στα γυρίσματα επικρατούσε αναβρασμός, θα ήθελε να τελειώνουν μια κι έξω. Τα ξενύχτια είχαν αρχίσει να τον καταβάλλουν και πολλές φορές έπιανε τον εαυτό του να μην μπορεί να διαβάσει το αγαπημένο του βιβλίο επειδή έπρεπε να διορθώσει κάποιους διαλόγους. Τελικά, για να γλιτώσει από τις κάθε είδους παρεμβάσεις, βρέθηκε και αυτό που δεν είχε υπολογίσει: ένας «γιατρός σεναρίου», ο οποίος προσπαθούσε να παρέμβει σε δύσκολα ή δυσνόητα σημεία προσαρμόζοντας σκηνές και διαλόγους στο πνεύμα της εποχής. Ο Πάρις, με σπουδές στην Αμερική και με θείο μέτοχο των στούντιο.

«Ξέρεις κάτι, Μανόλη» του έλεγε με θράσος. «Οι ήρωές σου, αν και εικοσάρηδες, μιλάνε σαν σπουδαγμένοι σαραντάρηδες, κι αυτό είναι πρόβλημα».

«Και πώς να μην είναι;» απαντούσε ειρωνικά αυτός.

Είχε βάλει ανάμεσα στους βασικούς χαρακτήρες και έναν απόφοιτο φιλολογίας, να σκέφτεται κάπως διαφορετικά, αλλά κι εκεί του είπε ο άλλος «Μα δε βρίσκεσαι στην αρχαία Πνύκα, ας μιλάει κάπως πιο πεζά. Μην ενοχλείσαι από τις παρεμβάσεις μου. Στις αμερικανικές σειρές κάθε χαρακτήρας έχει δικό του κειμενογράφο στους διαλόγους».

Δεν άντεχαν καμία λοξοδρόμηση στο ύφος. Πίσω από τη σειρά ελλόχευαν διαφημιστικές εταιρείες, το κοινό έπρεπε να ρουφάει εύπεπτα, έξυπνα και άμεσα μηνύματα και λόγια.

«Έχεις φέρει έναν αέρα αλλαγής» του είπε μία τηλεκριτικός που είδε πρώτη, σε δοκιμαστική προβολή, το πρώτο επεισόδιο και ετοιμαζόταν να κάνει τη δική της ανεξάρτητη κριτική...

«Μα ο αέρας αλλάζει διαρκώς κατευθύνσεις» απάντησε αυτός.

Τα γυρίσματα συνεχίστηκαν μέχρι τον Αύγουστο. Ψήθηκαν κυριολεκτικά στην πόλη και για πρώτη φορά έκανε στα κορίτσια της Σπύρου Μερκούρη ένα γερό δώρο, που κόστιζε όσο σχεδόν ένα επεισόδιο. Τους αγόρασε ένα ογκώδες κλιματιστικό για να μην ιδρώνουν, αφού και οι ανεμιστήρες οροφής δε λειτουργούσαν πια ή έκαναν βασανιστικό θόρυβο. Η θεία δεν μπορούσε να μετακινηθεί στο Λουτράκι, στο εξοχικό που της είχε απομείνει από τον δεύτερο γάμο της. Όσο για την Κρήτη, είχε να πατήσει από χρόνια το πόδι της εκεί, μάλλον το απόφευγε.

Η Μαργαρίτα, που ονειρευόταν ηλιοθεραπεία και εντυπωσιακά μαγιό, έσκασε. Όμως ήταν απόλυτα ικανοποιημένη, γιατί πίστευε ότι είχε πια εξαφανίσει τις ενοχλητικές ρυτίδες. Δέκα μέρες θεόκλειστη στο διαμέρισμα, με γάζες και ράμματα, περίμενε πώς και πώς να βγούνε. Και όταν κοιτάχτηκε στον καθρέπτη, είδε και πάλι τον εαυτό της και... τον αναγνώρισε. Μια μέρα πήγε σε ένα γειτονικό μαγαζί και κοιταζόταν σε έναν άλλον καθρέπτη, μπας και της θείας της ήταν παλιός, παλαιικός. Αλλά κι εκεί έβλεπε την ίδια φυσιογνωμία, με ένα αφύσικα τεντωμένο δέρμα γύρω από τα μάτια της.

Μόνη της ελπίδα, στις πολύ ζεστές μέρες, ο Μανόλης, που την πήγε στη Βουλιαγμένη για μπάνιο. Την είδε με ένα ολόσωμο μαγιό, ζουμερή, με πόδια πράγματι αντάξια εκείνων της Σάρον.

Την τρίτη φορά που αντιλήφθηκαν ότι δεν κολυμπούσαν στα καθάρια θρακικά πέλαγα, αποφάσισαν καλύτερα να σταματήσουν τα μπάνια. Ήταν τόση η ταλαιπωρία και η κίνηση να φτάσουν ως εκεί που δεν άξιζε τον κόπο. Τόσο πολλά αυτοκίνητα δεν είχαν ξαναδεί ποτέ στην ουρά, και μέσα ιδρωμένους, απελπισμένους, να πνίγονται σε δύο κυβικά.

Ταυτόχρονα, τα μουσικά ραδιόφωνα της πόλης τσιροκοπούσαν «άλλη μια λαμπερή μέρα στην πόλη, φορέστε τα μαγιουδάκια σας και ξεχυθείτε στις παραλίες, μην ξεχάσετε μόνον το αντιηλιακό σας. Μπάι, χάι!».

Χα. Χα. Χάι.

20

Το ΠΑΡΤΙ της πρεμιέρας του σίριαλ *Αδέξια νιάτα* έγινε βράδυ, στο φημισμένο κλαμπ 132, όπου και στήθηκε μία γιγαντιαία οθόνη. Προβλήθηκε ένα μικρό απόσπασμα από το πρώτο επεισόδιο και ένα τρέιλερ με σκηνές από τα επόμενα. Στο τέλος, ανάμεσα σε θερμά χειροκροτήματα και αφύσικες κραυγές αποθέωσης, αρθρωμένες με πρωτάκουστους φθόγγους που θύμιζαν αλλόγλωσσα ξεφωνητά, παρατάχτηκαν οι βασικοί πρωταγωνιστές μπροστά από την οθόνη και φυσικά κάλεσαν τον Μανόλη να σηκωθεί και να στηθεί δίπλα τους.

Αυτός άφησε το τραπέζι και προστέθηκε στην παρέα, όλοι μια αγκαλιά. Τον φιλούσαν οι πάντες, σαν να είχε μόλις γυρίσει από τον Τρωικό Πόλεμο, και άναβαν τα φλας, φέρνοντάς του ζαλάδα και ένα σφίξιμο στο στομάχι. Δεν ήταν καθόλου μα καθόλου σίγουρος για την ποιότητα του αλκοόλ στα μαγαζιά αυτά αλλά εδώ ήταν σπόνσορας μια εταιρεία ουίσκι, δε θα έφερναν τα χημικά κατακάθια τους – τις μέρες εκείνες είχε πεθάνει ένας φοιτητής από χρήση νοθευμένου αλκοόλ, *μπόμπας* απλούστερα.

Γελούσε κι αυτός αμήχανα με την επιτυχία, σαν να ήταν κατά κάποιον τρόπο προδιαγεγραμμένη. Ύστερα γύρισε στο τραπέζι του, όπου είχε καλέσει τους δικούς του: τη Μαργαρίτα, την Ντίνα, την Κρίστη και τον σκηνογράφο Βασίλη. Αυτούς αισθανόταν πιο δικούς του. Ο Γιώργος και η Μέξι κάθονταν στο τραπέζι των συνεργατών και στελεχών της εταιρείας, ενώ η φωτογράφος και πρόσκαιρη –στοματικά– ερωμένη του –τι άλλο;– φωτογράφιζε με τη δική της ανατρεπτική ματιά, πέρα από τα εφήμερα δημοσιογραφικά φλας.

Τελικά η μόνη που το απολάμβανε, μέσα στη βαβούρα, τη μουσική και τις φωνές που προσπαθούσαν να ακουστούν, ήταν η Μαργαρίτα. Είχε καρφωθεί στην καρέκλα της, καθόταν και πάλι σε ορθή γωνία, όπως τα μοντέλα, κρατούσε το κεφάλι της ίσια για να μην κάνει ρυτίδες και προγούλι, ενώ έλεγχε τα πάντα μέσα απ' αυτό το ακίνητο βλέμμα. Στο κάτω κάτω, ήταν η βραδιά του γιου της, η μεγάλη του επιτυχία οφειλόταν και στο δικό της γονίδιο, ερχόταν κόσμος και του έδιναν κάρτες και απλόχερα συγχαρητήρια.

Ρολόγια βάραιναν καρπούς, δαχτυλίδια άστραφταν και βραχιόλια βροντούσαν, ντρουμ ντρουμ ντρουμ, και της Μαργαρίτας τα βραχιόλια να βροντούν.

Οι υπόλοιποι μάλλον είχαν έρθει από ευγένεια, επειδή τους κάλεσε ο Μανόλης. Η Ντίνα επειδή τα έλεγε με τη μάνα του και είχαν γίνει φίλες του καφέ –ποιος θα το περίμενε αυτό;–, ο Βασίλης με την Κρίστη ως γείτονες. Άλλωστε ήταν και οι πρώτοι που αποχώρησαν και αυτός από ευγένεια έμεινε λίγο ακόμη στο τραπέζι του Γιώργου. Αντιλαμβανόταν ότι αυτή η αποθέωση καταλάμβανε λίγα μόνο τετραγωνικά μέτρα εντός της πόλης, παραπέρα η ζωή συνεχιζόταν με μποτιλιαρίσματα και δυσκολίες απλωμένες σε δεκάδες τετραγωνικά χιλιόμετρα. Κάποιοι είχαν ταλέντο και ευχέρεια στο να απορροφούν το χρήμα και τις ευκαιρίες, όμως εκείνο που έψαχνε να δει στο πρόσωπό τους δεν το διέκρινε, ή μάλλον το αναγνώριζε ως απόν: έλειπε μια βαθιά ικανοποίηση, η χαρά της δημιουργίας, η απόλαυση, τουλάχιστον σ' αυτούς που μπορούσαν να τις έχουν.

Αισθάνθηκε ότι για λίγο ακόμη θα το ζούσε, μια περιρρέουσα λαμπερή ατμόσφαιρα, αλλά σίγουρα δεν τον αφορούσε να συνεχίσει να το ζει και μελλοντικά. Τότε, φοιτητής στο Βαρδάρι, ανακάλυπτε τον λαϊκό κόσμο, το λούμπεν, μια πρόταση ζωής που προϋπήρχε και δεν είχε επινοηθεί. Όμως από τότε είχαν κυλήσει είκοσι χρόνια, δεν μπορούσε να τα κρίνει με την ίδια ματιά. Έπειτα, στο θέμα της καλλιτεχνικής δημιουργίας, όπως και τότε, το πάλεψε να ενταχθεί μέσω της τέχνης, να επινοήσει, κάτι πήγε να κάνει αλλά είχε εμπλέξει το προσωπικό με το καλλιτεχνικό αποτέλεσμα. Αισθανόταν ότι θα μπορούσε να δώσει κάτι περισσότερο από τις ευκολίες του συρμού, όμως ήταν έτοιμος να ενδώσει ξανά σε μια καινούργια τέτοια δουλειά, που θα του απέφερε ένα ακόμη πρόσθετο έσοδο για να καλυτερέψει τη ζωή τη δική του και της μάνας του. Εκτός αν όλα αυτά ήταν ένα άλλοθι.

Γύρισε ξημερώματα, τον άφησαν στη γωνία πριν στρίψουν για το Μετς. Η φίλη τους τριβόταν πάνω του και τον ρωτούσε αν ήθελε να συνεχίσουν, εκείνος παρακαλούσε να φτάσουν στον προορισμό τους σώοι γιατί ο Γιώργος οδηγούσε φτιαγμένος, σαν τρελός από τη χαρά του, και δεν ήταν σίγουρος αν είχε πιει μόνον αλκοόλ.

Ευτυχώς η μάνα του είχε φύγει με την Ντίνα, θα την άφηνε με ένα ταξί.

Η Μαργαρίτα ένιωθε υπέροχα και την άλλη μέρα προσπαθούσε να εξηγήσει στην Πηνελόπη τι ακριβώς είχε συμβεί, όμως εκείνη πάλι έψαχνε τα λεφτά που έκρυβε σε διαφορετικά σημεία του σπιτιού σαν να έπαιζαν το παιχνίδι με τον κρυμμένο θησαυρό.

Ευτυχώς η Μαργαρίτα κατάλαβε ότι ήταν παλιό της κουσούρι και δεν το έπαιρνε προσωπικά, φρόντιζε όμως, όταν η θεία κοιμόταν, να ελέγχει όσα πορτοφόλια εντόπιζε. Άλλωστε τη σύνταξή της εκείνη έτρεχε στις τράπεζες να τη μαζέψει.

Ο Μανόλης χαιρόταν που η μάνα του το ευχαριστήθηκε. Ας τους συνέδεε και κάτι πιο χαρούμενο ή λαμπερό εκτός από σκοτεινές ιστορίες χωρισμών και χαμένων κορμιών.

Μπαίνοντας στο διαμέρισμα, αισθάνθηκε μια ηδονή, την απόλυτη ευχαρίστηση του να ζεις μόνος έχοντάς το επιλέξει ο ίδιος και όχι επειδή σε έχει απορρίψει η κοινότητα. Όμως, ξαπλώνοντας στο διπλό κρεβάτι, εκεί δίπλα του, έχασκε ένα κενό τόσο απότομο, που πολλές φορές γραπωνόταν από την πλευρά του κρεβατιού στη δική του μεριά για να μην κατρακυλήσει στο βάθος του.

21

Η ΠΙΟ ΚΟΝΤΙΝΗ ΤΟΥ ΒΟΛΤΑ ήταν στον Εθνικό Κήπο, να περπατήσει ανάμεσα στις κουτσουπιές, στα πεύκα, στις λεύκες, στα πλατάνια, στις νεραντζιές, που τις έβλεπε παντού και μέσα στα στενά της Πλάκας. Και παντού τα δέντρα πνιγμένα από κισσούς, το φυτό του θεού Διονύσου – πώς καταδεχόταν ένας θεός να περιτυλίγεται στα κορμιά των άλλων; Και μια βελανιδιά, το δέντρο του Δία. Αυτή εδώ σίγουρα δεν είναι αρχαία, όμως οι σπόροι είχαν παλιά ριζώσει.

Ο περίπατος ανάμεσα στις λιμνούλες και στα μονοπάτια τού θύμιζε λιγότερο το χωριό του και περισσότερο τη Σκανδιναβία. Πώς μπορείς να ξεκόβεις τόσο εύκολα από τον τόπο σου; Κι όμως, το είχαν πετύχει οικογενειακώς, αν αυτό θεωρείτο άλλη μία επιτυχία. Κυρίως συμβαίνει όταν δε σε δένει κανένας άνθρωπος με τη γενέτειρά σου, όταν ο πατέρας σου έχει μεταναστεύσει χρόνια στη Γερμανία και πεισματικά αρνείται να επιστρέψει, όταν η μητέρα σου παρατάει το χωριό στο οποίο εκείνη τουλάχιστον ήταν νύφη και δεν την ενθουσίαζε ποτέ, όταν και οι δύο χωρισμένοι γονείς συμφωνούν να πουλήσουν το εξ ημισείας μερίδιό τους και να σβήσουν τα ίχνη τους.

Γιατί λοιπόν κι αυτός να νοσταλγεί τις όχθες του Έβρου, τα περάσματα, τα μονοπάτια, το ποτάμι που ξεχείλιζε, τα μικρά μπακάλικα, το μαγέρικο του Σωτήρη, το τρένο που κατέληγε κουρασμένο λίγα μέτρα από το σπίτι του; Ποιο παιδί δε θα 'θελε να φύγει από εκεί πέρα, από την ερημιά και την εγκατάλειψη; Μήπως έγινε κάτι καλύτερο από τότε; Φύγανε περισσότεροι, γέμισαν πόλεις και ξενιτιές. Κι όμως, εκείνο το τοπίο δεν ήταν άσχημο –καθόλου μάλιστα, καθώς το ποτάμι τυλιγόταν σε ήπιες διαδρομές–, ήταν όμως χωρίς αναπνοές και προοπτικές. Κανείς δε φρόντισε να το αγαπήσουν, γιατί η αγάπη και μόνο δε σε δένει.

Χάζεψε τις νεροχελώνες στη λιμνούλα και έσκυψε να τις δει καλύτερα, παρά λίγο να γλιστρήσει και να πνιγεί ελαφρώς σε... μια παλάμη βάθος. Όμως εκείνος είχε πνιγεί κανονικά, ο Στραβοπόδης, εκείνος ήταν αναχωρητής του κόσμου τούτου και της αβυσσαλέας λίμνης του.

Τώρα που το σκεφτόταν καλύτερα, ο θείος του μια ζωή μ' αυτούς ήταν δεμένος, με τη μάνα του και με τον ίδιο. Μια και δεν είχε αγόρι, τον έπαιζε από μικρό, τον έσφιγγε, τον έπνιγε στην αγκαλιά του –με τρόπο ενοχλητικό καμιά φορά–, ακόμη και στην εφηβεία του ο Στραβοπόδης συχνά έμπαινε στη ζωή του και, όταν, φοιτητής, έλεγε ότι απαλλάχτηκε, τον ξαναβρήκε σαν σκιά στη Θεσσαλονίκη...

Τότε ο Παντελής είχε κατέβει από τον Έβρο για να συναντήσει τη μάνα του, που μόλις είχε παρατήσει τη Γερμανία και επέστρεψε, ερωμένη του γαμπρού της. Ο Μανόλης τούς θαύμαζε κατά βάθος και τους δύο γιατί δε λογάριασαν τίποτε, έκαναν το δικό τους, και ίσως αυτή η απόφαση τους έδενε όσο μεγάλωναν και όσο μεγάλωνε η γκρίνια μεταξύ τους. Το ποτό δεν το εγκατέλειψε εκείνος, αλλά και η Μαργαρίτα δεν πήγαινε πίσω. Του έδινε και καταλάβαινε τα βράδια, και αν της άρεσε και κανένας περαστικός, μπορεί και να του χάριζε καμιά αγκαλιά. Έτσι ήταν η μάνα του, πέρασε μια δεκαετία να την αποδεχθεί ως τέτοια αλλά και να την προστατέψει, τώρα που όλα θα στρέφονταν εναντίον τους.

Άραγε δεν τους βόλεψε και τους δυο ο χαμός του Στραβοπόδη; Άραγε να αισθανόταν εκείνος ότι έχανε δύο δικά του άτομα, αίμα του δεν μπορείς να το πεις, της γυναίκας του αίμα ήταν ο Μανόλης, αλλά ήταν ένας δεσμός συγγένειας, μεγάλος. Πήγαν να αναβλύσουν τα δάκρυά του, αλλά μετά ήρθαν κι άλλα. Ο Στραβοπόδης δεν ήταν ο μόνος που πρόδωσε. Ήταν και ο Μάικ στο πανεπιστήμιο ήταν κι ο άλλος στο Βαρδάρι, ο ανομολόγητος, ο παρενδυτικός. Όλη η ομίχλη εκείνης της περιόδου έμοιαζε να έχει εξατμιστεί, αλλά απέμενε το φάσμα της, αόρατα διαχεόμενο.

Τι συμβαίνει όταν ορισμένοι άνθρωποι απαιτούν από εμάς πράγματα που εμείς οι ίδιοι δεν αποδεχόμαστε; Μήπως, αντί να τους απωθούμε, θα έπρεπε να τους ευγνωμονούμε; Δεν ήταν το Παρτάλι στο Βαρδάρι που τον τάραξε πνευματικά και σωματικά, που τον συντάραξε; Δεν ήταν και ο εξαφανισμένος Μάικ που του έφερνε νέες σκέψεις και προκλήσεις; Η Ζωή, η φίλη τους; Γιατί τους παρέκαμψε, τρομάζοντας με όσα του πρόσφεραν, σκοτεινά και ανοιχτά μαζί; Και μάλιστα με εκείνο το διαψευσμένο αργότερα στη Σουηδία «Θέλω να περάσω τα μαθήματα και να δω τι θα κάνω. Δεν έχω φοβερές απαιτήσεις από τη ζωή μου. Θα τελειώσω, θα πάω στρατό, θα περιμένω διορισμό. Θέλω να μπαίνω σε μια τάξη και να κάνω μάθημα. Να διοριστώ σε ένα χωριό. Στο χωριό μου μακάρι. Δεν αντέχω τη φασαρία. Η πόλη σού στήνει παγίδες. Ο καθένας πρέπει να μένει στο πόστο του, Ζωή»;

Πόσο θα ήθελε στη θέση της Ντίνας, που τότε την απόφευγε, πόσο θα ήθελε τώρα να είχε εδώ κοντά του τη Ζωή με όλες της τις εντάσεις και τις υστερίες της και να της ζητήσει συγγνώμη για εκείνο το ψέμα, γιατί ούτε στο χωριό του πήγε ποτέ, ούτε διορίστηκε, και, ακόμη χειρότερο, ξανάμπαινε σε μια νέα, γλυκιά παγίδα, μιας άλλης πόλης, πιο ματαιόδοξης. Η μόνη διαφορά ότι εδώ αυτός διαχειρίζεται το παραμύθι του και δεν το επιβάλλει η πόλη.

Βγαίνοντας από τον κήπο, σκέφτηκε να συνεχίσει ως το Παγκράτι και να κάνει έκπληξη στις δύο γυναίκες του. Πέρασε ανάμεσα από καθηλωμένα αυτοκίνητα, χέρια κρεμασμένα οδηγών μαζί με ακυρωμένα ρολόγια και χρυσές καδένες, μουσικές ξένες και λαϊκά να ακούγονται εκκωφαντικά μπας και καλύψουν την απεγνωσμένη κραυγή της αρρύθμιστης καθημερινότητας. Χώθηκε στο Παγκράτι, κάπως καταλάγιασε ο θόρυβος, χτύπησε το κουδούνι και, μια και δεν του άνοιγε κανείς, έβγαλε τα δικά του κλειδιά που κρατούσε για ώρα ανάγκης.

Η Πηνελόπη κοιμόταν του καλού καιρού στο σαλόνι, με ανοιχτό το στόμα και ξεκούμπωτη νυχτικιά. Η μάνα του άφαντη – πουθενά. Μπήκε στην κουζίνα και είδε αφημένο στον πάγκο ένα μικρό κουτάκι με υπνωτικά.

Ακόμη και λίγα πιάτα άπλυτα στον νεροχύτη, ασυνήθιστο κι αυτό. Τριγύρισε στα δωμάτια, μπήκε στης μάνας του, που μύριζε κάτι βαριά αρώματα σαν να 'ταν καμαρίνι, ανακάλυψε στην ντουλάπα καινούργια ρούχα και πολλές καινούργιες τσάντες.

Ξαναγύρισε στο σαλόνι, χάζεψε τις φωτογραφίες που στοιβάζονταν πάνω στο καφεδί σκρίνιο, άντρες μόνον, οι σύζυγοι, καθόλου παιδιά κι εγγόνια. Σκούροι άντρες, ασπρόμαυροι, γενετικά μαυσωλεία, γονίδια που επέστρεψαν στη συμπαντική τάφρο.

Ένας κύκλος έκλεινε από το ένα σόι για πάντα.

Έκλεισε το φωτογραφικό άλμπουμ. Ως εδώ. Έπρεπε να ξαναμιλήσει με τη Μαργαρίτα. Μην άρχιζε τα ίδια.

22

ΠΕΡΙΜΕΝΕ ΑΡΚΕΤΗ ΩΡΑ να γυρίσει η μάνα του, η θεία στο μεταξύ κοιμόταν του καλού καιρού τον βαθύ, χαπακωμένο ύπνο. Η Μαργαρίτα μπήκε αθόρυβα σαν κλέφτρα σιγά σιγά και όταν τον είδε σκιάχτηκε. Στα χέρια της κρατούσε μια σακούλα από μαγαζί γυναικείων ρούχων, ήταν ντυμένη όσο πιο καλά γινόταν, μια μέρα που δεν το χρειαζόταν ούτε η πόλη ούτε η εποχή. Του έδωσε ένα φιλί, της είπε ότι ανησύχησε, «Μισή ώρα έλειψα» απάντησε εκείνη, «Εγώ είμαι εδώ μιάμιση» είπε αυτός.

«Αυτό τι σημαίνει, ότι θα είσαι χωροφύλακας; Μια χαρά τα βρίσκουμε εδώ με τη θεία σου εμείς».

«Μα φυλάω τους χώρους που εγκαταλείπεις» είπε αυτός.

Έπειτα σιώπησαν ξαφνικά, ο Μανόλης μπήκε στην κουζίνα και έψαχνε κάτι να φάει, εκείνη μπαινόβγαινε στα δωμάτια, όλο και κάτι τακτοποιούσε. Η Πηνελόπη στον βαθύ της ύπνο.

«Καλά που βγαίνω και λίγο να ξεσκάω, αυτή εδώ θα με αποτελειώσει με τις απαιτήσεις της. Μέχρι και το σαμπουάν που τη λούζω πρέπει να είναι το Clairol. Αλλιώς δεν ξεπλένεται η σκουριά».

«Φανταζόσουν κάτι καλύτερο;»

«Μπα, όχι, στην ηλικία μου όλες είναι γιαγιάδες. Επομένως και οι άλλοι ας μην έχουν απαιτήσεις παρόμοιες από μένα».

«Εννοείς εμένα, ε; Εγώ θέλω να περνάς ήσυχα και να μη σκέφτεσαι τα παλιά. Δε βγαίνουμε; Δεν πάμε σινεμά; Δεν πετιέσαι εδώ στη γειτονιά;»

«Πουθενά δεν πάω. Μόνο στη λαϊκή. Κι εκεί δε σε ξέρει κανένας. Ή κάνουν πως δε σε ξέρουν. Μα είναι τάχα μου ζωή αυτό;»

«Όλοι έχουν κάποιον, εσύ έχεις εμένα, τη θεία. Έχουμε πια οικονομική άνεση».

Η Μαργαρίτα αναστέναξε.

«Δεν έχουμε όμως δικούς μας ανθρώπους. Ή έχουμε; Εγώ τουλάχιστον έμαθα να ζω με κάποιον. Απορώ με σένα που δεν έχεις ένα ταίρι. Εκτός αν δε μου το λες. Όπως τότε που σε παγίδεψε ο τύπος στο Βαρδάρι».

«Μαργαρίτα, τι πας και θυμάσαι τώρα; Φοιτητικές ιστορίες;»

«Μα από τότε άλλαξες ολόκληρος, έγινες άλλος άνθρωπος, παιδί αλλουνού. Αλλά δεν πειράζει, για τη μάνα είσαι ο ίδιος. Άκου να σου πω. Επειδή μεγαλώνεις κι εσύ: Δεν είμαι μόνον ξιπασμένη, όπως με θεωρείς, αλλά σε νοιάζομαι, θέλω να ξέρω ότι δε θα είσαι μόνος όταν φύγω μια μέρα, ότι έχεις παρέα, δε μ' ενδιαφέρει ποια ή ποιον. Ακόμη και στη Σουηδία που ήσουνα, ένιωθα να μου κρύβεις μυστικά, μη νομίσεις ότι δεν τα μυρίζομαι, αλλά εκεί τουλάχιστον σε ένιωθα πιο ασφαλή και κατασταλαγμένο».

«Ο καθένας διαλέγει τη ζωή και τα ρίσκα του, Μαργαρίτα».

«Μπα, μην το λες. Συμπτώσεις είναι τα πιο προσωπικά. Είχα δει κι εγώ έναν λεβέντη στην παρέλαση, μου γυάλισε, του γυάλισα, χωρίς να σκεφτώ πολλά τον ακολούθησα. Και μου βγήκε ο πατέρας σου, στην άκρη του Έβρου. Μία σύμπτωση. Η δεύτερη: πάει να πολεμήσει ο Κρητικός παππούς σου για να μεγαλώσει η Ελλάδα, γνωρίζει μία μορφονιά και αράζει στα βόρεια. Άρα θα μπορούσα να έχω γεννηθεί οπουδήποτε. Να είμαι μια άλλη. Χειρότερη. Ή μια κυρία σαν την Ντίνα».

Μια ανάσα πήρε η Μαργαρίτα και γέμισε ένα ποτήρι δροσερό νερό, στο οποίο πάντα πρόσθετε ένα φυλλαράκι δυόσμο.

«Και μια που ανέφερες την Ντίνα. Να τη ρωτήσω σε ποιον δικηγόρο ν' απευθυνθούμε. Πρέπει να φτιάξει η θεία τη διαθήκη της, όπως μας το είχε πει. Μην πέσουν διάφοροι ξεχασμένοι συγγενείς του άντρα της και ζητάνε μερτικά. Πόδι δεν πάτησαν να τη δούνε τόσα χρόνια».

Συμφώνησαν αυτός να κανονίσει τα κληρονομικά. Διακριτικά, μην πάθει πανικό η Πηνελόπη ότι βιάζονται να την πεθάνουν. Άλλωστε, κι όσο ζει, όλοι κερδισμένοι βγαίνουν. Η Μαργαρίτα την πονούσε κατά βάθος, παρά τα πείσματά της, την ένιωθε κάτι δικό της ή κάτι πιο ανθρώπινο. Το είχε αυτό· μην έβλεπε ζητιάνο στον δρόμο, να βγάλει και το φόρεμά της να δώσει. Ο Μανόλης την είχε προειδοποιήσει να προσέχει με κάποιους επαίτες, ειδικά κάποια παιδάκια που είχαν αρχίσει να εμφανίζονται τελευταία και πουλούσαν χαρτομάντιλα και άρπαζαν ό,τι έβρισκαν πάνω στο τραπεζάκι και έφευγαν.

Την άφησε και έφυγε. Δεν τον ικανοποιούσε η εικόνα της μάνας του. Δεν ήταν αυτή που ήξερε, αλλά και πότε είχε προλάβει να τη γνωρίσει καλύτερα; Ό,τι είχε δει ήταν μέχρι τα δεκαοκτώ. Μετά αποσπασματικά την έβλεπε, λίγο στη Γερμανία και λίγο στη Σαμοθράκη, όταν συζούσε με τον Στραβοπόδη. Κάθε εποχή μια άλλη μάνα, και τώρα, μέσα στην πόλη, μια ζαλισμένη γυναίκα, χωρίς υπόβαθρο να κρατηθεί και να αναδειχτεί. Αρχόντισσα στο χωριό –έστω και δαχτυλοδεικτούμενη– κι εδώ μια ιδιόμορφη μεσήλικη. Όμως ο καιρός κυλούσε, ο ίδιος θα έλεγε ότι έλεγχε τις ανασφάλειές του. Σε ποιον όμως το έλεγε;

Γύρισε σπίτι και άραξε να δουλέψει. Μια καινούργια πρόταση από ένα καινούργιο γραφείο παραγωγής. Μιλούσανε για μια σειρά από τηλεταινίες μυθοπλασίας, κάτι νεόφερτο στις τηλεοπτικές συνήθειες της χώρας. Μιάμιση με δύο ώρες διάρκεια η καθεμία. Θα προβάλλονταν στην ΕΡΤ.

Όταν τον είχε καλέσει στο μικρό του γραφείο ένας συμπαθέστατος κύριος, ως παραγωγός, ανακάλυψε ότι τον είχε δει να παίζει σε παλιές ελληνικές ταινίες. Ο κύριος Τίβουλλος του αποκάλυψε ότι ήταν και προσωπικός φίλος της Μελίνας. Ο χαμός της, εκείνη τη χρονιά, τους είχε κάνει όλους ερείπια. Ευτυχώς η Μελίνα είχε αφήσει πολλή, καλή κληρονομιά, έλεγε.

Αφού του μίλησε για τη Μελίνα, για τη νοσταλγία της χαμένης Ελλάδας, για την απέραντη εκτίμηση που έτρεφε για τον Ανδρέα κι ας τον κατηγορούσαν για τις θαρραλέες επιλογές του με τη σύντροφό του Δήμητρα, ήρθε στο θέμα: ψάχνει για νέα πρόσωπα, δημιουργούς που δε φοβούνται να αποτολμήσουν.

«Έμαθα για σένα, όλα συζητιούνται. Πιστεύω ότι

έχεις να δώσεις κι άλλα πολλά πέρα από τα έξυπνα και ατακαδόρικα σενάρια. Αξίζεις για πολλά περισσότερα πράγματα. Θα καταθέσω μια πρόταση για δέκα τηλεταινίες στην ΕΡΤ. Είναι σχεδόν σίγουρο ότι θα περάσει η πρόταση, όχι επειδή το δικαιούμαι –αν και θα ίσχυε η αφοσιωμένη πίστη μου σε ένα δημοκρατικό κόμμα– όσο επειδή με εμπιστεύονται καλλιτεχνικά. Τα θέματά μας θα είναι σύγχρονα και ανοιχτά, κάθε είδους προβληματισμού. Όπως είναι και η ζωή μας πια πολύπλοκη. Σκέψου σαν να διαβάζεις μια ιστορία και μετά στρώσου να μου τη γράψεις όπως θα την έβλεπες στη μικρή οθόνη».

Ο κύριος Τίβουλλος φαινόταν εντάξει, κάπνιζε όμως πολύ, ήταν ωραιοπαθής αλλά το άξιζε, ήταν σαγηνευτικός, όμως τον Μανόλη δεν τον έπειθαν τα επιχειρήματά του. Προς στιγμήν βίωσε μια κατάσταση του παρελθόντος, ένα dejà vu, άλλος ένας μεγαλύτερός του να τον νουθετεί και να τον καθοδηγεί.

«Μπα, μου φαίνεται» σκέφτηκε «μπήκα σε ρόλο που γράφω για τον ίδιο μου τον εαυτό».

23

Ο ΚΙΝΗΜΑΤΟΓΡΑΦΟΣ STUDIO βρισκόταν μακριά απ' την Πλάκα, όμως αυτό δεν τον εμπόδισε να γυρίσει στο σπίτι με τα πόδια. Είχε δει το *Μπλε* του Κισλόφσκι, προς το τέλος στριφογύριζε στο κάθισμα, η δραματική ένταση της πολωνικής ταινίας τον αναστάτωνε, δυο φορές σηκώθηκε να φύγει, του φάνηκε μαρτύριο να την αποτελειώσει. Τελικά αυτό είναι τέχνη, αν σε ταράζει έτσι διαχρονικά και διαπολιτισμικά, αξίζει το ταράκουλο. Κι εσύ κάθεσαι και γράφεις επεισόδια και χαρούμενες ατάκες και χαίρεσαι που ακούγεται στην Αθήνα πολύ το «Αφώνου και πεσμένου, κουρασμένου και θυμωμένου», επίθετα και μετοχές σε γενική πτώση που τα εκστόμισες μια φορά μπροστά σε έναν δραστήριο ραδιοφωνικό παραγωγό κι εκείνος τα διέδωσε σε μια βραδιά σε όλη την πόλη με τη δημοφιλή εκπομπή του και τώρα ήταν όλοι «υπερόχου, ατιθάσου, απιστεύτου».

Τύψεις και τυψούλες δε σου έλειπαν. Κουβαλάς και τις μέγιστες, εκείνες βγήκανε μέσα στη σκοτεινή αίθουσα, άσ' τα αυτά, όσα χρόνια κι αν περάσουν, θα το έχεις αυτό το βάρος, φαντάσου να μη σου φύγει και γίνει χρόνια τύψη. Μια τύψη που γνωρίζεις τις αιτίες και τις ρίζες της, όμως αυτή η επίγνωση σ' απαλλάσσει από την ευθύνη;

Πλησίαζε στην Ομόνοια και του φάνηκε απρόσωπη, ακατοίκητη, στο μυαλό του σχηματιζόταν μια ιδέα, πώς να την αναπτύξει, αλλά και τούτο πάλι λίγο τού έπεφτε. Η τέχνη πρέπει να έχει κάτι πιο μεγαλειώδες και ιδανικό, κι έπειτα ποια τα δικά του διδάγματα και οι εφαρμογές, αυτού που δίδασκε:

> Στη σφαίρα της γνώσης γίνεται ορατή, τελευταία και με μεγάλη δυσκολία, η ιδέα του Αγαθού και, σαν γίνει ορατή, πρέπει κανείς να την συλλογιστεί ως την αιτία κάθε σωστού και ωραίου πράγματος όσον αφορά όλα τα όντα – αυτήν η οποία στον ορατό τόπο γέννησε το φως και τον άρχοντά του, και η οποία στον νοητό τόπο είναι η *ίδια* αρχόντισσα που δώρησε αλήθεια και νόηση και ότι την ιδέα αυτή του Αγαθού είναι απαραίτητο να την αντικρύσει όποιος μέλλει να πράξει με φρόνηση είτε στην ιδιωτική είτε στη δημόσια σφαίρα.*

Πώς να βγεις, πώς να εξέλθεις του σπηλαίου, πώς να ανέλθεις; Στο μεταξύ είχε βγει στη Σταδίου, που έμοιαζε πιο φιλική μετά τα μεσάνυχτα, και, ανεβαίνοντας προς το Σύνταγμα, είδε την παρέα του Γιώργου με κάποιους αγνώστους να έρχονται κυριολεκτικά προς τα πάνω του. Ήταν μάταιο να στρίψει, ο Γιώργος τον άρπαξε από το χέρι και του είπε, ακόμη και αν χανόταν ο κόσμος σε τρία λεπτά, «έλα για ένα λεπτό να πιεις ένα σφηνάκι και φύγε».

---

* *Πλάτων. Πολιτεία*, 517b–517c. Εισαγωγικό σημείωμα, μετάφραση, ερμηνευτικά σημειώματα Ν. Μ. Σκουτερόπουλος, Πόλις, Αθήνα 2002, σελ. 509-11.

Ζαλισμένος, αφέθηκε, το κλαμπ ήταν δεξιά τους, μέσα στο Μετοχικό Ταμείο, βυθισμένο στα υπόγεια. Μια πινακίδα νέον διαφήμιζε την ύπαρξή του Factory, για το οποίο κάτι είχε ακούσει πηγαινοερχόμενος στα γραφεία και στα καταστήματα, που ήταν συνδεδεμένα ραδιοφωνικά κυρίως με τον ΚΛΙΚ FM.

Εδώ το face control ήταν πιο εξειδικευμένο αλλά και πιο χαλαρό. Κατέβηκαν αρκετά σκαλοπάτια και μπήκαν σε μια σκοτεινή αίθουσα, γεμάτη μπαρ, μισοφωτισμένες γωνίες και στο πίσω μέρος της, μισάνοιχτα, τεράστια επαγγελματικά ψυγεία. Ο Γιώργος τον καθησύχασε ότι «δεν είναι αυτό το μπαρ που φαντάζεσαι, απευθύνεται σε όλους. Απλώς, αν θέλουν κάποιοι, μπορούν να κλειστούν μέσα στα σκοτεινά ψυγεία και να βγάλουν τα μάτια τους».

Ο Μανόλης αναγνώρισε ένα παλιό, οικείο πλήθος που είχε μεταλλαχτεί σε «είδος», σε «τάση». Με ντύσιμο και συγκεκριμένους κώδικες συμπεριφοράς. Αναρωτιόταν αν ο Μάικ θα ερχόταν εδώ μέσα, αν θα ήταν ο φυσικός χώρος εκείνου του πρωτοπόρου –τελικά– φίλου του, του παλιόφιλου. Όμως αυτή εδώ η μεταμφιεσμένη κουλτούρα δανειζόταν στοιχεία από το αγοραίο και το λαϊκό, από αυτό που δεν κατείχε αλλά και δεν την αφορούσε. Και, αν ήθελαν δύο ή περισσότεροι να συνευρεθούν, έπρεπε αναγκαία να κλειστούν μέσα στα ψυγεία των πρώην σφαγμένων ζώων;

Μήπως όμως πάλι δεν άντεχε την πόλη; Μήπως παραήταν αυστηρός, ένας Θρακιώτης με σκανδιναβική υπεροψία, που εξεγείρεται μπρος στις στοές της ματαιοδοξίας και της μη συναίσθησης;

Για μια στιγμή λυπήθηκε τον Γιώργο και τη Μέξι που έπρεπε να υποστούν όλα αυτά του συρμού. Έτσι, πίνοντας ένα σφηνάκι βότκα και ενώ τα άλλα σφηνάκια κατέφταναν ακατάπαυστα πάνω στο μπαρ, ξεκίνησε να φύγει. Δεν ήταν άμοιρη βλεμμάτων η παρουσία του, ένας casting director έπεσε πάνω του, «Μην το κάνεις αυτό, μη μας αφήσεις» έλεγε, τάχα μεθυσμένος και με ηθελημένο προκλητικό χιούμορ, που ήταν ωστόσο βαρετά προβλέψιμο.

Γι' αυτό και δεν τόλμησε να μπει στην τουαλέτα, ο συνωστισμός ξεπερνούσε τις ουρολογικές ανάγκες κι έτσι έφυγε με τον Γιώργο να τον αγκαλιάζει μέχρι την έξοδο, όπου ο λαμπερός πορτιέρης, ημίγυμνος, του έδειξε με λάγνα αδιαφορία προς τη σεμνότερη εκδοχή της πόλης που μισοκοιμόταν.

24

ΣΤΑ τηλεφωνήματα δεν απαντούσε αμέσως, όμως ο προδότης τηλεφωνητής έβγαζε πρώτα τη μουσική του Πασκάλ Κομελάντ και αμέσως μετά τη φωνή του. Η ανήσυχη μάνα του τον καλούσε να σηκώσει το ακουστικό, ήξερε τις συνήθειες του κανακάρη της.

Τι είχε συμβεί;

«Έφτασε ένας κύριος, χτυπούσε τα κουδούνια, *Ανοίξτε*, έλεγε, *είμαι ο Ντίνος, ο ανιψιός της Πηνελόπης*. Εμφανίστηκε ένας σαραντάρης με κοστουμάκι, λελές, κακό βλέμμα, μου λέει *Λογικά είμαστε ξαδέλφια*. Του λέω *Λογικά δε σε ξέρω*, μου λέει *Είμαι ανιψιός του άντρα της θείας μου. Αργήσατε*, λέει, *να την ανακαλύψετε*. Του λέω εγώ *Και εσείς την είχατε μόνη. Δε μας είχε ανάγκη και προλάβατε. Θα ήθελα να μιλήσω μαζί της*. Η Πηνελόπη τον ήξερε, δεν ενθουσιάστηκε καν. Εκείνος της έλεγε κουνώντας τα χέρια του για να φαίνεται το ρολόι του, *Να σε βλέπουμε, θεία, να 'ρθούμε με τη μητέρα μου μια μέρα*. Τότε η Πηνελόπη τού είπε *Τόσα χρόνια με είχατε χεσμένη. Τι λόγια είναι αυτά, θεία μου; Δεν είμαι θεία σας. Τώρα που πέθανε ο θείος δεν ανήκω σε καμιά οικογένεια. Εγώ αποφασίζω*. Κι εκείνος έφυγε, στην πόρτα μού είπε *Την ποτίσατε φαρμάκι; Καλά, θα δούμε. Καλημέρα σας, κυρία... Πώς σας είπαμε, μαντάμ; Ωραίο μακιγιάζ κάνετε για να περιθάλπετε μια ηλικιωμένη.* Και με στραβοκοίταξε φτιάχνοντας τη λαδωμένη του φτάντζα».

Ο Μανόλης προβληματίστηκε: «Πάλι καλά που φέρθηκε η θεία έτσι, μάλλον περιουσία μυριστήκανε».

Της είπε να μην ασχολείται άλλο και να φροντίζει την Πηνελόπη.

«Είσαι καλά, μάνα;»

«Μια χαρά» έλεγε και δεν της έβγαινε.

«Καλά να είσαι. Ζεις στο καλύτερο μέρος της Αθήνας, τι θέλεις;»

«Κι εσύ που ζεις στην Ακρόπολη δίπλα, θα σε γράψει η ιστορία;»

Γέλασε. Της υποσχέθηκε ότι θα τη βγάλει έξω, κάπου όμορφα, που θα της αρέσει. Ύστερα βγήκε στον δρόμο και πήρε ένα ταξί για την Αγία Παρασκευή. Έκανε από την Πλάκα μέχρι το Ραδιομέγαρο της ΕΡΤ σχεδόν μία ώρα, καταριόταν μέσα στο όχημα, που μύριζε κάτι έντονα ενοχλητικό, λερωμένα καθίσματα, καταριόταν κι ο ταξιτζής την κίνηση, το νέφος και «πώς βγάζουν τόσο εύκολα τα λεφτά οι Έλληνες;».

Ο Μανόλης δε συνέχιζε την κουβέντα, ήθελε να του πει ότι, αν είχε αυτή την εμφάνιση το ταξί και ο ίδιος στο τιμόνι, θα τον είχαν αποκλείσει από μια τέτοια δουλειά κάπου αλλού στη Ευρώπη.

Παρά τις οχλήσεις του οδηγού για το τι θα έκανε στο Ραδιομέγαρο, μπας και ήταν κανένας δημοσιογράφος και του περνούσε γραμμή παραπόνων, ο Μανόλης κατέβηκε και του άφησε και πουρμπουάρ. Ο κύριος Τίβουλλος θα τον περίμενε στην είσοδο, του είχε πει να πάρει μαζί του και την ταυτότητά του. Δεν τον είδε πολύ ενθουσιασμένο τον Τίβουλλο, ενώ μία μέρα νωρίτερα τον είχε ακούσει σίγουρο για την έγκριση της σειράς.

Μπήκαν και βγήκαν σε ασανσέρ και μακρόστενους διαδρόμους με νωχελικούς υπαλλήλους –ο Μανόλης είχε διαβάσει ότι κόντευαν τις τέσσερις χιλιάδες, μπορεί να ήταν και συκοφαντία όμως, γιατί είναι συκοφαντία τόσες χιλιάδες άτομα να εργάζονται για τόσο λίγο έργο– και μπήκαν στο γραφείο ενός ακόμη διευθυντή, υπεύθυνου για το ελληνικό πρόγραμμα.

Εκεί μέσα βρίσκονταν άλλα τρία άτομα, γύρω στα σαράντα, συνοφρυωμένοι, το κεφάλι τους στραμμένο οπουδήποτε αρκεί να μη συναντούσαν το βλέμμα του νεοεισερχόμενου. Ο ένας συστήθηκε σκηνοθέτης και οι άλλοι σεναριογράφοι, τα ονόματά τους μπήκαν και βγήκαν στα αυτιά του χωρίς να καταχωριστούν. Δύο από τους τρεις δήλωναν απόφοιτοι μιας ιδιωτικής σχολής κινηματογράφου και ο τρίτος είχε παρακολουθήσει κάποια χρηματοδοτούμενα σεμινάρια του Ελληνικού Κέντρου Κινηματογράφου, που μάλιστα διεξάχθηκαν στο αμφιθέατρο του Πολεμικού Μουσείου – κι αυτό του έδινε περισσότερο κύρος;

Ο διορισμένος διευθυντής Ανδρεόπουλος ξεκαθάρισε την κατάσταση μέσα σε δέκα λεπτά. Η σειρά των δέκα τηλεταινιών χρειαζόταν μια δυναμική ομάδα, έχουμε ήδη τρεις από εδώ – και τότε συστήθηκαν μεταξύ τους αρκετά τυπικά, κακό σημάδι.

«Θα ήθελα να σας πω, κύριε Τίβουλλε, ότι αποδεχόμαστε την πρόταση, αρκεί να δουλέψετε με το δικό μας team, που κι εμείς εμπιστευόμαστε ως κρατικός φορέας».

Μάλλον ο Τίβουλλος είχε προετοιμαστεί για κάτι τέτοιο.

«Θα δουλέψετε όλοι μαζί κι ο κύριος...;»

«Ο κύριος Μανόλης Κυρτσής».

«Είστε σεναριογράφος;» ρώτησε ο σκηνοθέτης εκ των τριών του team.

«Είμαι φιλόλογος με σπουδές φιλοσοφίας».

Κάποιοι ξεροκατάπιαν, ειδικά η «φιλοσοφία» βαρούσε καμπανάκι στα αυτιά και συναγερμό στο μέγαρο.

«Έχει γράψει τη σειρά *Αδέξια νιάτα*» πρόσθεσε ο Τίβουλλος, ενώ ο Μανόλης αντιλαμβανόταν ότι του είχαν στήσει μια αφελή παγίδα.

Ο σκηνοθέτης σκυθρώπιασε. «Θα προτιμούσα να δουλέψω με τους δικούς μας όρους, κύριε Ανδρεόπουλε. Ως ομάδα με κοινή άποψη και αισθητική. Νομίζω ότι μπορούμε, εκτός αν έχει αντίρρηση ο κύριος Τίβουλλος».

Ο Τίβουλλος δε φαινόταν να έχει αντίρρηση. Ο Μανόλης το είχε αντιληφθεί, σηκώθηκε όρθιος.

«Να μη σας απασχολώ, κύριοι, άλλο. Απλώς με ταλαιπωρήσατε όλοι σας, ως team, για να φτάσω ως εδώ. Είναι πολύ άσχημοι οι δρόμοι της πόλης, σαν τις σκοτεινιασμένες σας ψυχές».

Έφυγε ξαφνικά. Δεν πρόλαβαν καν να δούνε τη σκιά που άφηνε πίσω του. Τους τα 'πε λίγο φιλολογικά αλλά έπρεπε να αφήσει το δικό του, θυμωμένο αποτύπωμα.

Βγήκε στους διαδρόμους οργισμένος και χάθηκε για δέκα λεπτά, επίτηδες δε ρωτούσε κανέναν πού είναι η έξοδος. Ο μόνος άνθρωπος που θα ήθελε να συναντήσει εκεί μέσα ήταν ο Γιάννης Πετρίδης, που του μάθαινε μουσική από την καθημερινή του εκπομπή *Από τις 4 στις 5*.

Σκόνταψε πάνω σε ανθρώπους που περιφέρονταν, σε τεχνικούς που έσερναν τα πόδια τους, βρέθηκε ξαφνικά και στο μπαρ, όπου μιλούσαν και κάπνιζαν όρθιοι οι εργαζόμενοι. Έψαξε τουαλέτες να κατουρήσει και άφησε μια μικρή επιβάρυνση στο αποχετευτικό σύστημα της Ελληνικής Ραδιοφωνίας και Τηλεόρασης.

Όταν βγήκε τελικά έξω από το κτίριο, ανάσανε βαθιά, έψαξε για τη στάση του λεωφορείου και αποφάσισε να δοκιμαστεί μπαίνοντας σε ένα αστικό. Ύστερα από δεκατρία λεπτά αόριστης αναμονής, εμφανίστηκε ένα γεμάτο λεωφορείο, στριμώχτηκε μέσα και στη δεύτερη στάση τού ήρθε ξανά συχνουρία.

Κατέβηκε κάπου στο Πεντάγωνο και έψαχνε ένα σημείο για να αδειάσει. Γύρω του ένα αφιλόξενο τοπίο, μισοκατοικημένο, πεζοδρόμια αφημένα με κενά όπου στραμπούλαγες το πόδι, κολόνες φωτισμού γεμάτες συνθήματα και αφίσες, μια ασχήμια όπου η αισθητική δεν είχε θέση ούτε για αρνητικές εκτιμήσεις. Εδώ πότισε ένα μαραζωμένο παρτέρι, γεμάτο μπουκάλια μπίρας και χαρτόκουτα πίτσας. Τριγύρω κανένα μαγαζί ή πιτσαρία.

Δεν ξαναμπήκε σε λεωφορείο, αλλά προχώρησε στη Μεσογείων για πολλή ώρα. Όταν κουράστηκε, μπήκε σε άλλο ένα ταξί, όπου δεν ακουγόταν κιχ. Δεν πίστευε στα αυτιά του και σιώπησε κι αυτός μέχρι το Καλλιμάρμαρο, όπου ζήτησε να τον αφήσει. Όταν πλήρωνε, ο οδηγός τον ρώτησε αν ήταν ξένος.

«Ξένος; Έλληνας είμαι, αν εννοείτε Αθηναίος, σίγουρα δεν είμαι» είπε ο Μανόλης. «Εκτός αν μου φαίνεται».

«Συγγνώμη, δεν εννοούσα αυτό. Μου φανήκατε σαν να ήσασταν από αλλού πάντως».

«Και η συγγνώμη σας δεκτή, αν και η ιδιότητα του Αθηναίου μάλλον δεν αποκτιέται από την πόλη την ίδια, εκτός αν ορίσουμε τι εννοούμε πια με την Αθήνα αυτή καθαυτή».

25

ΑΚΟΥΓΕ ΦΩΝΕΣ, κορναρίσματα, κάποιους γδούπους που λες κι έρχονταν από τα σωθικά της γης. Μια ανησυχία διαπερνούσε την πόλη απ' άκρη σ' άκρη, ας πούμε έξω από την Πλάκα, που διερχόταν η λεωφόρος Αμαλίας, και μέχρι τη Συγγρού, ποτέ δεν ησύχαζε μέχρι και το ξημέρωμα. Φυσικά, δεν κατηγορούσε τους ανθρώπους που πήγαιναν στη δουλειά τους αλλά γνώριζε πόσοι άκαιροι και άστοχοι τύποι περιφέρονταν αλόγιστα, με ρολόι τις εσωτερικές τους ρυθμίσεις.

Ακόμη κι η κυρα-Βέρα, όπως αποκαλούσε πια τη σωριασμένη γριά, ξυπνούσε τα χαράματα, πριν φέξει, και έριχνε τις πρώτες της κατάρες. Η ΑΣΔΕΝ επίσης είχε μια μόνιμη κινητικότητα που δεν ακουμπούσε σε κανένα ωράριο, ειδικά στις αλλαγές της φρουράς, όλο και κάτι φώναζαν μεταξύ τους. Οι τουρίστες που έμπαιναν ή έβγαιναν από τις γειτονιές της Πλάκας άλλος μπελάς. Η Κρίστη, τελευταία ανήσυχη κι αυτή, η πιο νιρβάνα ύπαρξη που γνώρισε ως τότε, έκανε πρόβες και φωνητικές ασκήσεις σε περίεργες ώρες, όμως η Κρίστη τού έβγαζε έναν φιλόξενο χώρο, μια χαμένη τρυφερότητα, πόσο θα ήθελε να τον αγκαλιάσει.

Πράγματι, δεν ησύχαζε το κέντρο της πόλης και δεν

ήταν παραξενιά του Μανόλη, συνηθισμένος καθώς ήταν σε ένα ήσυχο μέρος, μακριά από το κέντρο της Στοκχόλμης, με ένα μονοπάτι που έτρεχε κατά μήκος της ακτής ώσπου ξαναγινόταν το επόμενο φιορδ. Από απέναντι ένας ποδηλάτης πολύ σοβαρός.

Διαπίστωνε όσο κυλούσε ο χρόνος ότι μάλλον δεν είχαν εξασφαλίσει τόση ησυχία όση περίμεναν ερχόμενοι στην Αθήνα· ειδικά εκείνη, η Μαργαρίτα, κάθε φορά υποτροπίαζε, έχανε την ψυχραιμία της, και προχθές μάλιστα την είχε δει με μια ελαφρά εκδορά στο μάγουλο, «Χτύπησα στο ντουλάπι» του είχε πει, όμως αυτός υποψιαζόταν κάτι χειρότερο. Γι' αυτό και πλήθαινε τις αιφνιδιαστικές επισκέψεις στο σπίτι τους, είχε το δικαίωμα και το ήθελαν κι αυτές να σπάει η μονοτονία τους. Η Πηνελόπη παρουσίαζε σποραδικές διαλείψεις νόησης και μνήμης, «Τι κάνεις, Μανολάκη μου» τον ρωτούσε και πολλές φορές πάλι «Ποιος είσαι εσύ εδώ πέρα;».

Πάγωνε με τις αντιδράσεις της, πρώτη φορά έβλεπε από κοντά έναν τόσο μεγάλο άνθρωπο, είχε απομακρυνθεί τόσα χρόνια από παππούδες και ηλικιωμένους συγγενείς. Τον τρόμαζε και ο χρόνος που ερχόταν καταπάνω του, κι ας ήταν δύο χρόνια πριν από τα σαράντα. Γι' αυτό και κάθε πρόταση για δουλειά, όταν ερχόταν, δεν την απέρριπτε, έβαζε ένα χρονικό όριο που το καταπατούσε, και η μόνη του αντίδραση στον συμβιβασμό, σαν προληπτικό εμβόλιο, παρέμενε το διάβασμα. Συγχωρούσε τον εαυτό του λέγοντας ότι εκατομμύρια άνθρωποι πάνω στον πλανήτη δουλεύουν και επιβιώνουν χωρίς πραγματικά να απολαμβάνουν αυτό που κάνουν. Όμως τους είχε δοθεί άραγε μια άλλη δυνατότητα, και τι θα γινόταν αν την είχαν;

Στο κάτω κάτω, έγραφε ιστορίες που ψυχαγωγούσαν τον κόσμο και, αν δεν ήταν σε σεναριακή μορφή, θα μπορούσαν να σταθούν ως επεισόδια ενός μεγάλου κοινωνικού μυθιστορήματος, όπως παλιά, που δημοσίευαν ο Ντίκενς και οι άλλοι κλασικοί σε συνέχειες. Ευτυχώς που τα έλεγε μέσα του και κατάπινε την ύβρι με το σάλιο.

Ξαναγύριζε στο μικρό παράθυρο που έβλεπε την Πύλη του Αδριανού. Άραγε εκείνος ο αυτοκράτορας σκέφτηκε ποτέ ότι το όνομά του θα διασωζόταν σε ένα απομεινάρι της Αθήνας; Ήξερε ότι κάποια κυρία Γιουρσενάρ, που είχε πετάξει στα ουράνια να τον συναντήσει, είχε γράψει ένα θαυμάσιο βιβλίο για τη ζωή και τον κόσμο που άλλαζε γύρω του τότε; Καλά να 'ταν οι εκδόσεις της κυρίας Χατζηνικολή που είχαν πάντα να του προτείνουν πώς να διαβάζει. Από φοιτητής είχε ακουστά το βιβλίο αυτό, αλλά η πρόσφατη ανάγνωσή του τον είχε επηρεάσει: πώς να λες μεγάλα πράγματα χωρίς να είσαι πομπώδης και μεγαλομανής. Αυτή η κυρία το είχε κάτι τέτοιο, γι' αυτό και θα αφιέρωνε μία ολόκληρη χρονιά για να τελειώσει και τα επόμενα βιβλία της. Και να ξαναδιαβάσει τα απομνημονεύματα του Αδριανού.

Έξω έβρεχε, ήταν ακόμη νωρίς. Ομίχλη σπάνια έβλεπες στην Αθήνα, την αγαπούσε την ομίχλη, είτε στον Έβρο είτε στη Σκανδιναβία. Αν την παρατηρούσες προσεκτικά, έδινε όγκο στο τοπίο, έκρυβε και φανέρωνε, σαν ένα λεπτό τούλινο ύφασμα που το κουνάς και αλλάζεις συσχετισμούς στον χώρο. Ώσπου ερχόταν το φως ξαφνικά και τα διέλυε όλα, εμφανιζόταν το αληθινό –άραγε– τοπίο, η καρτ ποστάλ που ήξερε.

Ετοιμάστηκε και χτύπησε το κουδούνι της Κρίστης, εκείνη πετάχτηκε γοητευτική, με έναν χείμαρρο μαλλιών κάπως εκτός εποχής, κατέβηκαν μαζί στον δρόμο, πήραν ένα ταξί, ενώ ήδη είχαν ειδοποιηθεί η Μαργαρίτα και η Ντίνα. Ήθελε να βγάλει έξω τις γυναίκες μόνες, να διασκεδάσουν.

Έφτασαν στην Καισαριανή, στο Χάραμα, εκεί τραγουδούσε η Δήμητρα Γαλάνη. Κάπως στριμώχτηκαν ανάμεσα στον κόσμο αλλά ήταν ένα πλήθος ζεστό, χαλαρωμένο. Παρατηρούσε τις αντιδράσεις της καθεμιάς. Το άκαμπτο της Ντίνας, το αφημένο της Κρίστης, που ήταν η μόνη που τραγουδούσε δυνατά σε ορισμένα ρεφρέν, επιδεικνύοντας τη φωνή της. Όσο για τη Μαργαρίτα, διατήρησε τη σωστή γωνία στο σώμα της ακόμη και σ' εκείνη την άβολη καρέκλα, ακούγοντας όμως με αφοσίωση τα τραγούδια, με μια προσήλωση που θύμιζε εκκλησιαστική κατάνυξη ενώ στο μαγαζί γινόταν ο χαμός.

Σηκωνόταν όρθιος ο κόσμος, λικνιζόταν, τραγουδούσε, ακουμπούσαν ο ένας πάνω στον άλλο, πολλές γυναίκες μόνες, συνειδητά ασυνόδευτες. Ο Μανόλης είχε καιρό να δει τόσο ζεστό και ζωντανό κόσμο ύστερα από την ταλαιπωρία που είχε υποστεί στις μεγάλες πίστες και στα κλαμπ που τον έσερναν οι κοσμικοί γνωστοί του. Εκεί μέσα, βλέποντας τη Μαργαρίτα να συγκινείται, είχε αντιληφθεί ότι τελικά ήταν μια λαβωμένη γυναίκα, πέρα από τις αντιστάσεις που προσπαθούσε να προβάλει στην καθημερινότητά της.

«Πήρα απ' το χέρι σου νερό / να το ξεχάσω δεν μπο-

ρώ...» έλεγε η Γαλάνη ντυμένη στα κόκκινα, με την Τσαλιγοπούλου από δίπλα να βαράει το ντέφι.

Ο ίδιος; Διασκέδαζε καθόλου; Σε κάτι ματιές της Ντίνας αντικατοπτριζόταν η δική του θλίψη, της γενιάς του το ανευχαρίστητο, το ανεκπλήρωτο, το αβέβαιο, η προσδοκία για κάτι επόμενο ανέφελο και ίσως ανώφελο.

Στον γυρισμό, τις άφησε στα κατώφλια τους μία μία. Η Ντίνα τον φίλησε με συγκατάβαση, ικανοποιημένη που είχε πια στην παρέα της τον πιο αναπάντεχο φίλο από το παρελθόν αλλά και καθόλου σίγουρη αν θα τον κρατούσε. Η Κρίστη τον αγκάλιασε ζεστά και τον ευχαρίστησε, και ένιωσε τη θέρμη της να τον διαπερνά ιαματικά.

«Μα τι έχει η μάνα σου;» τον ρώτησε κι εκείνος ξαφνιάστηκε.

«Πρέπει να ζορίζεται εκεί πέρα» της είπε «θα τα πούμε μιαν άλλη φορά».

Η Κρίστη έκλεισε την πόρτα πίσω της και αυτός ανέβηκε με τα πόδια στον επάνω όροφο.

Και βέβαια κάτι έχει, και της φαίνεται πια, «κάτι έχουμε», μάνα και γιος.

26

ΕΠΙΑΣΑΝ ΑΝΑΠΑΝΤΕΧΕΣ ΒΡΟΧΕΣ και παντού πλημμύριζαν οι δρόμοι και τα υπόγεια πολυκατοικιών και μονοκατοικιών – τα περισσότερα στις δυτικές συνοικίες. Οι σκηνές στην τηλεόραση έδειχναν μια άλλη πρωτεύουσα, που ζούσε σε δεκάδες υπόγεια και ημιυπόγεια, απ' όπου ανέβλυζαν νερά, και απελπισμένους ανθρώπους που προσπαθούσαν να σώσουν ένα έπιπλο, ένα κομμάτι της ζωής τους, αν όχι και αυτήν την ίδια. Κάποιος τον συγκίνησε, ένας πενηντάρης που αγκάλιαζε μια στοίβα βιβλία και έλεγε «τα βιβλία μου», αλλά οι πυροσβέστες ποσώς νοιάζονταν για τα μουσκεμένα χαρτιά.

Αλλού μια γιαγιά, αλλού μια οικογένεια με δύο παιδιά στέκονταν στην άκρη του πεζοδρομίου ενώ αντίκριζαν το διαμέρισμά τους πλημμυρισμένο μέχρι τη μέση. Ο Μανόλης αναρωτιόταν τι ανάγκες έφεραν όλους αυτούς τους ανθρώπους στη μεγαλούπολη, γιατί ο καθένας έτρεχε να ξεφύγει από τη μοίρα του ή να επενδύσει στην επόμενη ελπίδα.

Εκείνο το απόγευμα είχε δει στο βίντεο τα *Απομεινάρια μιας μέρας*, με τον μπάτλερ που υπηρέτησε μια ζωή έναν φασίστα αφεντικό έχοντας την πεποίθηση ότι έκανε το καλύτερο. Τη βρήκε αρκετά βρετανική ως ταινία, αλλά μέσα της ξανάβλεπε αυτό που φοβόταν κι ο ίδιος: ότι όλοι μαχόμαστε για κάτι το οποίο ποτέ δεν μπορεί να κριθεί τελικά από εμάς τους ίδιους. Ψάχνοντας, εντυπωσιάστηκε που η ταινία βασιζόταν σε ένα μυθιστόρημα ενός Γιαπωνέζου που μεγάλωσε στη Βρετανία. Θα ήθελε να διαβάσει τον συγγραφέα με το περίεργο όνομα Ισιγκούρο.

Πεθύμησα έναν άνθρωπο.

Πεθύμησε έναν άνθρωπο που δε θα ήταν γείτονας, που θα ήταν ένας περαστικός που θα τον παράσερνε μαζί του να τρέξει, όπως ο αθλητής στο άλσος της Ακαδημίας Πλάτωνος, ο αέρας χάραζε πίσω του σημάδια στο απέραντο και κάπου αλλού θα μπορούσε να τα επανασυνδέσει κάποιος τυχερός, μια μεταφορά της ιδέας του άλλου. Αρκετά δε σπαταλήθηκε με πράγματα που δεν τον αφορούσαν προκειμένου να έχει υλική κάλυψη;

Πεθύμησε τα ταπεινά μαθήματα ελληνικών όπου μάθαινε μαζί με τους φιλομαθείς φιλέλληνες, που πάσχιζε να βρει τις λέξεις και να τις μοιραστεί, να μιλήσει μαζί τους, μπερδεύοντας πολλές φορές έννοιες και νοήματα. Και τι έγινε που μιλάμε εδώ όλοι την ίδια γλώσσα; Μπας και βγάζουμε το ίδιο νόημα; Προτιμούσε την ταπεινή βραδυγλωσσία, τη χαριτωμένη δυσλεξία από τη ναρκισσιστική ευφράδεια του εποχιακού λόγου.

Είχε παραδώσει έναν ακόμη κύκλο επεισοδίων για το ίδιο κανάλι. Αυτή τη φορά τού είχαν κόψει λίγες χιλιάδες, γιατί, όπως δικαιολογούνταν, παρά τις θερμές κριτικές, οι διαφημίσεις ήταν λιγότερες και, αν ήθελαν να συνεχιστεί η σειρά, θα έπρεπε να κάνουν περικοπές στους συντελεστές. Ούτως ή άλλως, οι νέοι ηθοποιοί έπαιρναν τα λιγότερα. Είχε βρεθεί με εκείνα τα παιδιά κάνα δύο φορές στα μπαρ, μετά τα γυρίσματα. Ήταν είκοσι μέχρι είκοσι πέντε χρονών, δε θα έλεγες μακριά από την ηλικία του, αλλά ήδη τους χώριζαν δυο γενιές, φαντάσου πώς θα 'ταν οι επόμενες. Μια χορεύτρια, η Αγγελική, με δύο αγόρια φίλους της, του πρότειναν να πάνε παρέα να δούνε ένα χορόδραμα του Παπαϊωάννου στο Ρεξ και τους ακολούθησε. Δεν ήταν ιδιαίτερα εξοικειωμένος με τον χορό, αλλά αφέθηκε να βλέπει και του άρεσε.

Μετά βγήκαν πάλι για ένα ποτό, τα παιδιά τού έδειχναν έναν περίεργο σεβασμό, εκείνον που δεν έδινε ελπίδες να αφεθείς και να λυτρωθείς με την παρέα τους. Η Αγγελική ονειρευόταν να χορέψει εκτός Αθηνών, περιοδεύοντας στη χώρα και στον κόσμο, γι' αυτό και απορημένη τον ρωτούσε πώς γίνεται να επιστρέφει κανείς στην Ελλάδα, «γιατί το έκανες αυτό;».

Άραγε είχε αρχίσει να ξαναγίνεται παράξενος και ιδιόρρυθμος; Όμως γιατί θα έπρεπε να μοιάζει με τους υπόλοιπους, τους ρώτησε κανείς αν κι εκείνοι είχαν επιλέξει την ομοιομορφία τους;

Χτυπούσε το τηλέφωνο και ήταν ο Γιώργος, «Μας έχεις ξεχάσει» έλεγε. Ο Γιώργος ήταν ακόμη έξαλλος με τον υπουργό Δημόσιας Τάξης Παπαθεμελή και εκείνο τον νόμο του σύμφωνα με τον οποίο τα νυχτερινά μαγαζιά έπρεπε να κλείνουν στις δύο.

«Μα είναι τρελοί; Πάνε να καταδικάσουν μια χώρα στην υπνηλία. Αν έχουμε κάτι να διαφημίζουμε στον κόσμο, είναι τα μαγαζιά και τα ξενύχτια μας. Δε βλέπουν το ολονύχτιο ξενύχτι στην Ισπανία; Η Μέξι μού έλεγε ότι μπλέξαμε με χριστιανικά κυκλώματα και συντηρητικούς υπουργούς. Ποιος το περίμενε αυτό...»

Ούτε που τον ένοιαζε τον Μανόλη το κλείσιμο των μαγαζιών, τον ανησυχούσε όμως οποιαδήποτε απαγόρευση, και ειδικά όταν θεσπιζόταν νομοθετικά. Κάτι τέτοια τού θύμιζαν εποχές που ήταν μαθητής στο χωριό του και απαγορευόταν ακόμη και να κυκλοφορήσει μετά τις οκτώ το βράδυ.

Συμφώνησε με τον Γιώργο, «Ας αφήσουμε την αγορά και την πόλη ανοιχτή, ο καθένας με τις δυνάμεις και τα ξενύχτια του».

Ο Γιώργος τού πρότεινε να βγούνε το Σαββατοκύριακο για φαγητό στη Γλυφάδα. Πρώτη φορά που του αρνήθηκε με ένα ψέμα που λίγο απείχε από την αλήθεια.

«Γιώργο, έχω τη μάνα και τη θεία μου τα Σαββατοκύριακα. Έχουν αρχίσει να καταρρέουν».

«Τι έπαθαν;»

«Η μία άρχισε να έχει γεροντική άνοια, η μάνα μου όμως δεν αντέχει την πόλη, το κλείσιμο της εκεί μέσα».

«Μα στην καρδιά της Αθήνας ζει, ας βγει μια βόλτα».

«Η ψυχή της είναι κλειδωμένη, Γιώργο».

Τον έπεισε με μια βαρύγδουπη φράση που δεν του ακουγόταν τόσο υπερβολική, λες και έβγαινε από τα δικά του σενάρια. Η Μαργαρίτα χρειαζόταν στήριξη, μην έκανε καμιά υπερβολή από εκείνες που συνήθιζε να κάνει τόσα χρόνια. Να τα παρατήσει όλα για άλλη μία φορά και να πάρει δρόμο, να ξαναπάρει τους δρόμους. Μόνο που τώρα δεν είχε αποκούμπι και ούτε θα ξανάβρισκε.

Η τηλεόραση συνέχισε να παίζει στη γωνία, πάνω στο

χαμηλό έπιπλο, συνήθως έβλεπε λίγο τις ειδήσεις, κι εκείνο γιατί κάθε κανάλι πια έδινε μια δική του εκδοχή –εύθραυστη η αλήθεια όταν δεν μπορούν να τη διαχειριστούν–, η «κοινή γνώμη» ήταν κατευθυνόμενη. Μια δασκάλα είχε πιαστεί με ηρωίνη, «χρήστρια» δήλωνε αλλά διαπομπευόταν κανονικά, δημόσια, εξευτελιστικά, χωρίς να της δίνεται το δικαίωμα να απαντήσει.

Πέρασαν μερικά δευτερόλεπτα ώσπου να αντιληφθεί ότι το κανάλι που την ξεμπρόστιαζε ήταν το ίδιο με το οποίο συνεργαζόταν και μετά τις ειδήσεις θα άρχιζε η προβολή ενός νέου επεισοδίου της δικής του σειράς. Αυτό παραήταν άσχημο, πολύ άσχημο, και δεν του άρεσε που κι αυτός ήταν ένας κρίκος στο «ανερχόμενο τηλεοπτικό τοπίο», όπως το αποκαλούσαν στην ανερχόμενη επικράτεια της κλισέ φρασεολογίας.

Σκεπτικός, κάθισε να γράψει. Έξω έβρεχε συνεχώς. Άραγε ο δρομέας θα έτρεχε κάτω από τέτοια βροχή στα άλση; Η σκέψη εκείνου του ανάλαφρου τρεχαλητού τού έδωσε δύναμη να συνεχίσει. Σταγόνες ιδρώτα σάρωναν το κορμί του, που τις τίναζε εδώ κι εκεί, ποτίζοντας τα μαραμένα άνθη. Η ιδεατή άυλη μορφή σαν νεφέλωμα διαπέρασε τοίχους, εποχές, λέξεις και έννοιες και στροβιλίστηκε μπροστά του.

27

ΓΙΟΡΤΕΣ για άλλη μια φορά στην πόλη. Σκέφτηκε να τις γεμίσει δώρα τις γυναίκες του και τους λιγοστούς του φίλους. Όμως η Ντίνα έφυγε για την καθιερωμένη της βόλτα στο Λονδίνο, η Κρίστη πετάχτηκε στα βόρεια, ο Βασίλης με έναν φίλο του πήγαν νότια, στην Πελοπόννησο, σκαρφαλώνοντας στον ναό του Απόλλωνα στη Νεμέα, ο Γιώργος και η Μέξι πήγαν για σκι στην Αράχωβα κι ας μην είχαν κάνει ποτέ στη ζωή τους. Είχαν ήδη νοικιάσει από καιρό ένα δικό τους σαλέ, όπως το αποκαλούσαν. Τότε αποφάσισε να στείλει ένα τηλεγράφημα στον Σβεν αλλά μετά σκέφτηκε ότι δε θα τον έβρισκε στη Στοκχόλμη, αφού είχε φύγει, σχεδόν μετά τη δική του φυγή, για την Αφρική, εθελοντής της οργάνωσης ActionAid.

Η Πηνελόπη καλυτέρευσε κάπως και ξανάρχισε τις καλοσύνες της, τους έδωσε τα χαρτζιλίκια τους –σε εξάρσεις λογικής ή προσποίησης, γιατί της άρεσε να το παίζει σε διπλό ταμπλό μαζί τους–, ενώ η Μαργαρίτα ετοίμαζε φαγητά για μια εξαμελή οικογένεια.

Του έκανε εντύπωση ότι η μάνα του δεν είχε πάει στο κομμωτήριο χριστουγεννιάτικα. Είχε μαζέψει τα μαλλιά της πίσω, φαίνονταν έντονα οι άβαφες ρίζες, τα μάτια της είχαν σακουλιάσει ξανά. Μπορεί να είχε βάλει και λίγα κιλά, της φαινόταν αυτό, γιατί ποτέ ξανά ο Μανόλης δεν την είχε δει να τρώει τόσο βουλιμικά στο τραπέζι. Έτρωγαν οι δυο τους, μόνοι, η Πηνελόπη έφαγε αλλά αποσύρθηκε σε έναν καναπέ, δεν άντεχε ώρα πολλή την καρέκλα.

«Δεν έχουμε άνθρωπο να μας σκέφτεται τέτοιες μέρες» είπε η Μαργαρίτα. «Τους χάσαμε όλους. Πώς τα καταφέραμε;»

Ο Μανόλης έτρωγε αμίλητος.

«Εκείνοι τα κατάφεραν. Έχεις εμένα, τη θεία, καινούργιες φίλες εδώ».

«Δεν έχω καμία, κι η Ντίνα μια περαστική είναι. Άσε που όλο ερωτήσεις είναι, νομίζω ότι μου κάνει ανάκριση κάθε φορά».

«Μην της εξομολογείσαι τα πάντα».

«Κουραστική γυναίκα. Είχες δίκιο που την απόφευγες. Όμως τη λυπάμαι. Έχασε τη μανούλα της μικρό κορίτσι. Ξέρεις τι δύσκολο είναι αυτό; Σαν να μη μεγάλωσε ποτέ».

«Καλά, ας πούμε κάτι ευχάριστο».

«Να σου πω. Η Ντίνα μίλησε με τον δικηγόρο. Θα γίνει η διαθήκη σύντομα».

Η Πηνελόπη, λες και δεν κοιμόταν τόση ώρα, πετάχτηκε.

«Πολύ δε βιάζεστε να με πεθάνετε;»

«Μα, θεία, εσύ μας το πρότεινες».

«Εγώ το είπα, ναι. Ας περάσουν οι γιορτές να μπει κι ο νέος χρόνος. Οι διαθήκες είναι γρουσουζιά τις γιορτές».

Ύστερα έκλεισε τα μάτια της μουρμουρίζοντας «Μ' έπιασε πάλι το στομάχι».

Ο Μανόλης έβγαλε και τους έδωσε τα δώρα, ένα σάλι για τη θεία και ένα μαντίλι μεταξωτό για τη Μαργαρίτα. Εκείνη το άγγιξε, το έφερε στο πρόσωπο και ξαφνικά έβαλε τα κλάματα.

Ο Μανόλης σηκώθηκε και την έπιασε από τους ώμους, προσπάθησε να τη συνεφέρει αλλά εκείνη ταρακουνιόταν, με την Πηνελόπη μισοκοιμισμένη, λες και απολάμβανε τη σκηνή.

«Δεν έπρεπε, δεν του φέρθηκα εντάξει. Εγώ φταίω, Μανόλη, εγώ φταίω για όλα».

Αυτός της έλεγε ότι πήγαινε καιρός από τότε, όμως εκείνη επέμενε, δεν του άξιζε να πνιγεί στη θάλασσα που αγαπούσε. Εκείνη έφταιγε.

«Και τι θέλεις να κάνουμε τώρα; Τι σκέφτεσαι, μάνα μου;»

Η Μαργαρίτα σηκώθηκε, μάζευε το τραπέζι και ρουφούσε τη μύτη της.

«Μια ζωή έκανα του κεφαλιού μου και με άνθρωπο δε στέριωσα. Και τώρα που έλεγα να ησυχάσω, κάθομαι και σκέφτομαι τα παλιά. Εγώ φταίω, μπορεί κι ο πατέρας σου να ήταν ανάποδος αλλά από εμένα ξεκίναγαν όλα. Και τον Παντελή εγώ τον κατάντησα μπεκρή. Τον έπαιζα όπως ήθελα γιατί νόμιζα ότι ήταν του χεριού μου. Λες και δε μεγάλωνα, λες και δε μεγαλώναμε».

«Έλα ντύσου να πάμε καμιά βόλτα εδώ γύρω».

«Μέσα στην ερημιά;»

«Πού τη βλέπεις την ερημιά;»

Η Μαργαρίτα πλησίασε στην μπαλκονόπορτα στο σαλόνι. Στα απέναντι διαμερίσματα αναβόσβηναν λαμπιόνια, δεντράκια και συσκευές τηλεόρασης. Μια βραδινή χριστουγεννιάτικη μουντάδα απλωνόταν στην πόλη. Όλα ήταν κλειστά κι αυτοί εδώ μέσα, σε ένα αστόλιστο σπίτι – ναι, το είχε προσέξει κι αυτό, ούτε ένα γκι δεν έβαλε η Μαργαρίτα, ούτε μια μπάλα γιορτινή, τίποτε. Μόνο γέμισε τις φρουτιέρες με μανταρίνια, μήλα και πορτοκάλια.

«Ούτε κάλαντα μας λένε εδώ, φοβόμαστε να ανοίξουμε τις πόρτες».

«Έλα, βρε μάνα, ας μη μιζεριάζουμε άλλο. Είμαστε καλά, ποτέ ξανά δεν ήμασταν καλύτερα».

«Είσαι σίγουρος;»

Δεν ήταν. Ήταν. Δεν.

Με το ζόρι την έντυσε και την έσπρωξε στην πόρτα. Η Πηνελόπη, κόντευε δέκα, κοιμόταν του καλού καιρού. Ολοφάνερα είδε ο Μανόλης ότι η μάνα του της έδινε λίγο υπνωτικό, που, όπως θα μάθαινε αργότερα, της το προμήθευε η Ντίνα.

Ήταν η δεύτερη μέρα των Χριστουγέννων. Ευτυχώς κάπου εκεί γύρω έπαιζε μια ταινία του Γούντυ Άλλεν κι έτσι χώθηκαν στην τελευταία προβολή, τη γιορτιάτικη, και προσπάθησαν κάπως να διασκεδάσουν με τις *Σφαίρες πάνω από το Μπροντγουέυ*. Αυτός περισσότερο, γιατί η Μαργαρίτα κοίταζε αφηρημένα στην οθόνη και κάποια στιγμή την πήρε ο ύπνος και ροχάλισε απρεπώς και αυτός αναγκάστηκε να τη σκουντήσει. Εκείνη τινάχτηκε ενοχλημένη, σαν να είχε χάσει την αίσθηση του χρόνου και του τόπου. Στο μισοφωτισμένο πρόσωπό της παιζόταν μια άλλη ταινία φόβου και τρόμαξαν που αντίκρισαν ο ένας το σκοτεινό βλέμμα του άλλου.

28

ΤΟ ΜΟΝΟ που κρατούσε ζωντανό το ενδιαφέρον της Μαργαρίτας το επόμενο διάστημα ήταν η αρρώστια του Ανδρέα, η Δήμητρα και όσα συνεπαγόταν η σχέση των δύο διάσημων εραστών. Συμπαθούσε τη Δήμητρα Λιάνη και ήταν με το μέρος της, αυτά δεν τα έλεγε μπρος στον γιο της αλλά στην Πηνελόπη, που αδιαφορούσε για όλους, όμως παρέμενε η μοναδική παρέα της μέσα στο σπίτι. Όταν έπαιζε το σίριαλ που έγραφε ο Μανόλης, άκουγε με προσοχή τι λέγανε, αλλά οι ήρωες ήταν τόσο νέοι για να ταυτιστεί με τα δικά τους πάθη. Μια φορά παραπονέθηκε στον γιο της επειδή «έλειπαν» οι γονείς μέσα από το έργο κι εκείνος της εξήγησε ότι η παραγωγή δεν άντεχε να έχει άλλους τόσους μεσήλικες ηθοποιούς σε ρόλους γονέων. Στοίχιζαν όλα αυτά.

«Στοιχίζουν και οι γονείς» σκέφτηκε η Μαργαρίτα, που της κακοφάνηκε αυτή η σκέψη.

Τουλάχιστον δουλεύει ο γιος της, δεν πήγε χαμένο το ταξίδι τους ίσαμε εδώ κάτω και, αν καλυτέρευε η θεία, ίσως πηγαίνανε κανένα ταξιδάκι για να ξεσκάσει, να δει και κανένα νησί στο νότιο Αιγαίο, τις Κυκλάδες, που όλοι τις παινεύανε, τη Μύκονο, τη Σαντορίνη, που γέμιζαν τις οθόνες με κοσμικούς και καλλιτέχνες μόλις έπαιρνε να καλοκαιριάζει.

Όμως μαζί με τις ζέστες ερχόντουσαν και οι φωτιές, καίγονταν κατά καιρούς ολόκληρες περιοχές της Αττικής, ενώ ο κόσμος κλάταρε κυριολεκτικά μέσα στους δρόμους από τον καύσωνα. Μόνον η άνοιξη ήταν όμορφη, κάνα μήνα, μόλις έσκαγαν τα μπουμπούκια, εδώ πίσω στον ακάλυπτο γέμιζε λουλούδια η θέα, κάνα δυο οικογένειες στο ισόγειο έβαζαν γλάστρες στα πίσω μπαλκόνια τους. Όμως κρατούσε τόσο λίγο η άνοιξη.

Το μεγαλύτερο πάντως μυστικό της Μαργαρίτας ήταν τα γράμματα που έγραφε και τα έκλεινε μετά σε ένα χάρτινο κουτί, συσκευασία δώρου, μέσα στην ντουλάπα της. Έγραφε τακτικά, τις ώρες που κοιμόταν η Πηνελόπη, έγραφε μέσα στην κουζίνα ή στο γραφείο του συχωρεμένου, στο δωματιάκι για τους ξένους, το πιο σκοτεινό και αφημένο. Δεν ήθελε να τη βλέπει κανείς, και γι' αυτό, αν άκουγε το κουδούνι ή χτυπούσε το τηλέφωνο την ώρα που αφοσιωνόταν στο γράψιμο, εκνευριζόταν πολύ.

Ώσπου μια μέρα ξανάρθε ο γιος της, ο αγαπημένος, και της είπε «Να σε πάω σε μια ταινία να δεις τη Μέρυλ Στριπ, τις *Γέφυρες του Μάντισον*, όπου δύο άνθρωποι ερωτεύονται αλλά γνωρίζουν ότι δε θα συναντηθούν ποτέ ξανά».

Και την πήγε.

Ο Μανόλης έβλεπε μια καλογραμμένη ιστορία και προσπαθούσε να αποκρυπτογραφήσει τα μυστικά της επιτυχίας της, όμως, μέσα στην αίθουσα, οι γυναίκες που την παρακολουθούσαν στέναζαν, έκλαιγαν, μερικές χωρίς σταματημό. Ο Μανόλης δεν περίμενε ότι κι η Μαργαρίτα θα προσχωρούσε στον θρήνο του γυναικείου χορού. Ξαφνικά, λες και βρήκε ευκαιρία, μέσα στο σκοτάδι, άρχισε να σπαράζει, πράγμα που γινόταν εντελώς ενοχλητικό.

Την άρπαξε, τη σήκωσε, την έφερε στο φουαγιέ, της έδωσε ένα ποτήρι νερό και κάθισαν πάλι πίσω στην τελευταία θέση. Σαν να ηρέμησε κάπως εκεί η Μαργαρίτα, όταν βγήκαν έξω τη στήριζε σαν μετά από κηδεία, που έθαψες κάποιον, όμως κι εκείνη είχε ήδη θάψει έναν. Λάθος, έπρεπε να έχει υπολογίσει ο Μανόλης τις αντιδράσεις της αλλά το αψήφησε.

Μάνα και γιος. Μια από τα ίδια. Μήπως κι εκείνος λίγες μέρες πριν, σε ένα αφιέρωμα στον Παζολίνι, στο αμφιθέατρο του Γαλλικού Ινστιτούτου, δεν έπαθε σιωπηλά τα ίδια; Οι ταινίες τού θύμισαν τα χρόνια στη Θεσσαλονίκη, το Βαρδάρι, μια Ελλάδα ασπρόμαυρη, νεορεαλιστική, που όμως χρωματιζόταν τώρα με τα πιο θαμπά χρώματα, ακατέργαστα πλάνα, εκκωφαντικά ίσα για να εντυπωσιάζουν – προς τα εκεί πήγαινε όλο: σε ένα στιλ δανεισμένο, παράξενο και απόμακρο απ' όσα πίστευε ο ίδιος ότι ήταν η χώρα και οι αποχρώσεις της.

Είχε βάλει κι αυτός το χεράκι του, άντε πάλι η αυτοκριτική. Εκείνος που τον χαρακτήριζαν «*παζολινικό* παιδί» και ανακάλυπτε τον εαυτό του μέσα από αληθινούς δημιουργούς είχε γίνει ένας καλοπληρωμένος διασκεδαστής της νέας εποχής. Σχεδόν περιζήτητος, μπας και πει καμιά ατάκα, κάνα νεολογισμό και τον υιοθετήσουν οι άλλοι. Αυτός που διάβαζε τα βράδια Χόθορν και Πόε, τα παράξενα μυθιστορήματα του ΜακΓιούαν και ανακάλυπτε τη Μέλπω Αξιώτη τώρα σερνόταν από κλαμπ σε κλαμπ.

Ζήλεψε το κλάμα της μάνας του εκείνο το βράδυ, την ένταση, τη μετατόπιση του καημού της. Ως προς αυτό, παρέμενε εκείνη που ήξερε, η Μαργαρίτα, μια ηρωίδα του εαυτού της.

Κατέληξαν με ένα παγωτό χωνάκι στο χέρι, αμίλητοι, να επιστρέφουν στο Παγκράτι.

«Μη νομίσεις ότι δε μ' έμοιασες και στα γράμματα» του είπε εκείνη.

Ο Μανόλης μπερδεύτηκε, «Εννοείς τα γράμματα που μου έστελνες παλιά;». Πράγματι ήταν πολλά, φλύαρα και τον διασκέδαζαν. Του έγραφε χρόνια, είτε στη Θεσσαλονίκη είτε στη Σουηδία.

«Πρέπει να ξέρεις ότι και τώρα σου γράφω τακτικά αλλά δε σου τα στέλνω, αφού βλεπόμαστε. Όμως θέλω να σου γράφω. Μπορεί για να τα διαβάζω μετά και μόνη μου».

Ο γιος έμεινε ακίνητος στο πεζοδρόμιο.

«Με εντυπωσιάζεις κάθε φορά, Μαργαρίτα. Δεν έχω δηλαδή ελπίδα να τα διαβάσω ποτέ;»

Εκείνη έσκασε ένα πικρό χαμόγελο.

«Μπορεί, πάντως σου τα κρατάω. Είναι ό,τι έχω να σου αφήσω, πνευματική κληρονομιά, πώς το λένε;»

«Καλέ, τι έπαθες τώρα; Νέα γυναίκα. Χαλάρωσε».

Την άφησε μπροστά στην είσοδο και την παρατηρούσε μέχρι που ήρθε το ασανσέρ. Ύστερα κατηφόρισε προς την Πλάκα, περνώντας έξω από το Ζάππειο. Εκεί μέσα νυχτιάτικα δίσταζε να μπει, αν και έβλεπε αρκετό κόσμο να περιφέρεται. Φυσικά και γνώριζε τι έτρεχε αλλά δεν τον αφορούσε αυτή η σκοτοδίνη και η περιπλάνηση. Ωστόσο, ακόμη και στον δρόμο προχωρώντας, έβλεπε πολύ κόσμο να μπαινοβγαίνει. Φυσικά, οι περισσότεροι πήγαιναν στη θερινή Αίγλη, αλλά οι υπόλοιποι ακολουθούσαν τις ιδιωτικές και δαιδαλώδεις διαδρομές τους.

Οπότε ξαφνικά τον είδε. Τον δρομέα του άλλου άλσους, της Ακαδημίας Πλάτωνος, τον αναγνώρισε, τον είδε να τον προσπερνάει με τα ίδια αθλητικά ρούχα, ξανάδε τα αθλητικά παπούτσια του, μύρισε πάλι την αύρα που άφηνε η ταχύτητα του σώματος στο πέρασμά του. Έτρεχε και έφευγε εκείνος, ενώ ο Μανόλης έσερνε τα πόδια του.

Ο Φαίδρος κάπου εδώ, στις όχθες του Ιλισού, δεν κυκλοφορούσε; Είχε εντοπίσει από τα αρχαία κείμενα το σημείο, δίπλα στο εκκλησάκι της Αγίας Φωτεινής, κάτω από τη λεωφόρο, εκεί που λιμνάζουν βρομόνερα και μοιάζει σήμερα με σκοτεινό τούνελ. Ο Φαίδρος κάπου εδώ, δίπλα στα ρυάκια, προχωρούσε ξυπόλυτος με τον Σωκράτη μια ζεστή αττική ημέρα. Και τι δεν είπανε εκείνη τη μέρα για τον έρωτα, την αφοσίωση, τον λόγο, τη γραφή!

Απέφυγε τις κακοτοπιές κάτω από τη γέφυρα, απόδιωξε τις ενοχλητικές φιγούρες που στριφογύριζαν και ξαναβγήκε στον δρόμο, από τη μεριά του ξενοδοχείου Royal Olympic. Η ζωή πάνω από τη γη συνεχιζόταν. Οι αρχαίες σκιές, δρομείς, έφηβοι και σοφοί, κολυμπούσαν στα σκεπασμένα ρέματα και στις αποχετεύσεις της νέας πολιτείας.

Προσπέρασε την Πύλη του Αδριανού και χώθηκε στο δρομάκι του.

Ο φαντάρος στη βάρδια του, κινητικός και ανήσυχος, σαν να περίμενε κάτι, ο Μανόλης αισθάνθηκε μια τύψη που δεν τον χαιρέτησε, αλλά μια καθήλωση σωματική και πνευματική τον διαπερνούσε ενοχικά.

Οι σκέψεις, σαν ανεξήγητες Ερινύες, συνεχίστηκαν. Ώσπου, δέκα μέρες μετά, του έγινε πρόταση να γράφει ένα μικρό άρθρο σε ένα μηνιαίο περιοδικό μία φορά τον μήνα και να βγάζει ένα καλό συμπλήρωμα, και δέχτηκε. Θα μπορούσε σε εκείνο το άρθρο να βάλει τους δικούς του όρους. Η πρόταση έγινε από έναν νέο εκδότη, που είχε αναλάβει την εκδοτική πτέρυγα της ίδιας διαφημιστικής εταιρείας στην οποία είχε πρωτοδουλέψει.

Τώρα είχε μπροστά του ένα κείμενο μόνο και θα δοκιμαζόταν μόνο σε αυτό. Όμως μεγάλες ελπίδες έτρεφε, σκέφτηκε σαρκαστικά όταν είδε το περιοδικό μπροστά του, σχεδιασμένο πριν κυκλοφορήσει. Οι φωτογραφίες κυριαρχούσαν παντού στις σελίδες, ανάκατες, διάσπαρτες. Παντού έντονα χρώματα και εικόνες και λίγες λεζάντες για όσους δε βαριόντουσαν το διάβασμά του. Τους ζήτησε να μην υπάρχουν εικόνες στη δική του σελίδα, όμως έβαλαν μια διαφήμιση στην υπόλοιπη μισή, και μάλιστα μια κολόνια πανάκριβη. Δεν καταλάβαινε πού απευθυνόταν όλο αυτό το περιεχόμενο. Η σελίδα του «Ένας ξένος στην πόλη» μπορεί και να διαβαζόταν για τις παραξενιές της ματιάς του – γι' αυτό άλλωστε και του την κράτησαν καιρό, ενώ άλλες στήλες ανοιγόκλειναν χωρίς κανείς να τις παίρνει είδηση, σαν πόρτες σε βωβή ταινία.

29

ΕΤΡΩΓΕ ΜΙΑ ΣΑΛΑΤΑ στο καφέ του Ελευθερουδάκη και ξεφύλλιζε προσεκτικά το βιβλίο που είχε αγοράσει μην τυχόν και στάξει πάνω του καμιά σταγόνα μπαλσάμικο. Είχε αγοράσει την *Ωμότητα των Πραγμάτων*, συζητήσεις με τον Φράνσις Μπέικον πάνω στην τέχνη, και χαμογελούσε με τον εαυτό του όταν, σε ένα βιβλίο με τόσο σκληρούς και ρευστούς πίνακες, γεμάτους ιδρώτα, αίμα και σπέρμα, αυτός φοβόταν μη στάξει μια στάλα σαλάτα –πλιγούρι και τοματίνια–, άνοστη όσο χρειαζόταν για να μασάει αργά και σταθερά σε έναν τόσο καθωσπρέπει χώρο.

Όμως, εκεί στον έκτο, έβλεπε ένα ασυνήθιστο κομμάτι της Αθήνας, γιατί ποτέ δε σήκωνε το βλέμμα του για να κοιτάξει τόσο ψηλά. Μια άλλη πόλη διαγραφόταν, κορυφές πολυκατοικιών, μισοκρυμμένες ταράτσες με κεραίες, ενώ αυτός αγωνιούσε μετρώντας τα βήματά του, σκυμμένος πάντα στα στενά πεζοδρόμια που ενδεχομένως δεν είχαν καταληφθεί από μηχανές ή καμπουριασμένα αυτοκίνητα.

Και τότε είδε να μπαίνει ένας τύπος που κάτι του θύμιζε – εκείνος τον αναγνώρισε ευκολότερα.

«Μπέικον;» είπε ο ψηλός και γεματούλης τύπος.

Προς στιγμήν ο Μανόλης κοίταξε τη σαλάτα του και πήγε να υπερασπιστεί τη χορτοφαγία του. Ύστερα, γελώντας, κοίταξε καλύτερα αυτόν που σε μία δεκαπενταετία σίγουρα είχε αλλάξει.

Ψιθύρισαν μερικά προκαταρκτικά και μετά αγκαλιάστηκαν με θέρμη – ο ευτραφής τύπος κόντεψε να τον πνίξει στην πλατιά του αγκαλιά. Ήταν ο Κώστας Μπέλλας, άνθρωπος της Θεσσαλονίκης, ένα δυναμικό άτομο, πολυτάλαντο, με χιούμορ και μια τάση να υποδύεται τους πάντες, διακωμωδώντας και σαρκάζοντας καθετί.

Ο Κώστας κρατούσε μία βιογραφία του Φασμπίντερ στα γερμανικά που μόλις είχε κυκλοφορήσει, την είχε, φαίνεται, παραγγείλει στον όροφο με τα ξενόγλωσσα βιβλία. Ο Μανόλης τού πρότεινε να καθίσει, έστω για λίγο, να τα πούνε.

«Άκου» του λέει ο Κώστας. «Έχω πια ένα δικό μου μαγαζί. Συνεταιρικά φυσικά. Έλα από εκεί να τα πούμε, να πιούμε και κάνα κρασί. Εδώ μέσα είναι λίγο σαν δημόσια βιβλιοθήκη που πρέπει να μιλάς ψιθυριστά».

Πράγματι, όλοι μιλούσαν χαμηλόφωνα, ο χώρος ή τα βιβλία στους παρακάτω ορόφους τούς ενέπνεαν έναν τόσο αφύσικο σεβασμό ή μήπως φοβόντουσαν μην ακουστούν τα λόγια τους;

Ο Κώστας τού έδωσε οδηγίες πώς να τον βρει.

«Να ’ρθεις το συντομότερο. Αν θες, φέρε παρέα ή έλα μόνος σου. Καλέ μου, πόσο σοβάρεψες...»

Του έδωσε ένα ζεστό φιλί. Να τος λοιπόν ένας κρίκος των χρόνων της Θεσσαλονίκης. Ευτυχώς έπεσε πάνω σε έναν ζωντανό και διασκεδαστικό τύπο, του φαινόταν ότι κρατούσε αναλλοίωτο εκείνο το κομμάτι της προσωπικότητάς του.

Ακόμη και τα βιβλία που είχαν αγοράσει αποτελούσαν εχέγγυα μιας αδιόρατης επικοινωνίας, να που τίποτε δεν εξάλειφε ο ενδιάμεσος χρόνος, μπορεί να μετασχηματιζόταν το σώμα αλλά το μυαλό αγκυροβολούσε στον χώρο του, στις ιδέες του.

Μετά σκέφτηκε να περάσει από το Παγκράτι, έπρεπε να πάει ως εκεί γιατί στο διαμέρισμα έτρεχαν οι εξελίξεις: πλάκωσε το σόι της Πηνελόπης, έφεραν μωρά, έφεραν κάτι ξεχασμένες ξαδέλφες, η Πηνελόπη δεν αναγνώριζε ή έκανε πως δεν αναγνώριζε κανέναν και καμία.

Η Μαργαρίτα βρέθηκε να τους κερνάει με έναν δίσκο στο χέρι και για μια στιγμή ο Ντίνος τής φερόταν σαν την «ξένη γυναίκα» που υπηρετεί τη θεία. Προσπαθούσε να κερδίσει έδαφος, έβγαλε κάτι παλιές φωτογραφίες από το σακάκι του για να θυμηθεί η θεία τον αδελφό του άντρα της. Απροκάλυπτα προσπαθούσαν να τη φέρουν στα νερά τους, όμως η Κρητικιά δεν υποχωρούσε.

Ο Ντίνος δεν ήταν αίμα της, εκεί παιζόταν η διαφορά, όλοι τους προέρχονταν από το σόι του τελευταίου άντρα της, ενώ η Μαργαρίτα από την ίδια την Πηνελόπη. Κι αυτό το ένιωθαν πια και οι δύο και έβλεπαν ότι οι Στερεοελλαδίτες εισβολείς ήταν ανεπιθύμητοι, ήταν μια διαρκής απειλή. Ευτυχώς η διαθήκη της θείας είχε ήδη συνταχτεί από τον φίλο της Ντίνας, έναν πολύ γνωστό δικηγόρο, που μάλλον τους έκανε χάρη σε μια τόσο απλή ιδιωτική υπόθεση. Χάριν της Ντίνας τούς εξυπηρέτησε, γιατί κάποτε είχε οικογενειακούς δεσμούς με τον πατέρα της ο δικός του μεγαλοδικηγόρος πατέρας και, όπως θα ομολογούσε ο δικηγόρος πάνω στο μεθύσι του μια μέρα, μοιράζονταν και την ίδια πιτσιρίκα σε μια γκαρσονιέρα που τη συντηρούσαν μαζί και εντός της οποίας εκείνη ίσως τους έτρωγε λεφτά αλλά και χρόνια...

Τότε σκέφτηκε ο Μανόλης, για να βγάλει την υποχρέωση, να καλέσει την Ντίνα και τον δικηγόρο στο Multi Culti, στο στενό της Αγίας Θέκλας, όπως του είχε πει ο Κώστας.

Και οι άλλοι εντυπωσιάστηκαν με την πρότασή του. Ο δικηγόρος είχε ξαναπάει, ήξερε ότι το μαγαζί έπαιζε έθνικ μουσικές και το διαφήμιζαν τα περιοδικά και τα ραδιόφωνα ως το πιο προχωρημένο και εναλλακτικό μαγαζί της πόλης «που μεταμορφώνεται». Χρειάζονταν έγκαιρα κρατήσεις, έλεγε, και απορούσε πώς ο συγκρατημένος Μανόλης είχε την ευχέρεια να τους καλέσει εκεί όπου συνέτρωγαν καυτά και ανερχόμενα ονόματα της πολιτικής και κοινωνικής ζωής, στριμωγμένα, με τα ηχεία να παίζουν εκκωφαντικά καινούργια ακούσματα, μουσικές απ' όλο τον κόσμο. Έθνικ λοιπόν, ενώ το «εθνικό» σαν να χαλούσε το νόημα.

Αυτή τη φορά όμως το ξάφνιασμα ήταν πολλαπλό και η Ντίνα αναγνώρισε τον Κώστα Μπέλλα από τα φοιτητικά της χρόνια, θυμόταν το κέφι στα πάρτι, ήταν ο άνθρωπος που τους έκανε να ουρλιάζουν από τα γέλια, που ήταν παντού, σε κάθε μπαρ και ξενυχτάδικο της φοιτητικής τους ζωής.

Ήταν η αρχή μιας επαναφοράς. Τρεις ετερόκλητοι άνθρωποι που ξαναβρίσκονταν και που έφερναν τον Μανόλη αντιμέτωπο με το σαλονικιώτικο παρελθόν· ήταν και αυτοί που ήξεραν τι είχαν απογίνει τόσοι και τόσοι γνωστοί, κοινοί φίλοι και συμφοιτητές, κι ας μην ήταν τόσο κολλητοί τα χρόνια εκείνα.

Ο Κώστας κερνούσε συνεχώς κόκκινα κρασιά και έφερνε πεντανόστιμη παρμεζάνα με γυαλιστερά τοματίνια. Είπανε για τα επαγγελματικά τους, για την τελευταία δεκαετία του καθενός, παραμερίζοντας τον δικηγόρο, που σηκώθηκε να καθίσει σε ένα τραπέζι γνωστών του χρηματιστών.

Ποιον δε θυμήθηκαν. Τον χαμένο Μάικ, την Πένυ, τον τάδε, την τάδε, και ξαφνικά ρώτησε η Ντίνα «Εσύ, Κώστα, την ξανάδες τη Ζωή;».

«Και βέβαια. Την έβλεπα στα μπαρ, ύστερα διορίστηκε στον Έβρο. Δυο φίλοι μου που έχουν δισκάδικο βγαίνανε μαζί της όταν κατέβαινε στη Θεσσαλονίκη. Κι εκείνη μας είχε καλέσει να πάμε να τη βρούμε στις Θράκες και στους Έβρους. Όμως δε θα ξεχάσω που τρέξαμε στο πιο αλλόκοτο πάρτι στην Ξάνθη...»

Μα τι νέα έφερνε ο Κώστας για την παλιά κοινή τους φίλη; Η Ντίνα άκουγε ρουφώντας κάθε λέξη μαζί με κάθε σταγόνα κρασί, το μάτι της γυάλιζε από συγκίνηση και από έναν πανικό που ελλόχευε έτοιμος να ξεσπάσει. Ο Μανόλης –πάλι– στριφογύριζε στην πολυθρόνα του μην και του φύγει.

«Είχαμε πάει ομαδικά σε ένα πάρτι, στην Ξάνθη, σε μια ταβέρνα που είχε στηθεί, για να τη σώσουμε και να την επαναφέρουμε πίσω από ένα κακό κάρμα».

Άφωνος ο Μανόλης.

«Μα δεν τα ξέρεις όλα αυτά;» ρωτούσε ο Μπέλλας.

«Ήμουνα στη Σουηδία, αποτραβηγμένος» είπε αυτός με σκυμμένο κεφάλι. «Όμως η Ζωή, τι είχε πάθει η καλή μου η Ζωή» ρώτησε, μετανιωμένος που την είχε διαγράψει πεισματικά, την κάποτε πιστή και λατρεμένη του φίλη.

«Κόντεψε να πνιγεί με το αυτοκίνητο, έπεσε μέσα σε ένα χαντάκι» είπε ο Κώστας. «Για την ακρίβεια, σε ένα αρδευτικό έξω από το Διδυμότειχο».

«Θεέ μου, στα μεθόρια έφτασε η Ζωή κι εγώ ακόμη πιο βόρεια» είπε ο Μανόλης.

Η Ντίνα άρχισε να τρέμει.

«Πρέπει να φύγω» είπε.

Σηκώθηκε, πήγε ένα λεπτό τουαλέτα και δεν αποχαιρέτησε καν τον δικηγόρο, που γελούσε με την παρέα του δυνατά λίγα τραπέζια παρακεί.

«Μα τι είπαμε λάθος;» αναρωτήθηκε ο Κώστας.

«Ξαναθυμήθηκε τη Ζωή και το ατύχημα που είχανε στο αυτοκίνητο, τότε με τους δύο Σύρους φοιτητές. Ο ένας είχε σκοτωθεί, δεν το θυμάσαι;»

Ο Κώστας κουνούσε το κεφάλι του.

«Γι' αυτό και η Ζωή φοβόταν μην το ξαναπάθει και το ξανάπαθε».

Ο Μανόλης συνοφρυώθηκε.

«Πλάκα μού κάνεις».

«Μα εσύ έχασες συνέχειες στην ξενιτιά, Μανόλη μου. Σώθηκε από τον πνιγμό, την είδανε κάποιοι φαντάροι να βουτάει στο νερό και μετά έχασε έναν φίλο της γιατρό που σκοτώθηκε πέφτοντας από μια γέφυρα ενώ την ξεναγούσε στα βουνά και στα φαράγγια της Θράκης. Μα τι κάρμα, κάρμανα μπουράνα η κοπέλα αυτή».

«Και;»

«Τι και; Τη φέραμε πίσω από τον Άδη με το πάρτι εκείνο, εξ αποκαλύψεως, βρε. Μετά εγώ έφυγα πια στη Γερμανία, ας έκανα κάτι πιο λογικό κι εγώ... Δεν έχω μάθει κάτι από τότε, ούτε την ξανάδα όποτε επέστρεφα στη Θεσσαλονίκη».

30

Ο ΠΥΡΗΝΑΣ ΤΩΝ ΤΡΙΩΝ στο έθνικ μαγαζί ήταν η πρώτη αυθεντική παρέα του Μανόλη, κι αυτό το πρώτο στέκι όπου πήγαινε χωρίς να περιφέρεται διστακτικά έξω από μαγαζιά και την τελευταία στιγμή να μετανιώνει, να γυρίζει πίσω, να αλλάζει διαδρομές.

Το εστιατόριο βρισκόταν στο Μοναστηράκι, ανάμεσα σε βιοτεχνίες, τουριστικά μαγαζάκια και φτηνά ξενοδοχεία· του θύμιζε εικόνες παλιάς Θεσσαλονίκης. Η περιοχή τού ήταν οικεία, του άρεσε να βλέπει το τρένο να περνάει καθώς αυτός καθόταν κατά καιρούς στα καφέ στην Αδριανού.

Ο Κώστας Μπέλλας, Θεσσαλονικιός στην καταγωγή, μόλις είχε γυρίσει από το Βερολίνο, όπου σπούδαζε σινεμά· εκεί δούλευε στο φημισμένο Εστιατόριο της Φώφης Ακριθάκη, μπαρ-εστιατόριο, για να βγάζει το χαρτζιλίκι του. Όταν γύρισε πίσω, είδε ότι το σινεμά απαιτούσε υπομονή και διασυνδέσεις, γι' αυτό σκέφτηκε να κάνει κάτι διαφορετικό αλλά και οικείο. Να ανοίξει ένα μπαρ-εστιατόριο, όπως τα ήξερε και τα είχε δει στο Βερολίνο. Έφερνε μαζί του κοσμοπολιτισμό ο Κώστας, γνώσεις μουσικές και σύγχρονης κουζίνας. Ένας μακρινός του ξάδελφος, εισαγωγέας αυτοκινήτων, έβαλε τα χρήματα χωρίς να χρειαστεί ιδιαίτερο κόπο για να πειστεί, χρειαζόταν κι εκείνος μια αναβάθμιση στους κοσμικούς κύκλους.

Η Αθήνα ήταν μια τεράστια πόλη, ήταν δεκτική σε καινούργιες ιδέες, μεγάλωνε, ετοιμαζόταν να πάρει τους Ολυμπιακούς, όμως έχανε τον Παπανδρέου και κέρδιζε τον Σημίτη, ο οποίος άρχιζε να συχνάζει κι αυτός στο Multi Culti, χαλαρός, με ένα κρασί στο χέρι, στριμωχτά με κάποιους φίλους του διανοούμενους, όπως ο Γιώργος Βέλτσος, που ήταν πολύ αγαπητός στον Μπέλλα και αστειεύονταν λέγοντας τα δικά τους.

Μια μέρα ο Μανόλης καθόταν σχεδόν απέναντι στον πρωθυπουργό και αυθόρμητα του χαμογέλασε, κι εκείνος του ανταπέδωσε το μειδίαμα. Την άλλη μέρα, τρώγοντας σπανακόπιτα, καθισμένοι στην κουζίνα με τη μάνα του, της είπε για τον Σημίτη. Εκείνη, που αγαπούσε τον Ανδρέα, δεν έδειξε να συγκινείται, περισσότερο την ένοιαζε η τύχη της Δήμητρας. Μάνα και γιος κατέληξαν να μαλώνουν για την τύχη της Λιάνη, όμως ο Μανόλης το επεδίωκε αυτό, ήθελε να εμπλέκει τη μάνα του σε συζητήσεις και καταστάσεις που την αποσπούσαν από την ασφυκτική της ζωή. Η μάνα του έδινε τις δικές της εξηγήσεις για το δράμα της νέας γυναίκας που αναπόφευκτα θα έμενε μόνη.

Ο Μανόλης ειρωνευόταν: «Μην τη λυπάσαι, έχει κάπου να μείνει, κάτι θα της άφησε, δεν μπορεί», και η Μαργαρίτα, θλιμμένη, απαντούσε «Όσα παλάτια και αν δώσεις σε μια γυναίκα, εκείνη θέλει τον άνθρωπό της».

Και συμπλήρωσε σαν να τον μάλωνε: «Αλλά πού ξέρεις εσύ, μήπως αγάπησες ποτέ;».

Στην αρχή θεώρησε τα λόγια της απλοϊκά, σαν μια φράση που θα την έλεγε οποιαδήποτε ηρωίδα της τηλεοπτικής σειράς που έγραφε. Ο καθένας μπορεί να εκστομίσει μια τέτοια φράση, όμως εδώ μιλούσε η Μαργαρίτα, η μάνα του, δεν ήταν χαρακτήρας μυθοπλασίας. Όμως ίσως δεν ήξερε σαν μάνα, πετούσε λόγια και περίμενε.

Ο Μανόλης διέσχισε το σαλόνι και βγήκε στο μπαλκόνι που έβλεπε τη Σπύρου Μερκούρη. Από κάτω έτρεχε η ζωή σε έναν διπλό δρόμο που διακλαδωνόταν σε μικρότερους κάθετους, σε άλλες γειτονιές.

Την ίδια στιγμή η Μαργαρίτα έμπαινε στην κρεβατοκάμαρα να κάνει μια ένεση στη θεία της, ήξερε να το κάνει κι αυτό, αναγκάστηκε να το μάθει για να μην πληρώνουν εξωτερική νοσοκόμα. Ήταν που ήταν η ίδια σαν αποκλειστική.

Ο Μανόλης ξαναμπήκε μέσα, πλησίασε τη μάνα του, «Θέλεις να βγούμε καμιά βόλτα;».

Εκείνη αρνήθηκε, είχε να επιβλέπει μια γριά. Δεν μπορούσε παρά να λείψει για ένα τέταρτο εδώ γύρω στη γειτονιά. Εδώ τριγύριζε μόνον. Και ούτε είχε όρεξη, τι να δει άλλο, τι να μάθει;

«Να πας κομμωτήριο» της είπε ο Μανόλης.

Εκείνη δε μιλούσε. «Κοίτα να πας εσύ όπου θες, και να περνάς καλά. Εγώ σου τα γράφω».

Ξαναμίλησε για τα γράμματά της. Μα τι ήταν αυτό πάλι; Ήταν λογικό; Μήπως του έγραφε για να ξεδίνει η ίδια επειδή δεν είχε άλλο τρόπο να ανοίγεται σε συζητήσεις; Άλλωστε και η Ντίνα, που κάπως την πρόσεχε, είχε σταματήσει να τη βλέπει έστω και για λίγο, για έναν καφέ. Στην αρχή αυτός πίστευε ότι η μάνα του ήταν ένα μητρικό υποκατάστατο για την Ντίνα, που είχε χάσει τόσο νωρίς τη μάνα της, όμως η παλιά του φίλη υποτροπίαζε κατά καιρούς και τότε είτε κλεινόταν στο σπίτι της είτε κατέφευγε στην Άνδρο, σε ένα μικρό εξοχικό που είχε επίσης κληρονομήσει από την άτυχη μητέρα της.

Καμιά κληρονομιά, σκεφτόταν ο Μανόλης, δε φέρνει ηρεμία ή αποκατάσταση, καμιά φορά επιδεινώνει. Σκεφτόταν την κληρονομιά της Πηνελόπης, που ήδη είχε κατακουράσει τη μάνα του. Ήταν αργά για να κάνουν πίσω, η Πηνελόπη –στην ηλικία της– ήταν πολύ δεμένη μαζί τους, πρακτικά και συναισθηματικά, δεν το είχε καν υπολογίσει αυτό.

Έφυγε προβληματισμένος με τις απλές λέξεις της μάνας του. Πόσο απλά τον είχε ρωτήσει αν είχε αγαπήσει; Γιατί όμως ήταν τόσο απαραίτητο αυτό; Για τόσα άλλα πράγματα που τον συγκινούσαν και που τα πονούσε, μικρότερα και ασήμαντα, ποιος άλλος είχε παρόμοιες αντιδράσεις; Μήπως εκείνοι που αγαπούσαν ήξεραν στ' αληθινά τι ένιωθαν; Μπέρδευαν το πάθος και την εμμονή με το συναίσθημα, ενώ ο αληθινός έρωτας μπορεί να ξεπερνάει και αυτό ακόμη το σώμα. Όμως με τη Μαργαρίτα δε μιλούσαν ποτέ για τα προσωπικά του, ένιωθε ότι την ξεπερνούσαν, όπως τότε στη Θεσσαλονίκη και άλλο τόσο στη Σουηδία, που αν της έλεγε την αλήθεια θα πάθαινε αποπληξία. Όμως μήπως είχε υποτιμήσει τις ανοχές της, που σε άλλες κοινωνίες ήταν συμβατικότητες δεκαετίες τώρα;

Για άλλη μία φορά ερχόταν αντιμέτωπος με τον άγνωστο και αναποφάσιστο εαυτό του, εκείνον που απομάκρυνε όσους θα μπορούσαν να σταθούν δίπλα του. Λίγο μετά, στη στροφή του Ζαππείου, και ενώ κατευθυνόταν προς την Πλάκα, άκουσε κάποιον να λέει στον διπλανό του «Ναι, σήμερα ο μεγάλος πέθανε».

Έτρεξε με αγωνία στο σπίτι και άνοιξε να δει ποιος άλλος μεγάλος είχε πεθάνει. Αυτή τη φορά ήταν ο Ελύτης, ο ποιητής. Όπως το συνήθιζε με τους πολιτιστικούς του θρήνους, άρχισε να κλαίει γοερά μέσα στο σπίτι, αφορμή ζητούσε. Γιατί όμως ολόλυζε, τι του κάλυπτε και τι του αποκάλυπτε ο ποιητής; Τον διάβαζε αρκετά, ειδικά στη Σουηδία, αναζητούσε στην ποίησή του ένα μικρό χαμένο κομμάτι της πατρίδας, αλλά ποτέ δεν είχε ταυτιστεί με κάτι περισσότερο από τη βαρυφορτωμένη του λεξιλαγνεία.

Ο Μανόλης ταλαντευόταν από τη θεωρία στο συναίσθημα, και πάλι πίσω σε μια υπερβατική αυτογνωσία. Ο Ελύτης ήταν η αφορμή για όσα χάνονταν, για την ιδέα περί πατρίδας, εντοπιότητας ή ελληνικότητας, που ορισμένοι, όπως αυτός, είχαν πιστέψει ότι υπήρχαν. Τώρα ερχόταν η αλλαγή όλων. Οι ποιητές δε μετρούσαν πια, τα σίριαλ διαμόρφωναν συνειδήσεις, το χρήμα έτρεχε αλόγιστα μαζί με τους απερίσκεπτους συμπατριώτες του.

Ο ποιητής ήταν νεκρός και μαζί του παράσερνε υπολήψεις και ιδέες – νεκροζώντανα κι ασυμμόρφωτα. Όσο για τόπους ή πατρίδες, έπρεπε να το ξανασκεφτεί.

Το κλάμα του δεν κράτησε πολύ, όμως ήταν ανακουφιστικό. Ύστερα έκανε ένα καυτό μπάνιο, ντύθηκε και πήρε τον δρόμο για το έθνικ εστιατόριο που κατά βάθος δεν εκπροσωπούσε παρά τα σαράντα τετραγωνικά μέτρα της δικής του εθνικής κοσμικότητας.

ΜΕΡΟΣ ΔΕΥΤΕΡΟ

Τα γράμματα της Μαργαρίτας

ΟΤΑΝ ΦΕΥΓΕΙ ΕΚΕΙΝΟΣ, τρέχει, αρπάζει το χοντρό τετράδιο και αρχίζει να του γράφει, όταν φεύγει ο γιος της, ξέρει εκείνη, αντί να του τα πει χύμα λύμα, του τα γράφει. Μάλιστα του μίλησε για τα γράμματά της, από κορίτσι τής άρεσε να γράφει γράμματα, γιατί πάντα ζούσε μακριά από φίλες –δεν είχε ποτέ πολλές–, έτσι έπρεπε να τους εξηγεί πώς περνούσε. Βέβαια της περνάει από το μυαλό ότι όλα αυτά τα κάνει για να μιλάει με τον εαυτό της,

χαζή δεν είμαι, κι ας πιστεύουν τα παιδιά ότι οι μάνες τους τα έχουν χαμένα, καλύτερα έτσι, για να μην τις πολεμάνε, για να δείξουνε ποιος είναι πιο δυνατός,

όμως αυτή ξέρει ότι εδώ, στη μεγάλη πόλη, γράφει τα τελευταία της γράμματα, που θα τα βρει εκείνος σίγουρα, θα φροντίσει γι' αυτό.

Δε θέλει να τον ζαλίζει άλλο, αρκετές θυσίες έκανε ως γιος για χάρη της, ενώ αυτή μπορεί και καμία. Όταν τη χρειαζόταν, έτρεχε να δουλεύει στο μαγαζί και τον άφηνε, παιδί παιδάκι, να χάνεται στα ποτάμια και στα αναχώματα, ύστερα, όταν σπούδαζε, εκείνοι σηκώθηκαν κι έφυγαν στη Γερμανία για ένα καλό μέλλον ή για να γλιτώσουν τα χειρότερα εδώ πέρα.

Κοντεύει τα πενήντα οκτώ, πότε πέρασαν τρία χρόνια στην πόλη, λες και ήταν χθες που την έβαλε με τα μπαγκάζια μέσα στο αυτοκίνητο και της είπε «Τα ξεχνάμε όλα και πάμε στην Αθήνα. Εμείς οι δύο είμαστε η οικογένεια πια, θα ζήσουμε όπως θέλουμε» και πρόσθεσε «Θα τα βγάλουμε πέρα».

Έζησε τη ζωή της φέτες, κομμάτια που χώρεσαν σε μια δεκαετία, λίγο στην Αλεξανδρούπολη, μετά στο χωριό, στον Έβρο, μετά στη Γερμανία και πάλι πίσω, και πάλι στο αγριονήσι, στη Σαμοθράκη.

Ανήσυχη, γνωρίζει ότι δε στεριώνει σ' ένα μέρος και φταίει η ίδια η ψυχή της, ανήσυχη είναι, το ξέρει, αλλά δεν μπορεί να τ' αλλάξει. Όσα άλλαξαν ήταν τα πρόσωπα, οι άντρες της, πολλοί που τη λάτρεψαν και λίγοι που τους χαρίστηκε. Σίγουρα άξιζε πολύ καλύτερους, είχε το ανάστημα και την ομορφιά, αλλά τότε, παλιά, τα κορίτσια δε διάλεγαν, αντίθετα τις διάλεγαν κι έλεγαν «Ας πάει κι αυτό, ό,τι έγινε έγινε, μια οικογένεια είμαστε». Έτσι έγινε και με τον Αναστάση, ψηλός, καστανόξανθος σαν Ευρωπαίος, της άρεσε όταν τον είδε, είχε μια περηφάνια καταδική του, που αργότερα θα τον έκανε έναν καβγατζή και πολιτικάντη που μίλαγε και δε σταμάταγε και όλο αυτός είχε δίκιο, ο κοκοράντζας.

ΠΑΡΑΤΗΡΕΙ ΤΟ ΣΩΜΑ της Πηνελόπης τακτικά, τη λούζει κάθε δύο μέρες, πολλές φορές τοπικά. Τη δική της μάνα δεν την πρόλαβε, την πεθερά της την προσπέρασε μετά τα «ρεζιλίκια» της, όπως έλεγε η θυμωμένη Θρακιώτισσα. Να που κατέληξε να 'χει μιαν άλλη γριά να βλέπει, κι αυτή με το αζημίωτο, όπως είναι όλες οι σχέσεις γέρων με νεότερους. Δίνεις κάτι και σε προσέχουν. Η Πηνελόπη ήταν καλοφτιαγμένη στα νιάτα της. Άντεξε και τρεις γάμους, καθόλου τυχαία, ε; Πονηρούλα γριούλα. Πού πήγαν τώρα τόσα κουμάντα και ερωτόλογα; Άραγε ποιος καβαλάρης σού άρεσε πιο πολύ;

Καμιά φορά την προκαλούσε να μιλήσει, αλλά, από τότε που ήρθανε, άρχισε η κατηφόρα της γριάς να επιταχύνεται, σαν να τους περίμενε. Καμιά φορά όμως διάλεγε να μιλήσει, να πει κάτι δικό της να το ξεφορτωθεί. Λίγο τα μπέρδευε όμως, τους άντρες της, ομολογούσε ότι οι δύο πρώτοι την άφησαν γιατί ήξεραν ότι εκείνη δεν έκανε παιδιά, ήταν στεγνή, στέρφα,

άκου λόγια, γιε μου, για μια γυναίκα, είναι στον θεό μέσα της, στη φύση της, να κάνει παιδί, απ' αυτή την άποψη ήμουνα ευλογημένη που σε έκανα, τη λυπόμουνα τη γριά Πηνελόπη που, αντί να περιμένει τον άντρα της να γυρίσει από τον πόλεμο, καθόταν και περίμενε μπας και ξυπνήσει η μήτρα της· όμως εκεί μέσα στο βάθος, στη σκοτεινιά, άμα θυμώσει και κλειδώσει η γυναίκα, δεν ανοίγει με τίποτε, όσο και να σπρώχνουν και να πολιορκούν. Μη γελάς με τα λόγια μου, μια χαρά να σου φαίνονται, τα δικά σου τα σπουδαγμένα σάμπως καλύτερα είναι;

Τα πιο καλά της γράμματα τα έγραφε όταν ζούσε στη Γερμανία, ήξερε ότι θα τα διαβάσει ο γιος, ο φοιτητής που σπούδαζε φιλολογία στη Θεσσαλονίκη. Φρόντιζε, μαζί με τα λεφτά που του έβαζε στην τράπεζα, να στέλνει και το γράμμα της. Λίγα τού έλεγε για το εστιατόριο, ότι βαρέθηκε να μαγειρεύει τάχα μου ελληνικά, ποια ελληνικά, εδώ δε βρίσκανε τίποτε φρέσκο, όλα είχανε άλλη γεύση, δίνανε έναν τίτλο, «ελληνική σαλάτα», «γκιουβέτσι», και έριχναν μέσα ό,τι έβρισκαν που να θυμίζει την πατρίδα, σαν ελληνικά.

Και η ζωή τους εκεί ήθελαν να είναι σαν ελληνική. Όμως εκείνη είχε μεγαλώσει σε διώροφο καλοχτισμένο σπίτι που έβλεπε το πέλαγος και, όταν την κουβάλησε ο Αναστάσης νύφη στο χωριό –«πού πας, βρε κορίτσι μου, να ζήσεις εκεί πέρα, αυτός δε μας έλεγε ότι θα ανοίξει μαγαζί εδώ στην παραλία, κοντά μας;»–, ακόμη κι εκεί είχε το ταπεινό θρακιώτικο σπιτάκι με δύο πατώματα, από κάτω η ταβέρνα, από πάνω τρία δωμάτια, πίσω η αυλή, το κοτέτσι με τις γαλοπούλες και τα δύο γουρούνια που τα λάτρευε, και μιλούσε σε όλα τα ζώα και εκείνα της απαντούσαν –«ναι, δε λέω ψέματα, με ένα σφύριγμα το πρωί τινάζονταν όλα και με καλημέριζαν»– και οι γείτονες, μια στοματού ειδικά την κατηγορούσε παραπέρα ότι βάζει το πρωί κόκκινη ρόμπα με μεγάλα τριαντάφυλλα, σαν κινέζικα –«μα ήταν τρελή να λέει τα ρούχα μου κινέζικα, τι ήξερε εκείνη από κινέζικα, στα σύνορα χωμένη, εκτός αν μπέρδευε τα μεταξωτά στο Σουφλί με κάτι παρδαλά σχέδια»–, ε λοιπόν, ακόμη κι εκεί, στην ερημιά, είχε το σπιτάκι της, τα προικιά της.

Τα πρώτα χρόνια ο Αναστάσης δεν την άφηνε ανευχαρίστητη, κάθε μέρα, κάθε τόσο, καμιά φορά πεταγόταν και μεσημέρια και την έριχνε στα ντιβάνια και στα κρεβάτια, «κάτσε καλά, μόλις έστρωσα την κλάρα» έλεγε εκείνη ή του φώναζε «μη, θα μου χαλάσεις το μαλλί, το βράδυ έχω να πάω επίσκεψη», δεν ήταν άσχημα τα πρώτα χρόνια, και ξαφνικά, μόλις μπήκε η Χούντα, λες και του έκοψαν τα τέτοια του και του φούσκωσαν τα μυαλά του...

Τις ΠΡΟΑΛΛΕΣ ήρθε να τη βγάλει μια βόλτα με ένα δανεικό αυτοκίνητο, «μέχρι να πάρουμε ξανά το δικό μας, άντε έλα, δυο ώρες βόλτα είναι».

«Πώς να την αφήσω, Μανολάκη μου, γριά είναι, αν αρχίσει τις φωνές;»

«Εσύ ξέρεις» της είπε αυτός ειρωνικά κι εκείνη σκυθρώπιασε. «Φτιάξε λίγο τα μαλλιά σου να δεις τι ωραία είναι, θα σε πάω κάπου ψηλά να δεις την Αθήνα όπως δεν την έχεις ξαναδεί».

Με έβγαλες εκεί πάνω σ' έναν Προφήτη Ηλία, στο Χαϊδάρι, μου λες, είμαστε, μια ευθεία, λεωφόρος και στρίβουμε, και μου 'δειξες από ψηλά μια γκριζάδα πέρα ως πέρα, μου 'πες βλέπεις που είναι το σπίτι σου; Εκεί, εκεί παραδίπλα από την Ακρόπολη. Εγώ, γιε μου, μόνο την Ακρόπολη έβλεπα κι ένα γκρίζο ταψί, μη νομίζεις, τα φοβάμαι λίγο τα ψηλά, και στη Γερμανία στο δεκατέσσερα πάτωμα μέναμε κι όταν έβλεπα κάτω ήθελα να ξεράσω και άμα ζαλιζόμουνα πήγαινα παραδίπλα στην Τούλα, Ελληνίδα ήταν η κακομοίρα, ο Θεός να αναπάψει την ψυχή της, μια ζωή στο πεζοδρόμιο την έβγαλε, όμως ψυχούλα, και τι έγινε, να – να ξέρεις ότι όλα τα γνώρισα εγώ κι είχα μεγάλη καρδιά, κι εκεί πάνω στον λόφο που πίναμε καφέ δεν ήθελα να σου πω, πάρε με, βρε γιε μου, από δω πάνω, μη βλέπω όλη αυτή την ασχήμια, καλύτερα με τη γριά εκεί στον δρόμο μας, Παγκράτι και κέντρο, μια χαρά είμαστε στα Κολωνάκια δίπλα. Κι εσύ νόμιζες ότι περνούσα καλά κι εγώ είχα ίλιγγο, γιατί, όπως σου 'λεγα, θυμόμουνα τα ύψη και τα άλλα, άσ' τα εκείνα, δε θέλω πάλι να τα ενθυμούμαι.

Όταν γυρίσανε, η γριά είχε ξυπνήσει, δεν την πείραξε το υπνωτικό, «Πού είσαι εσύ» τη ρώτησε, «Πήγα στο φαρμακείο να πάρω κάτι», «Κι έτσι μου φτιάχτηκες;» είπε η θεία. «Εσύ είχες μέρες να χτενιστείς, κι αν πέθαινα εγώ εδώ μέσα; Γι' αυτό σας έχω, γι' αυτό σας έγραψα δυο σπίτια και βιβλιάρια μαζί;».

Αυτή την πλησιάζει και της δίνει ένα κουταλάκι με ένα γιαουρτάκι μπας και της κλείσει το στόμα, κι η γριά πού βρίσκει τη δύναμη και της πετάει το κουταλάκι στο κεφάλι κατευθείαν, πάνω από το μάτι. Η Πηνελόπη καταλαβαίνει ότι έκανε κάτι άσχημο αλλά δε ζητάει συγγνώμη, η ανιψιά όμως την πλησιάζει κοντά στο πρόσωπο, κολλητά, και της λέει «Είμαι αίμα σου αλλά δε θα μου το πιεις. Δε θα γίνω κομμάτια για σένα. Κι αν θέλεις, πάρ' τα όλα πίσω, έχω να πάω και να κάνω τη ζωούλα μου, έχω λίγα χρόνια γερή ακόμη».

Η γριά φοβάται, τραβιέται και αρχίζει να σιγοκλαίει, πώς κατάντησε μια γυναίκα, με τρεις πρώην άρχοντες να την νταντεύουν, η Μαργαρίτα πάει στο κρεβάτι της και αρχίζει να ξεντύνεται, της βγήκε η βόλτα ξινή. Αν συνεχίσει έτσι η παλιόγρια, θα της σημαδέψει ολόκληρο το πρόσωπο, δε βλέπει να βάλει τις κάλτσες της αλλά τα κουταλοπίρουνα βρίσκουν κατευθείαν τον στόχο τους.

Να γιατί δε σου έδινα τα γράμματα, γιε μου, να μη στεναχωριέσαι για μένα κι όσα άντεχα μαζί της. Κι όταν ερχόσουν έκανε την καλή κι άμα έφευγες τραβούσα τα χειρότερα. Κι όσες φορές με είδες με κάτι σημαδάκια στο πρόσωπο ήταν δικά της, αν σ' το 'λεγα θα την έδερνες αλλά είναι κρίμα να τη βλάψουμε, δεν πρέπει να ξανακάνουμε κακό σε κανέναν, είδες τι έπαθε ο Παντελής, μια στραβοποδιά είναι όλα. Σε κλείνω τώρα, είμαι κουρασμένη, πάω να δω το σίριαλ που γράφεις, τελειώνει απόψε, σε ένα περιοδικό διάβαζα ότι μπορεί να συνεχιστεί, μακάρι, όχι ότι έχω αγωνία για το τι συμβαίνει, άμα θέλω σε ρωτάω και μου λες από τα πριν, αλλά να, να έχετε δουλίτσα, κι εσύ και τόσα νέα παιδιά εκεί μέσα. Αλλά εσύ δε μου πολυλές τα επαγγελματικά σου, λίγο μ' έχεις στην άκρη, αλογάριαστη, γιατί όμως, δεν πρέπει, εγώ έστησα τρία νοικοκυριά και πήγανε καλά όλα οικονομικά. Τ' άλλα μας δεν προχωρούσαν σωστά.

Το πρώτο νοικοκυριό, στο χωριό, προχώραγε, ένα μαγαζί που έλαμπε κι όποιος έμπαινε μέσα στο ταβερνάκι έτρωγε και ευχαριστιόταν να κάθεται, κι ύστερα ήρθε η Χούντα. Ήταν κορίτσι από οικογένεια βενιζελική αυτή, άντε και κάποιοι μετά να ψηφίζανε προς το Κέντρο, αλλά τότε που γέμισε στρατό η χώρα και τα σύνορα δεν της πήγαινε στην ψυχή. Κι ακόμη χειρότερα ο άντρας της, ο λεβέντης, να πηγαινοέρχεται με τους καινούργιους, να παίρνει προεδριλίκι, εξουσία και μπόλικα δάνεια, που, αντί να τα κάνει κι άλλη δουλειά, άρχισε να τα τρώει από εδώ και από εκεί σε κάτι μπουζουξίδικα που στήνονταν σε μία βραδιά δίπλα στο τελωνείο και μέσα σε μία άλλη τρώγανε από τους αγρότες τη μισή περιουσία.

Κι ύστερα άρχισε να παίζει κουμάρι και να την αφήνει μόνη στο μαγαζί με έναν βοηθό, ένα πιτσιρίκι σαν καθυστερημένο, για να μην τον φοβάται. Και να έρχονται μόνον άντρες πελάτες, να φεύγουν οι οικογένειες σε γειτονικά μαγαζιά και να την κατηγορούν ότι είχε σχέσεις επειδή τότε άρχισαν να προσέχουν πόσο όμορφη ήταν και ζουμερή, και είχε τα στήθη της Σοφία Λόρεν ως 'σα πέρα, σαν να ήθελαν να δικαιολογήσουν εκείνον, ότι εξαιτίας της ξέφευγε και μεθοκοπούσε γιατί δεν μπορούσε να τη συγκρατήσει, και όχι ότι αυτός ξεμύτιζε και έλεγε πίσω του μαζί με κάτι άθλιους φίλους του ό,τι τον σύμφερε.

Κανείς δεν πίστευε σε έναν μικρό τόπο την ξένη νύφη, κι ας μην είχε δώσει αφορμή τόσα χρόνια, και μεγάλωνε κι ένα αγόρι που δε μαζευόταν από τα ποτάμια και τα φυλάκια, ένα κλειστό παιδί αλλά αγρίμι όταν χρειαζόταν. Αυτά δεν ήταν ανάγκη να τα μαθαίνει ο Μανολάκης όσο μεγάλωνε, αλλά εκείνος τα άκουγε από τα άλλα παιδιά.

Ξέρω σε πλήγωναν τα λόγια τους, αγόρι πράμα ν' ακούς για τη μάνα σου απ' τον κάθε αλήτη και μεθύστακα, είχε και έναν τελάλη το χωριό, τον Νταλάκα, που αντί να τον κλείσουν σε τρελάδικο τον άφηναν να διαλαλεί τα καμώματά τους, κι εσύ τα κατάφερες να περάσεις στο πανεπιστήμιο χωρίς φροντιστήρια, χωρίς τίποτε, έτσι από πείσμα, για να τους δείξεις εκείνους, και μπόρεσες, κι έτσι έφυγα κι εγώ ήσυχη στη Γερμανία ότι θα έβρισκες κι εσύ τον δρόμο σου. Ναι, είχα πει στον Παντελή (ας μην τον λέμε Στραβοπόδη πια, δεν έμειναν πια πόδια στραβά μέσα στο χώμα) καμιά φορά να μαθαίνει για σένα, σε ποιον άλλον είχα θάρρος; Ό,τι έγινε με τον γαμπρό μου έγινε, ήταν λάθος, το 'φερε η ζωή, ήμουνα αδύνατη εγώ και κουρασμένη από τον Αναστάση. Ναι, δεν το κάνεις αυτό εύκολα στην αδελφή σου, μα εγώ δε σκόπευα να τους χωρίσω, εκείνη το 'κανε τούμπανο, επειδή ερχόταν παραπάνω στο μαγαζί ο άντρας της κι επειδή μας είδε στην πόλη μαζί, λέει, και δεν πήγα κατευθείαν να δω εκείνη. Κι έγινε έξαλλη και τον χώρισε, ήταν λίγο ανάποδη και απότομη η Ρούλα, γι' αυτό και έπινε ο Παντελής. Άσ' τον όμως. Εσένα ο Παντελής σε αγαπούσε και σε πρόσεχε. Δεν είχε αγόρι και έβλεπε σε σένα όχι έναν ανιψιό αλλά έναν γιο του, τον κακο-

πήρες, δεν πιστεύω ότι ήθελε το κακό σου. Και όταν ήρθε στη Θεσσαλονίκη, εγώ τον είχα βάλει να σε ψάξει.

Ανοίγει την τηλεόραση, η μέρα είναι ανάστατη, παντού ακούγονται σειρήνες περιπολικά, τι συμβαίνει πάλι, εδώ κέντρο είμαστε. Βλέπει στην τηλεόραση ότι η Χίλαρυ Κλίντον επισκέπτεται την Αθήνα, στήνεται απέναντι από τη συσκευή, θέλει να απολαύσει τα πλάνα αυτής της δυναμικής γυναίκας. Τις χαίρεται όλες αυτές τις όμορφες και τις τολμηρές, ηθοποιούς και προεδρίνες, κι εκείνη υπήρξε για λίγα χρόνια κυρία προέδρου ενός μικρού χωριού στην άκρη της Ελλάδας, ε και τι μ' αυτό, ρεζίλι πρόεδρος, ρεζίλι κι αυτή. Εκεί στη Γερμανία αισθανόταν όμως πιο ήσυχη στην αρχή, ο κόσμος εκεί δεν πηγαινόφερνε λόγια, έκανε ο καθένας τη δουλειά του, άσε που τους ξένους τούς θεωρούσανε άλλη κατηγορία, άντε αυτούς που ανοίξανε ένα εστιατόριο και προσφέρανε κάτι διαφορετικό να τους εκτιμούσανε σάμπως.

Είχε όμως πολλά ρεμάλια εκεί πέρα, κάθε καρυδιάς καρύδι, ήθελε προσοχή, πολλές φορές έρχονταν στο μαγαζί κάτι μεθυσμένοι, ακόμη και η Τούλα, που ερχόταν στο κλείσιμο, την έβαζε να καθίσει στο τελευταίο τραπεζάκι, κοντά στην κουζίνα, μόνη της ερχόταν η κακομοίρα, ποιος θα την έβγαζε έξω μετά τη δουλειά, και τι δουλειά, πώς μπορούσε μέρα νύχτα, καλοκαίρι χειμώνα –και άντε καλά καλοκαίρι–, να στήνεται στο πεζοδρόμιο με ένα δαντελωτό μίνι μέχρι τον αφαλό και ένα διάφανο κολάν, όμως την πονούσε την Ελληνίδα, μεροκάματο έβγαζε, είχε και ένα παιδί κάπου –έλεγε–, ενώ ο Αναστάσης θύμωνε που την έβλεπε να έρχεται.

«Γιατί, οι άλλοι είναι πιο όμορφοι ή κάνουν καλύτερες δουλειές;» του είχε πει. «Κι αυτή πού την ξέρουν, κι αν την ξέρει κάποιος, από το ίδιο πεζοδρόμιο ήρθανε».

Να βάλει μια σούπα για τη γριά. Σήμερα δε θα τη ρωτήσει τι θέλει να φάει, ό,τι και να της φτιάξει πάλι θα γκρινιάξει, όμως μετά στρώνει και της κάνει αγάπες. «Πήγαινε» της λέει τις προάλλες «και βάλε ένα σκαμπό, άνοιξε το πάνω ντουλάπι στην κρεβατοκάμαρα. Εκεί θα βρεις ένα κουτί με δικά μου στολίδια».

Εκεί μέσα ανακαλύπτει τρία δαχτυλίδια, βραχιόλια και σκουλαρίκια, μεγάλης αξίας. Τα ξανακλείνει. Πώς και δεν τη λήστεψαν τη γριά τόσον καιρό; Έχει ακούσει ότι ανοίγουν διαμερίσματα πολύ συχνά, ακόμη και μέρα μεσημέρι. Στο σούπερ μάρκετ λέγανε για μια συμμορία που μπαίνει εργολαβία στις οικοδομές. Μέχρι σήμερα έλεγε κι αυτή «τι έχουμε να μας κλέψουν» και τώρα, μαζί με τα βιβλιάρια, αρχίζει να φοβάται λιγάκι. Δεν είναι και άτρωτη, «να τα βάλουμε σε θυρίδα, να ανοίξουμε μια θυρίδα, όλος ο κόσμος έχει στις τράπεζες» της λέει.

«Όχι, θέλω να σε βλέπω να τα φοράς» απαντάει η Πηνελόπη «όταν ήρθες ήσουν πιο όμορφη, τώρα γιατί είσαι έτσι; Η γυναίκα και μέσα στο σπίτι πρέπει να είναι καλοντυμένη».

«Ναι, έχεις δίκιο, θεία» της λέει «αρκεί να βγαίνει όμως και λίγο από το σπίτι».

«Παράπονο μην έχεις, όλη μέρα κάπου πετιέσαι» της απαντά η άλλη.

«Καλά, εσύ φρουρός δικός μου είσαι, θεία, αφού κοιμάσαι;»

«Ναι, κοιμάμαι, ποιος ξέρει τι με ποτίζεις».

«Άντε πάλι» λέει αυτή «ό,τι μας έγραψε ο γιατρός παίρνεις».

«Φόρα τα να σε δω λιγάκι» εκείνη επιμένει –κάτι ξυπνάει μέσα της–, τρέχει αυτή, αλλάζει φόρεμα, γιατί με τη βρεγμένη ποδιά κουζίνας δεν κάνεις τέτοια εμφάνιση, τα φοράει προσεκτικά, αισθάνεται το βάρος τους και εμφανίζεται μπροστά στη θεία, που της ζητάει να ανάψει και τα φώτα, ειδικά τον κρυστάλλινο πολυέλαιο στο σαλόνι.

«Στάσου να σε βλέπω», έτσι λέει εκείνη και την καμαρώνει με μια θλίψη που αποτυπώνεται στο πρόσωπό της. Καμαρώνουν ή αναπολούν και οι δύο και δεν αντιλαμβάνονται ότι έχει μπει ο Μανόλης στο σαλόνι, που τις βλέπει έκπληκτος αλλά δε μιλάει, «Τι ομορφιές» σχολιάζει και αισθάνεται κάπως παρείσακτος στην τόσο ιδιωτική γυναικεία στιγμή.

«Έχω γενέθλια» τους λέει «γίνομαι σαράντα», και σοβαρεύεται. Εκείνη ταράζεται, τον αγκαλιάζει, «Μεγαλώνει το αγόρι μου, πότε κιόλας, αχ Θεέ μου, πώς περνούν τα χρόνια».

Η Πηνελόπη τού λέει «Να τα κατοστίσεις, έφερες τούρτα;».

«Και βέβαια έφερα, την άφησα μέσα», πάει και τη βάζει στο σαλόνι, στο τραπεζάκι, ανάβει ένα κεράκι και τους λέει: «Του χρόνου πάλι μαζί και καλά, ακόμη καλύτερα».

Σβήνει το κεράκι, αυτή τον ξαναφιλάει, το παιδί της

μεγαλώνει, το ίδιο κι εκείνη, η Πηνελόπη το μόνο που θέλει είναι να δοκιμάσει την τούρτα, της φέρνουν ένα πιάτο και ένα κουτάλι και τρώει βουλιμικά δυο μεγάλα κομμάτια, σχεδόν το ένα τέταρτο.

«Πού το έβαλε όλο αυτό» αναρωτιέται η Μαργαρίτα, φοβάται το ζάχαρο της γριάς. «Και πού θα μας πας απόψε;» Της προτείνει, αν θέλει να έρθει μαζί του, ένα όμορφο μαγαζί μετά τις δέκα. Αυτή φυσικά αρνείται και δείχνει με το κεφάλι της τη γριά, «Δεν είμαστε για τέτοια» του λέει «να βγεις με την παρέα σου, η Ντίνα θα είναι;».

«Την έχουμε χάσει, κάτι συμβαίνει και δεν απαντάει καν στα τηλέφωνα. Μάλλον έχει τις κλειστές της, έτσι ήταν μια ζωή».

Σκέφτεται να την πάρει να μάθει, αυτή μπορεί να την ξεκλειδώσει και να την κάνει να μιλήσει.

Μη νομίζεις ότι δεν ήθελα τη μέρα των γενεθλίων σου να 'ρθω μαζί σου. Μην ακούς τα «δε θέλω» που λένε οι μάνες στην αρχή, έτσι το κάνουν γιατί είναι ο ρόλος τους, μέσα τους όμως θέλουν να βγουν και να χαρούν κι αυτές, όμως εκείνος ο ρόλος στο τέλος γίνεται ρουτίνα και τις τελειώνει. Όμως κι εμένα με ροκάνιζε ο χρόνος, μ' έτρωγε το παρελθόν, άρχισα να 'χω τύψεις για όσα περηφανευόμουν μέχρι τότε. Για φαντάσου να σε ρωτούσε κάποιος για μένα, τι είχα κάνει, και να 'λεγες: το και το. Δηλαδή τι; Καλή μάνα ή καλή σύζυγος; Και του Παντελή τον χαμό στο τέλος πού τον πας; Αυτό πόσο θα κρατήσει στη σκέψη μου; Δεν το βλέπω ότι με βαραίνει; Ακόμη και σένα μέσα στην επιτυχία δε σε βαραίνει εκείνο το πτώμα ενός άντρα θεριεμένου, που τον τσάκισε το ποτό αλλά και η δική μας συμπεριφορά;

Φυσικά δε θα δεις το γράμμα αυτό, ειδικά αυτό. Γιατί δε θέλω να σε φορτίζω, για την περιφρόνηση που έδειχνες στον Παντελή από την πρώτη στιγμή ενώ εκείνος σ' αγαπούσε και σε προστάτευε. Δε μου το 'λεγε όταν εσύ έφυγες στην ξενιτιά; Τι να κάνουμε να έρθει πίσω το παιδί, «το παιδί» έλεγε, όχι την κόρη του, γιατί νόμιζε ότι εσύ έφυγες επειδή δεν άντεχες ειδικά εκείνον. Όμως εγώ του απαντούσα: «Παντελή, ο μικρός δεν είναι πια παιδί, έχει δει αρκετά, το πανεπιστήμιο και η Θεσσαλονίκη ήταν ένα μεγάλο σχολειό, λίγο κρυφό θα 'λεγα, ξέρει τι κάνει ο Μανολάκης, ακόμη κι όταν έμπλεξε λιγάκι με εκείνους τους περίεργους τύπους πάλι σε καλό τού βγήκε, παρασέρνεται με το μέτρο, σ' αυτό εμένα μοιάζει». Μπας και τα έλεγα για να πείθω τον εαυτό μου και μόνον;

Βάζει το τετράδιο στο κουτί, έχει γράψει στον τίτλο «Γράμμα 35, γενέθλια Μανόλη 1996». Χαλαρώνει όταν γράφει αυτά τα γράμματα και μετά δεν την ενδιαφέρει να βρει κάποιον ή κάποια για να μιλήσουν. Ως εδώ σήμερα, ας περνάει καλά εκείνος με την παρέα του. Όμως περνάει καλά; Εκτός αν, βγάζοντας κάποια καλά λεφτά, εκεί βρίσκεται η ευτυχία. Όμως ο Μανόλης δεν κυνηγούσε το χρήμα, στην ξενιτιά ζούσε με πολύ λίγα, σε ένα μικρό δωμάτιο, διάβαζε δύσκολα βιβλία, φιλοσοφία, ψυχολογία, πήγαινε με τις ώρες στις βιβλιοθήκες και καθόταν και χάζευε ακόμη και βιβλία που δε μίλαγε τη γλώσσα τους. Άραγε αυτό που κάνει για τα χρήματα αξίζει να το κάνει ή αισθάνεται και πάλι τύψεις το παιδί;

Κάπου κάπου της φέρνει και κανένα ελληνικό βιβλίο, «να μην ξεχνάς τη γλώσσα σου» της λέει, κι εκείνη προσπαθεί να το διαβάσει, δεν το είχε συνήθεια γιατί δεν προλάβαινε, τώρα έπεσε και πολλή τηλεόραση, της έδωσε τα βιβλία του Μυριβήλη, έκανε δύο μήνες για τη *Δασκάλα με τα χρυσά μάτια*, ύστερα της έφερε ένα, *Ναύτης* το έλεγαν, μπορεί και να ήξερε τον συγγραφέα, της είχε πει, από το πανεπιστήμιο, χαμένοι όλοι μεταξύ τους, της έφερε και το Ζ γιατί ήθελε να διαβάσει κάτι πολιτικό να μην ξεχνιέται. Να φροντίσει να ψηφίσουν την άλλη φορά, δεν μπορεί να είναι τριάντα χρόνια μακριά από το χωριό της και να 'ναι γραμμένη εκεί ενώ δεν έχουν αφήσει ούτε ένα κομμάτι γης απούλητο. Χωρίς κλήρο. Αυτό πρέπει να τακτοποιηθεί αμέσως. Γιατί δεν το φροντίζει; Γιατί να πάνε χαμένες οι δικές τους ψήφοι; Και τι πάει να πει στηρίζω τον Ανδρέα και τη δικιά του όταν δεν έχω μία ψήφο να το αποδείξω;

Γυρίζει στα δωμάτια και σταματημό δεν έχει. Βραδιάζει, όπως κάθε φορά, η Πηνελόπη κοιμάται με το ένα βλέφαρο μισάνοιχτο. Βγαίνει στο μπαλκόνι προσπαθώντας να εξασφαλίσει λίγο ορίζοντα. Αν έλειπαν αυτές οι πολυκατοικίες απέναντι, θα έβλεπε την Ακρόπολη, και αν έπεφταν οι άλλες παραδίπλα τον Λυκαβηττό, όμως αυτή θα προτιμούσε να βλέπει ανοιχτά κάπου και δεν την ένοιαζε αν ήταν θάλασσα ή βουνό, ν' άνοιγε όμως το μάτι. Της λέει η Ντίνα «Στην καλύτερη περιοχή είσαι, σε δέκα λεπτά στο Κολωνάκι πας», και τι να κάνει εκεί τώρα; Ψώνια ή λόγια φαντασμένα;

Τις πιο καθαρές κουβέντες στη ζωή της τις έκανε με την Τούλα, την πιο δαχτυλοδειχτούμενη στο Βερολίνο. Ήταν σωστή σε όσα έλεγε και είχε το πιο φριχτό τέλος, κανείς δεν την έκλαψε, κανείς δεν τη ζήτησε. Έκαναν έρανο κάτι άλλες για να τη θάψουν εκεί. Τη βρήκαν στο πεζοδρόμιο, σαβουρντισμένη, σαν σακί πεταμένη μέσα από αυτοκίνητο. Σιγά να μην έβρισκαν ποιος την έσπρωξε δυνατά κι εκείνη έπεσε και χτύπησε το κεφαλάκι της. Τότε είδε, στην κηδεία των πέντε ατόμων, ότι η Τούλα φορούσε περούκα. Πώς δεν το είχε καταλάβει τόσον καιρό, δεν πρόσεχε και δεν την ένοιαζε πολύ, γιατί την έκανε παρέα για την καρδιά της κι όχι για το άχαρο μαλλί της. Δεν είχε μαλλάκια η γλυκιά μου. Ενώ αυτή που έχει, ενώ εγώ που έχω; Τα 'χω αμελήσει.

Έφτιαξε τα μαλλιά της και έσυρε τη μεγάλη μπαλκονόπορτα. Σε κάνα δυο χρόνια θα κοντεύει εξήντα, και μετά; Γιαγιά δε θα γίνει ποτέ, να γιατί έχει κάτι κοινό με τη γριά εκτός από το αίμα, είναι μάλλον άτυχες και δε θα ντατέψουν εγγόνι. Όμως γιατί το αποκλείει ότι ο Μανόλης θα μπορούσε να γίνει πατέρας; Τι είναι τα σαράντα σήμερα για έναν άντρα; Κάθε τόσο διαβάζει στα περιοδικά ότι παντρεύονται διάφοροι μεγάλοι. Ο γιος της είναι μικρός, δεν ξέρεις ποτέ, μπορεί να της κάνει την έκπληξη, λέει, κι εκεί στη Σουηδία κάτι εννοούσε όταν έλεγε ότι δε ζούσε μόνος.

Όμως σαν να μην απευθύνεται στον εαυτό της, γιατί βαθιά μέσα της γνωρίζει το παιδί της αλλά δε θέλει να παραδεχτεί ότι το ξέρει και τ' αφήνει πιο κάτω, γιατί υπάρχει και ένα παρακάτω κι ένα παραπίσω απ' όσα λέμε καθημερινά και γράφουμε στα τετράδια.

ΜΙΑ ΜΕΡΑ γυρίζει και του λέει «Μετάνιωσα που έκανα επέμβαση στο πρόσωπο, βιάστηκα, αγχώθηκα, η γυναίκα πρέπει να μεγαλώνει κανονικά, δες την Πηνελόπη, έχει όλη την ιστορία της γραμμένη στο πρόσωπο κι εγώ έχω κάτι κακοραμμένα σημάδια».

Εκείνος γυρίζει και της λέει «Μάνα, σήκω να σε πάω μια βόλτα εδώ γύρω, έχεις πιεστεί κλεισμένη, πες μου, θες να πας κάπου; Θες να δεις κάτι;».

«Ναι, θέλω να δω τον σταθμό τον σιδηροδρομικό, αυτό θέλω να δω».

«Απ' όλη την Αθήνα θέλεις να δεις μόνο τον σταθμό, πώς έτσι;»

Το σκεφτόταν ο γιος της και πάει και δανείζεται το αυτοκίνητο του Κώστα, «μια βόλτα, κάνα δυο ώρες, για τη μάνα μου» του λέει.

Εκείνη λίγο φτιάχτηκε. Δε νοιάστηκαν για τη γριά κι οι δυο, έκατσε αυτή μπροστά και κοίταζε σαν πεινασμένη, βράδυ, ώρα έντεκα, την πόλη.

Πέρασαν από το Σύνταγμα, κατέβηκαν στην Ομόνοια κι από εκεί έφτασαν στον Σταθμό Λαρίσης. Εκείνη κατέβηκε και κοντοστάθηκε στην είσοδο. Θυμήθηκε πώς είχε φύγει είκοσι τόσα χρόνια πριν στη Γερμανία με ένα ίδιο τρένο από τη Θεσσαλονίκη. Βάδισε μερικά μέτρα, δεν υπήρχε κάποιο τρένο για αναχώρηση εκείνη την ώρα, όμως αρκετός κόσμος περίμενε το τρένο των δωδεκάμισι. «Εκείνο που φτάνει μέχρι το χωριό μας κάνει είκοσι τέσσερις ώρες. Για φαντάσου» μονολόγησε. «Μια γραμμή από εδώ μέχρι το σπίτι μας. Το πουλημένο. Δεν έχουμε εκεί τίποτε, ούτε μπαχτσέ, ούτε σπίτι, ούτε αυλή, ούτε κοτέτσι, μονάχα το ποτάμι έμεινε, κι εκείνο πάει και χύνεται στο πέλαγος».

Αυτός καθόταν δίπλα της αμήχανος και την άκουγε που παραληρούσε. Θυμήθηκε κι εκείνος ένα μεγάλο ταξίδι με το Interrail όταν από την Ελλάδα έφτασε στη Σουηδία αλλάζοντας χώρες και σταθμούς, μέρες ταξίδευε με ένα σακιδιάκι.

Όταν εκείνη του το ζήτησε, την ξανάβαλε στο αυτοκίνητο και έστριψαν μέσα σε κάτι στενά, βρήκαν την Πειραιώς, μπήκαν στην Κουμουνδούρου. Στην πλατεία τριγύρω είχε μαζευτεί κόσμος που κοίταζαν παραξενεμένοι ξένους που διαμαρτύρονταν. Χαρτονένια αντίσκηνα, μισόγυμνοι άντρες ξαπλωμένοι στο τσιμέντο και στα χόρτα, ενώ τα αυτοκίνητα περνούσαν και τους χάζευαν.

«Τι είναι τούτοι;» ρωτάει η Μαργαρίτα.

«Κούρδοι πρόσφυγες» λέει αυτός. «Έφυγαν για να γλιτώσουν».

Αυτή η σκηνή χαράχτηκε στο μυαλό της και την ανάπλαθε όλη νύχτα. Είχε δει πολλούς μετανάστες, κάθε μορφής, στη Γερμανία, ναι – κάποιοι είχαν έρθει από πολέμους, αλλά αυτό, μέσα στην καρδιά της Αθήνας, της έκανε εντύπωση. Σιωπηλοί γύρισαν πίσω, στο Σύνταγμα σταμάτησαν για να πάρουν ένα παγωτό, μετά τα μεσάνυχτα. Το έτρωγε σαν κοριτσάκι από την ευχαρίστηση. Της άρεσε, ναι, την έβγαλε μια βόλτα σε κάτι δικά της, που της θύμιζαν άλλα πράγματα κι άλλες εποχές, καλά να 'ναι ο γιος της, ο γιος μας...

Μεγάλη γυναίκα είναι, όμως η θέα εκείνων των γυμνών αντρών την είχε αναστατώσει, μπορεί και να συγκινήθηκε που είδε μερικά σκληρά στέρνα. («Συχώρα με, Θεέ μου, μην ξαναγυρίσει εκείνο πάλι, αυτοί οι άντρες ήταν μικρότεροι απ' τον γιο μου».)

Στριφογύριζε στο κρεβάτι μόνη, είχε μάθει να κοιμάται μόνη, μετά τον θάνατο του Παντελή, όρκο έπαιρνε, δεν είχε κάνει τίποτε στη ζωή της, όμως πολλοί τη θυμόντουσαν για όσα είχε κάνει, έτσι είναι, εκείνα μένουν, τα τολμηρά και όχι τα ησυχασμένα. Καμιά Μαγδαληνή δεν έγινε διάσημη για τη μετάνοιά της, αλλά για όσα προκάλεσαν εκείνη τη μετάνοια.

Καλοκαίριαζε άγρια στην Αθήνα, το ερκοντίσιον δεν έσβηνε καθόλου, οι γέροι υπέφεραν στα σπίτια και στα διαμερίσματα. Το ίδιο κι η Πηνελόπη, στέναζε από τη ζέστη, και όσα ρεύματα να έκαναν τα παράθυρα, τίποτε δε δρόσιζε την τσιμεντένια πολιτεία. Και στη Γερμανία, όταν έπιανε εικοσιοχτάρι καλοκαιριάτικα, έλιωνε ο τόπος, εκεί όμως, λόγω υγρασίας, της κοβόταν η αναπνοή. Μόνο στη Σαμοθράκη, στην παραλία, δεν ένιωσαν καύσωνα ποτέ. Εκεί φύσαγε παραπάνω απ' όσο χρειαζόταν. Κι εκείνη μπαινόβγαινε στην ταβερνούλα, σπιτικά φαγητά και ψητά, περιζήτητη ήταν. Και ο Παντελής τα κατάφερνε μέχρι να βάλει μπροστά του εκείνο το ρημάδι το κρασί. Τότε αγρίευε και ξεσπούσε πάνω της και ύστερα την αγκάλιαζε και τη φιλούσε παθιασμένα και της έκανε έρωτα, κι ας λένε ότι ο μεθυσμένος δεν μπορεί. Αντίθετα, εκείνος μπορούσε και με το παραπάνω, τόση λόξα είχε αυτός ο άνθρωπος, τέτοια τρέλα αντρική.

Γι' αυτό τον ήθελε, γιατί τίποτε δεν ήταν μαραμένο μεταξύ τους, υπήρχε ένταση, λόγια, καβγάδες, αλλά και μια απέραντη αγάπη, λατρεία, όπως θέλεις πες το, σαν εκείνα τα λαϊκά που έβαζαν στο μαγαζί, τα τραγούδια του Άκη Πάνου, που τα προτιμούσαν και οι δύο. Ο Παντελής έλεγε ότι τον είχε συναντήσει μια φορά στην Ξάνθη, όμως δεν τραγουδούσε στα κέντρα, έπαιζε σε μια αυλή φίλων που έπιναν και έψηναν, ήταν καλοκαίρι, ο Άκης Πάνου είχε πάει εκεί όπου παντρεύτηκε η κόρη του. Έπαιζε για την πάρτη του τότε.

Ναι, η αγάπη τους ήταν σαν τραγούδι, από εκείνα που τα ήξερε και τα τραγουδούσε και τα έσωνε σε κασέτες, τότε στο μαγαζί, ώσπου τις μάζεψε και τις πέταξε μετά τον θάνατο του Παντελή. Να μην ακούει, να μην τις ακούει.

Γι' αυτό σου λέω, γιε μου, δεν είναι μόνον η παντρειά, είναι και ο έρωτας, το πάθος, κι εγώ χορτασμένη είμαι απ' αυτά κι ας το πλήρωσα άγρια. Και άλλες πολλές γυναίκες, που δεν τις ξέρουμε, που δεν τις βλέπουμε στις φωτογραφίες, όπως τις ηθοποιές, που τάχα μου έχουν μια σχέση και δεν την έχουν. Ακόμη κι αυτή η ταλαίπωρη η Βουγιουκλάκη κάτι πήγε να κάνει και δεν μπόρεσε να το αντέξει. Δεν πάει μαζί καριέρα και πάθος, και να 'σαι γνωστή και να μην είσαι, να κρύβεσαι και να μη θέλεις να μα-

θαίνεται. Το πάθος θέλει απάθεια για τους άλλους. Έβλεπα την κηδεία της και δεν μπορούσα να συγκινηθώ, μου φαινόταν κι αυτή ψεύτικη. Από την άποψη αυτή είμαι και τυχερή και άτυχη, γιατί δεν ήρθαν όλα όπως τα ήθελα, όπως ξέρεις...

ΣΥΜΦΩΝΕΙ ΝΑ ΤΗ ΒΓΑΖΕΙ ΒΟΛΤΑ μια φορά την εβδομάδα και καμιά φορά να αργούνε και λίγο παραπάνω. Η γριά μετά τις εννιά αρχίζει να κουτουλάει, ένα ψιχουλάκι ηρεμιστικό παραπάνω τής βάζει και μετά κατεβαίνει. Αυτό θα είναι πια η διασκέδασή της. Ένα σινεμά, ένα παγωτό, ένα φαγητό. Δεν την πάει στο μαγαζί όπου συχνάζουν όλοι οι κοσμικοί που χάζευε τις φωτογραφίες τους στο περιοδικό, δεν είναι για εκεί, δεν είμαστε για παντού. Της εξηγεί «Έχει πολύ δυνατά τη μουσική, δε θα αντέξεις, και είναι ο ένας πάνω στον άλλο».

Την πάει όμως στην Πλάκα, ρίχνει κάθε φορά μια ματιά στο διαμέρισμά του, σαν μάνα δήθεν που έχει λόγο –«βάλε εδώ αυτό το τραπεζάκι, την κουρτίνα πώς την κρέμασες έτσι, βρε σαφάλη;»–, της αρέσει η βόλτα στις γειτονιές της Πλάκας, δε νιώθει τουρίστρια, είναι σαν παλιά λιγάκι, σαν χωριό, αλλά ωραίο χωριό, έτοιμο σκηνικό για ταινία και όχι για να το ζεις καθημερινά.

Έχει αντικαταστήσει τα τακούνια της αρκετές φορές και δυσκολεύεται να περπατάει, καμιά φορά εκείνος τη στηρίζει, ειδικά στις ανηφόρες. «Κοίτα μη στραμπουλήξεις κανένα πόδι και σας φέρω μετά νοσοκόμα για πάντα εκεί μέσα». Αυτό το «μέσα», το «εκεί μέσα», είναι που την ενοχλεί, όλο μαζί. «Τι κάνουμε εκεί μέσα, γιατί ήρθαμε στην Αθήνα να κρυφτούμε;» του λέει. Αυτός θυμωμένα τής απαντάει ότι δεν κρύβονται, ήρθανε εδώ για τα καλύτερα, «Είδες εμένα», και αυτή του λέει «Εμένα με είδες ποτέ, με βλέπεις;».

«Αν θέλεις να παρατήσουμε τη γριά, κανένα πρόβλημα. Άντε να χαλάσεις τη διαθήκη που γράφει ότι θα τη φροντίζουμε μέχρι τέλους και έλα να πάμε αλλού. Πού θα ήθελες να ζούμε, εδώ στην Πλάκα; Μαζί μου; Μα εσύ δεν το ήθελες αυτό. Έλεγες να μην είσαι πάντα με τα παιδιά, από μακριά και κοντά μαζί. Αν μετάνιωσες, πού θα πας τώρα; Πίσω δε γίνεται. Ενώ έτσι, με τη θεία, μπορεί μια μέρα να βρεθείς και στην Κρήτη, να πάμε, να βρούμε το κτήμα, πρέπει να πάμε μια μέρα, να ανακαλύψεις κι εσύ και τους άλλους συγγενείς μας».

Εκείνη χαμογελάει. «Του πατέρα μου συγγενείς; Μπορεί να υπάρχουν πολλοί, στην Κρήτη αραδιάζουνε τα κοπελούδια, αλλά ποιος θα νοιαστεί αν μας δει μια μέρα μπροστά του, ύστερα από έναν αιώνα, καταλαβαίνεις πόσα χρόνια πέρασαν; Ο μπαμπάς μας ξέκοψε με τις ρίζες του, μια κι έξω. Σιγά να μην τον θυμάται κανείς. Δεν υπάρχει άνθρωπος στην ηλικία του πια. Και μετά; Ποια ξαδέλφια μας; Μέχρι να τους εξηγήσουμε ποιοι είμαστε, θα ξεχαστούμε. Το σόι είναι σαν τα δέντρα, θέλουν πότισμα, περιποίηση, αλλιώς ξεραίνονται ή γερνάνε μονάχα μέσα στο χωράφι, σε μια πλαγιά γερμένα, κάτι κουφάρια».

«Μωρέ, τι ωραία που τα λες, Μαργαρίτα. Εσύ έπρεπε να γράφεις βιβλία».

«Εσύ να κάτσεις και να γράψεις βιβλίο τη ζωή μου και να πεις την αλήθεια. Ή δε θα την πούμε;»

Ο γιος σκύβει το κεφάλι. Στον γυρισμό περνάνε από το σπίτι να της δώσει ένα βιβλίο και ένα γλύκισμα που του άφησε η Κρίστη και δεν μπορεί να το καταναλώσει.

Η γριά Βέρα βγάζει το κεφάλι της στο κατώφλι και γρυλίζει κάτι. Η Μαργαρίτα την έχει ξαναδεί και δεν αντέχει να την αντικρίζει, δεν αντέχει τέτοια ανθρώπινη κατάντια, τέτοιο ξεπεσμό, την τρομάζει πώς μπορεί να σέρνεται κάποιος μέσα σε τρύπες χωρίς να τον αναζητάνε. Η γριά κάποτε είχε σπίτι, οικογένεια ίσως, ήταν ένα γλυκό κοριτσάκι που μεγάλωσε.

«Θέλεις να σου φέρουμε κάτι;» τη ρωτάει, και η Βέρα, θυμωμένη πάντα, κλείνεται στο καμαράκι που δε βλέπει πουθενά παρά μόνο σκοτεινούς τοίχους.

«Κι εμείς που βλέπουμε μπαλκόνια σάμπως καλύτερα είμαστε;» μουρμουρίζει.

«Τι σκέφτεσαι πάλι;» ρωτάει ο γιος.

«Τίποτε». Παίρνει το βιβλίο στο χέρι, «Θα πάρω ένα ταξί, μην έρχεσαι εσύ». Εκείνος κοντοστέκεται.

«Γιατί με βλέπεις έτσι, φοβάσαι μη χαθώ; Έχω γυρίσει μόνη μου τόσα μέρη».

Τη βγάζει μέχρι τη γωνία, ο φρουρός στη θέση του. «Τι φυλάει ετούτος;» ρωτάει φωναχτά η Μαργαρίτα.

«Τίποτε, το κτίριο» λέει ο γιος της. «Είναι μια υπηρεσία, διοικητική του στρατού».

«Ωραίο κτίριο» λέει εκείνη.

«Ναι, διάβασα ότι παλιά ήταν η Γαλλική Αρχαιολογική Σχολή».

Εκείνη μπαίνει στο ταξί, ενώ ο Μανόλης δίνει τη διεύθυνση στον νεαρό οδηγό που καπνίζει, αυτή στρογγυλοκάθεται στη θέση του συνοδηγού, καμιά Αθηναία δε θα το έκανε αυτό, εκτός αν ήταν ώρα αιχμής και αναγκαζόταν το ταξί να πάρει διπλή κούρσα. Ο οδηγός χαμηλώνει τη μουσική και πετάει το τσιγάρο έξω. Εκείνη συμμαζεύει τα πόδια της και βολεύεται όπως όπως ενώ μπροστά στο μέτωπό της τραμπαλίζεται το πολύχρωμο εικόνισμα μιας Παναγίας που αγκαλιάζει το παιδί της. Της φαίνεται κακή ζωγραφιά, σαν να 'ναι έτοιμη να το αφήσει από τα χέρια της, να το πετάξει.

Και μη νομίζεις, αγαπημένο μου παιδί, ότι δε φαίνεται πόσο ζορίζεσαι για μένα. Το βλέπω, όταν ήρθες πίσω το ήξερα ότι κάποιος σου είχε μιλήσει πως ο Παντελής με χτύπαγε αλλά δεν ήταν έτσι, άφησες εκεί την ησυχία σου, μου είπες τάχα μάνα βαρέθηκα, θα κάνω μια νέα αρχή, κάτι τελείωσε εκεί πίσω στη Σουηδία, θα μείνω λίγο εδώ κοντά σας, και το ήξερα ότι ήθελες να ελέγξεις και να δεις τι ακριβώς συμβαίνει. Γιατί εγώ έχω ένστικτο, της μάνας και το άτιμο το δικό μου, που καταλάβαινε ότι και σένα σε έτρωγε κάτι με τον Παντελή και δεν ήταν μόνον όσα έκανε σε μένα. Μήπως τότε φοιτητής σε είχε ενοχλήσει παραπάνω; Μήπως σε πείραξε; Αλλά τόσα χρόνια μετά το κράταγες ακόμη αμανάτι; Δε σ' έχω για παιδί εκδικητικό. Όταν όμως είδα την αναστάτωση του Παντελή στον γυρισμό σου, κατάλαβα ότι κάτι έτρεχε μεταξύ σας. Είχατε να λύσετε θέματα από τότε, ε; Μάνα είμαι, κοσμογυρισμένη, είδα κι εγώ πολλά στη Γερμανία, είδα τις παρέες σου στη Θεσσαλονίκη τότε, είδα τους φίλους σου.

Εκείνα τα χρόνια σε μπόλιασαν άλλα πράγματα, γιε μου, και άλλαξες. Και παιδί ήσουν διαφορετικό, αλλά στη Σαλονίκη, τότε, έστριψε το μέσα σου έξω. Πίστευα ότι στη Σουηδία θα άλλαζες σιγά σιγά, όσο άλλαξα κι εγώ στη

Γερμανία, κάτι αλλάζει –μπορεί–, όμως μέσα μας καρδιά, ψυχούλα, μένουν ίδια. Δεν έπρεπε να γυρίσεις, αυτό προσπαθώ να σου πω (αχ αυτά τα κόμματα όταν γράφω πόσο με ταλαιπωρούν, μη με παρεξηγήσεις για τα λάθη μου) κι ας ήθελα τόσο πολύ να σε δω, αλλά εσύ δε μας έλεγες καν πού ήσουν, έψαχνες έλεγες τον εαυτό σου, τότε. Άραγε σε ήξερα ποτέ;

Κι εγώ με τον Παντελή κάναμε τη ζωή μας, δύσκολα αλλά πάντα μαζί. Άλλαξε δουλειά εξαιτίας μου, ερχόταν το καλοκαίρι στο νησί και τη μέρα δούλευε στο συνεργείο του, χρειαζόταν κι αυτό. Το πρόβλημα ήταν ένα: ο Παντελής είχε παιδί, είχε γυναίκα και δεν ήθελε ποτέ να ξεκόψει, να φύγει τελείως μακριά. Έπρεπε να είχαμε φύγει στη Θεσσαλονίκη, ακόμη και στην Καβάλα, αλλά εκείνος δεν ήθελε. Όμως τα «έπρεπε» δεν αλλάζουν τη ζωή μας όταν περνάει. Τώρα ας δούμε αυτά που μας απόμειναν. Γι' αυτό λέω αυτό το γράμμα να το κρύψω πιο μέσα από τα άλλα, όμως ήθελα πολύ να το γράψω. Ναι, θα βάλω υστερόγραφο μιαν απορία.

ΥΓ.: Τι ακριβώς έγινε μια μέρα πριν όταν πήγατε για ψάρεμα μαζί με τον Παντελή; Τι είπατε; Γιατί έπινε συνέχεια και μετά εξαφανίστηκε και τον βρήκαμε όπως

Ο ταξιτζής τη ρώτησε αν ήταν ο γιος της ο κύριος εκείνος που την έβαλε μέσα και η Μαργαρίτα είπε «Ναι, ο μονάκριβος γιος μου, γράφει σίριαλ, είναι γνωστός».

«Ποιο έργο» ρώτησε αυτός και του είπε αλλά αυτός δεν έβλεπε τηλεόραση. Τον έχουν και φωτογραφία στα περιοδικά, πηγαίνει σε μαγαζιά όπου πάει και ο πρωθυπουργός. Τότε άστραψε το μάτι του οδηγού, την κοίταζε λοξά, κάτι είπε ενάντια στον πεθαμένο Ανδρέα και τη Δήμητρα μετά, «Τολμάει να βγάλει βιβλίο, από παντού να μας τα πάρει».

«Εγώ θα το αγοράσω» είπε η Μαργαρίτα.

Κοίταζε έξω θυμωμένη. Όλοι τα έβαζαν με τη Δήμητρα τώρα, όταν την έφερε με το αεροπλάνο, μιλούσαν για θαρραλέο άντρα. Τώρα που έμεινε μόνη της έπεσαν πάνω της να τη φάνε και οι πιο δικοί τους.

Του άφησε ένα μεγάλο πουρμπουάρ για να τον ταπεινώσει περισσότερο, του έδινε λεφτά, τον είχε στο χέρι και μετά μπήκε στην είσοδο. Η γριά κοιμόταν αλλά όταν επέστρεφε το αντιλαμβανόταν από τα βάθη του ύπνου ή την επιφάνεια γιατί έβγαζε έναν στεναγμό και καμιά φορά κάνα αέριο.

Θα πλενόταν και μετά θα καθόταν να γράψει το γράμμα στον γιο της. Κάθε φορά παίρνει θάρρος και του τα λέει πιο ανοιχτά. Καλά έκανε και η Δήμητρα, μόνη χήρα και παρατημένη τώρα, που έγραψε βιβλίο. Να τους τα πει και να τους τα πάρει. Ωραία γυναίκα, ντарντάνα. Θα μπορούσε να ήταν και σταρ, αλλά τι παραπάνω έχουν οι άλλες;

Γιε μου, κοντεύω τα εξήντα, το γράφω και το παραδέχομαι, όμως δε θέλω να το λέω, πώς έφτασα ως εδώ, πότε πέρασαν τα χρόνια; Μήπως δε φαίνεται στα μάτια των άλλων ότι είμαι γιαγιά; Αν είχες παιδιά, δε θα 'μουν γιαγιά; Όμως γριά δε θέλω να γίνω σαν εκείνο το κουφάρι που βλέπω παραμέσα να ξεψυχάει, κάθε μέρα αφήνει κάτι πίσω της, κάτι σβήνει. Δεν τη θέλει ούτε ο χρόνος ούτε ο κόσμος ούτε κι εμείς πια. Αυτή είναι η πιο τρομερή στιγμή, γιε μου. Κι ας αισθάνομαι ότι δεν έφαγα τα ψωμιά μου που είμαι ακόμη γερή και όρθια. Και πού να πρόσεχα τον εαυτό μου, όπως μου έλεγε η Ντίνα πριν μας παρατήσει κι αυτή. Και ας πούμε ότι φεύγει η γριά και μένω μόνη, εδώ μέσα στο διαμέρισμα, να κάνω τι; Να πηγαίνω από δωμάτιο σε δωμάτιο και να ξεσκονίζω; Πού είναι οι φίλες μου, το σόι μου, εκτός από σένα ποιον έχω; Πώς τα κατάφερα να μην έχω κανέναν δίπλα μου;

Μια μέρα πήγα να πάρω τηλέφωνο τη Ρούλα, το σήκωσε η κόρη της όμως, ποιος είναι, ρωτούσε το κορίτσι, δεν τόλμησα να της πω. Αν απαντούσε η αδελφή μου, ίσως της έλεγα κάνα δυο κουβέντες. Όμως έχουμε να μιλήσουμε τόσα χρόνια –πότε πέρασαν από τον χαμό του– και τι να της πω τώρα; Ότι δεν πήγα να του ανάψω μια μέρα το καντήλι παρότι έζησα μαζί του τόσα χρόνια; Είδες τι σημαίνει κανονική οικογένεια; Ακόμη και στον τάφο του η πρώτη του η στεφανωμένη τον κήδεψε, εκείνη του ανάβει τα κεράκια, εκείνη πήρε και όσα δικαιούνταν. Και σε μένα έμεινε να τον θυμάμαι με όλα τα καλά και τα κακά του, ενώ εμένα με θυμούνται μόνον σαν την κακιά, εκείνες τις ξανθιές του σινεμά – τα πλουσιοκόριτσα και, μεταξύ μας, πανέμορφες αληθινά.

Δεν πρέπει να μεγαλώσω εδώ μέσα, σε λέω, όσο είναι η γριά, το πήρα κατάκαρδα σαν ιερή υποχρέωση, σαν εξιλέωση να τη δω, να την προστατέψω, αν και όσο περνάει ο καιρός και μαζεύεται κουβαράκι βλέπω μια άγνωστη, λες και δεν έχουμε κάτι κοινό, γιατί το αίμα, αν δεν τρέξει μαζί σου, μετά ξεχνιέται. Τέλος πάντων, είπα να μην γκρινιάζω, καλό μου παιδί, δε θέλω να σε ταλαιπωρώ, θα σου λέω λιγότερα. Τουλάχιστον τώρα που βγαίνουμε κάπου κάπου αναθαρρώ λιγάκι, προχθές είπα επιτέλους να αγοράσω και ένα καινούργιο φόρεμα, να μην είμαι γραφική με τα ίδια και τα ίδια, έχει μια μπουτίκ εδώ κοντά, λίγο ακριβή είναι αλλά βρήκα ένα σκούρο μπλε για να το φοράω σε όλες τις περιστάσεις. Α. Ξέρω, τα τακούνια μου δε θα αλλάξουν εύκολα, μόνον όταν δε θα με παίρνουν πια τα πόδια μου θα σέρνω πασουμάκια.

Έτριβε τις πατούσες της όταν χτύπησε το τηλέφωνο και άκουσε εκείνη την άσχημη φωνή, την ειρωνική. «Η ανιψιά είσαι; Εγώ ο ανιψιός, ο Ντίνος. Δεν ήξερα ότι είστε τόσο διάσημο σόι και ότι ο γιος σου γράφει για την τηλεόραση».

«Και τι θέλεις» είπε αυτή αυστηρά.

«Τίποτε» είπε αυτός. «Όμως το επώνυμό του είναι γνωστό πια. Μπαίνει και σε φωτογραφίες με κοσμικούς».

«Να αφήσεις τον γιο μου ήσυχο».

«Φυσικά, δεν είπα κάτι. Ούτε με ενδιαφέρει το παρελθόν σου ή το δικό του. Απλώς ήθελα να ρωτήσω τι κάνει η θεία μου. Μην τη δούμε και αυτήν πνιγμένη καμιά μέρα».

Της κλείνει το τηλέφωνο, στην αρχή δεν κατανοεί ακριβώς τον υπαινιγμό αλλά μετά – ναι, εκεί το πήγαινε, στον πνιγμένο, όμως πώς έφτασε να συνδέσει τα δύο στοιχεία;

Τριγυρίζει στα δωμάτια, ύπνο δε θα έχει απόψε. Όμως αυτό δε θα είναι δύσκολο να λυθεί. Το επώνυμο του Παντελή δημοσιεύτηκε τότε στις εφημερίδες. Το θέμα είναι πώς συνδυάστηκε με τον γιο της και με την ίδια. Όμως όποιος είναι κακός μπορεί να βρει άκρη. Αλλά και τι έχει να φοβηθεί – ή μήπως έχει; Αχ, πάει ο ύπνος της απόψε, μισό χαπάκι για να ξεραθεί. Το ήξερα, το ήξερα. Τόσον καιρό μετά, σε ησυχία δε μας αφήνουν. Ξαφνικά σηκώνεται δώδεκα και κάτι, χτύπησε πένθιμα το προπολεμικό ρολόι. Πλησιάζει τη γριά. Εδώ είναι η λύση. Την κουνάει. Την τραντάζει.

«Δε μου λες, θεία μου, ο άχρηστος ο ανιψιός σου ο Ντίνος σε ρώτησε ποτέ για μας; Είπες τίποτε;»

Εκείνη δε θυμάται, μπορεί, τέτοια ώρα είναι βάρβαρο, η νυχτικιά της τραβηγμένη επάνω, μυρίζει κιόλας, το κρεβάτι της αναστατωμένο, από δίπλα χαπάκια, νερό, πιεσόμετρο, νεκροκρέβατο, «δε θα κοιμηθώ ήσυχη αν δε μου πεις, να ξέρω πώς το έμαθε».

Η Πηνελόπη πίνει μια γουλιά νερό, κάπως συνέρχεται και επικοινωνεί με το περιβάλλον. Κάτι θυμάται, κάτι είπε αλλά δεν έδωσε όνομα. Το ορκίζεται. Επομένως ο άχρηστος έψαξε μετά που είδε το όνομα και τη φωτογραφία του γιου της. Το επώνυμο Κυρτσής το έχουνε τα σόγια του άντρα της, έτσι και τηλεφώνησε σε κάποιον από αυτούς; Όμως τι σημασία είχε πια;

ΝΑ ΜΙΛΗΣΕΙ στην Ντίνα, που ξανάδωσε σημείο ζωής;

«Πού ήσουν, κορίτσι μου;» Έτσι τη φωνάζει, δεν τη νιώθει φίλη, φίλη είναι με τον γιο της, είναι σαν δικό της κορίτσι, λιγάκι στριμμένο αλλά πληγωμένο κι αυτό. Μοναχό. Όταν η Ντίνα πάει κάπου και κλείνεται, μετά δε θέλει να μιλήσει. Δεν πειράζει, σημασία έχει ότι επέστρεψε.

Της λέει για τον ανιψιό της Πηνελόπης. Ότι την εκβιάζουν.

«Μα δεν έχεις τίποτε να φοβηθείς μετά από τόσα χρόνια».

«Φοβάμαι για το παιδί μου, μην του βλάψουν την υπόληψη».

«Α, μη στενοχωριέσαι, αυτά που κάνει ο Μανόλης καθόλου δεν επηρεάζονται από κάτι τέτοια λόγια και φήμες. Ίσα ίσα, καλό κάνουν τα σκάνδαλα. Εδώ όλοι ζούνε με σκάνδαλα, υποψίες, κουτσομπολιά. Κοίτα να ησυχάσεις. Θέλεις να βρεθούμε για έναν καφέ, να κατεβώ εγώ στη γειτονιά σου; Εκεί στην πλατεία, ευθεία κάτω, στην Προσκόπων».

Της έδωσε οδηγίες να βρεθούνε δυο ώρες μετά. Είναι ανήσυχη πάντα, όμως πρέπει λιγάκι να φτιαχτεί, μη γίνει ρεζίλι κοντά στη μοντέρνα κυρία. Βλέπει το πρόσωπό της στον καθρέπτη, επιμένει ότι κάτι δεν πάει καλά με τους καθρέπτες στην Αθήνα, είναι το τζάμι αλλιώς, το γυαλί, το φως που χώνεται από παντού και χτυπάει, θολώνει ή μεγεθύνει τις άσχημες λεπτομέρειες.

«Πού πας πάλι;» ρωτάει η γριά.

«Ε όχι και πάλι».

«Μα κάθε τόσο βγαίνεις».

«Σου λείπει τίποτε, θεία; Εδώ δεν είμαι; Δε σε πλένω, δε μαγειρεύω; Σήμερα όμως θα σου φέρω κάτι απ' έξω. Τι λαχταράει η ψυχή σου; Πες μου».

Τι λαχταρά η ψυχή της, ποιος ξέρει. Νιάτα, υγεία, ελευθερία, αυτά είναι να πεθυμάς. Κι αυτή πέρασε πια το όριο. Προχθές σε ένα βιβλίο έλεγε «Κόντευε να πεθάνει, ήταν πολύ γριά, εξήντα χρονών». Βέβαια ήταν βιβλίο της δεκαετίας του '30 αλλά πόσο άλλαξε η βιολογία μας από τότε;

Αυτό το μαγαζί στην πλατεία τής αρέσει γιατί έχει κόσμο κάθε ηλικίας. Και τα όμορφα παιδιά που σερβίρουν. Η Ντίνα έχει πιάσει ένα τραπεζάκι στην άκρη και καπνίζει, στο άλλο χέρι κρατάει ένα μεγάλο στρογγυλό ποτήρι, κοκτέιλ, μισό τόνο ποτό, αυτό το κορίτσι πάντα κάνει πράγματα που εντυπωσιάζουν. Την καλωσορίζει.

Η Ντίνα είναι κουρασμένη, δεν είναι καλά, αλλά θέλει να μιλάει μαζί της. Ξανακούει την ιστορία του ανιψιού.

«Κοίτα, Μαργαρίτα, αν σε ενοχλήσει πάλι, πες του ότι τον ηχογραφείς και θα του κάνεις μήνυση για παρενόχληση και συκοφάντηση. Είναι χέστης κατά βάθος, ένας φλώρος είναι. Απλώς τους γυάλισε η περιουσία. Απ' ό,τι ξέρω όμως, είστε πια εξασφαλισμένοι».

«Δεν είμαστε σίγουροι, η γριά είναι για δέσιμο. Μπορεί να θυμώσει και να τ' αλλάξει όλα τελευταία στιγμή. Να σου πω όμως και κάτι; Εμένα δε με νοιάζουν οι περιουσίες. Αν τις ήθελα, θα έμενα στη Γερμανία, εκεί που βγάζαμε λεφτά, και δεν ερχόμουν άφραγκη πίσω στη φτωχομάνα».

«Σωστά τα λες, Μαργαρίτα, όμως μεγαλώνουμε και πρέπει να έχουμε μια βάση. Έχεις κάποια ασφάλεια;»

Τίποτε δεν έχει, όμως από τη Γερμανία δικαιούται ένα ποσό σύνταξης, εκείνο είναι πιο σίγουρο και θα έρθει στα εξήντα πέντε της. Σ' αυτά οι Γερμανοί δε χαρίζονται. Σε καταγράφουν και σου τα στέλνουν.

«Το θέμα είναι πού θα βρίσκομαι τότε εγώ».

«Θα σου τα κανονίσει ο Μανόλης, αλήθεια, μιλάει ποτέ με τον πατέρα του;»

«Ποτέ πια. Μόνο για τα περιουσιακά μιλήσανε, πουλήσαμε τα κτήματα στο χωριό, τότε είχε ανακατευτεί. Ούτε όμως ο Μανόλης τον θέλει, δεν είχαν ποτέ επαφή σαν πατέρας και γιος, λες και δεν είναι δικό του παιδί».

Κοιτάζει με νόημα την Ντίνα. «Είναι δικό του παιδί, θέλω να πω. Είναι τόσο καλός ο γιος μου. Τέτοια ψυχή δεν υπάρχει, Ντίνα μου».

«Τον ξέρω, αρκετά καλά. Έχει ήθος αλλά είναι πολύπλοκος. Πρέπει λίγο να προσέχει με την καινούργια του δουλειά. Κάποια στιγμή θα βρεθεί απ' έξω, έτσι είναι αυτός ο χώρος, μην του στοιχίσει».

Η Ντίνα παραγγέλνει άλλο ένα ποτό, η κοπέλα των είκοσι χρόνων τής το αργεί. Η Ντίνα σηκώνεται.

«Πάμε να φύγουμε. Με έχουν εκνευρίσει, ας μάθουν να κάνουν τη δουλειά τους».

Αφήνει στο τραπέζι κάποια χρήματα ενώ η σερβιτόρα έρχεται με την παραγγελία. Η Ντίνα ούτε που γυρίζει να της μιλήσει. Προχωράνε μέχρι τη Σπύρου Μερκούρη και την αφήνει μπροστά στην είσοδο με ένα πεταχτό φιλί.

«Να ξέρεις, Μαργαρίτα, ότι σε θαυμάζω».

Εκείνη την κοιτάζει απορημένη. Αυτή εμένα;

«Ναι, έχεις έντονη προσωπικότητα. Κάτι έμαθα κι εγώ από τις σπουδές μου. Μπορείς να κατευθύνεις όπου θέλεις τα πράγματα. Ξέρεις να υπερασπίζεσαι τον εαυτό σου. Και μην το σκέφτεσαι ότι μεγαλώνεις, έχεις ακόμη πολλή ψυχή και μπόλικο συναίσθημα να δώσεις. Κάποια στιγμή πρέπει να το δεις κι αυτό. Μην κολλάς στον ρόλο σου εκεί μέσα. Βλέπω ότι το κάνεις με σοβαρότητα αλλά δες κι εσύ τον εαυτό σου και κάνε την ανατροπή σου ξανά».

Μα δεν της τα 'λεγε τόση ώρα εκεί στο μαγαζί, μπρος στην πόρτα βρήκε να της τα πει;

Ξέρεις πόσο θάρρος μού έδωσε αυτό το κορίτσι, να σου λέει μια σπουδαγμένη και πλούσια Αθηναία ότι σε θαυμάζει; Θα μου πεις η Ντίνα είναι ένα τραυματισμένο κορίτσι αλλά μέσα από τα τραύματα δε βγαίνουν και τα θαύματα; Εγώ είμαι τόσο άτρωτη θαρρείς; Αλλά το παλεύω και το πάλεψα. Επίσης την παρακάλεσα να με πάει στην παρουσίαση του βιβλίου της Δήμητρας, ξέρω ότι εσένα δε σου αρέσουν ούτε σου πάνε τέτοια βιβλία, είσαι της φιλοσοφίας και της λογοτεχνίας, αλλά εγώ θέλω να τη δω από κοντά και να μου υπογράψει το βιβλίο.

Θα μου πεις γιατί σου τα γράφω όλα αυτά αφού δεν πρόκειται να τα διαβάσεις, φυσικά και θα σ' το πω από κοντά, αλλά να, μου έρχονται τώρα που είναι ήσυχα κάπως μετά τα μεσάνυχτα και μπορώ να σκέφτομαι κι εγώ με πιο ήσυχο κεφάλι.

Επίσης θα σου προτείνω να αγοράσουμε ένα αυτοκίνητο, να πηγαίνουμε με την ησυχία μας αυτές τις βόλτες. Θα τραβήξω λίγα χρήματα από το βιβλιάριο της θείας, μπορείς κι εσύ να πάρεις δάνειο από μια τράπεζα, βλέπω διαφημίσεις παντού, χίλιες δόσεις κάνουν, γέμισε ο τόπος αυτοκίνητα, διπλά και τριπλά έχουν κάθε οικογένεια. Εμείς γιατί να μην έχουμε; Αν πάλι δε σου αρέσει, ξέρω ότι προ-

τιμάς να περπατάς, σκέψου ότι θα πηγαίνεις κάπου μακριά για περπάτημα και θα το αφήνεις για να προχωράς εκεί όπου δε φτάνει ρόδα. Κι ούτε να το σκεφτείς να το κάνεις για μένα, μα την Παναγία, μόνον αν το θέλει η ψυχούλα σου, δε σε πιέζω. Έτσι δε λέγαμε από παλιά; Να κάνουμε ό,τι πεθυμάει η ψυχούλα μας.

Τώρα τελευταία ανάβω και κανένα κεράκι, αρκετά άπιστη έμεινα μακριά από τον Χριστό και την Παναγία. Μη με θεωρείς θρήσκα με μαντίλα, ούτε αυτά σε αρέσουν, εσύ είσαι, βρε, ειδωλολάτρης (γελάω), αλλά θέλεις ένα αποκούμπι. Βρήκα μια μικρή εκκλησούλα εδώ σε μια ανηφόρα (και πού δεν έχει ανηφόρες εδώ γύρω) και αφήνω ένα κεράκι στη μνήμη όλων. Έχουμε πολλές δικές μας ψυχές που δεν τις ξέρουμε κι εκείνες αναζητούν από μας λίγη ζεστούλα, λίγο φως. Δεν ήθελα να σου το γράψω αλλά μάνα σου είμαι: καμιά φορά πετιέμαι τη νύχτα στο κρεβάτι το νυφιάτικο της θείας που κοιμάμαι και νομίζω που από δίπλα μου κοιμάται ο Παντελής. Αφού σου λέω μια μέρα τον ακούμπησα και ήταν αυτός, ζεστός, και δεν τρόμαξα.

Μη με πάρεις για τρελή, αλήθεια σου λέω, όταν μια μέρα διαβάσεις αυτά τα γράμματα θα δεις ότι οι ψυχές και οι ζωντανοί είναι όλοι ένα, ζούμε μέσα στον ίδιο κόσμο. Γι' αυτό και τώρα πλαγιάζω και αφήνω μια θέση πάντα δίπλα μου.

Ύστερα κλείνει το τετράδιο και περνάει τα δάχτυλα στα μάτια της. Δεν έχει δακρύσει αλλά είναι μια χειρονομία από συνήθεια, είναι σαν τα κεριά και τα σταυροκοπήματα όλες οι χειρονομίες της. Η ζωή με το θέατρο και το σινεμά σάμπως πόσο διαφέρουν; Ο ένας κλέβει ιδέες και ιστορίες από τον άλλον. Κι αυτό το σίριαλ με τα νιάτα, που γράφει ο γιος της, κατά βάθος δεν είναι σαν τα δικά του φοιτητικά, δύο δεκαετίες πριν; Τι άλλαξε μήπως; Λίγο η εποχή, αλλά τα παιδιά είναι παιδιά, ο νέος είναι έτσι, πάντα ανήσυχος. Διαβάζει εκείνη καλά όσα βλέπει, μαντεύει από πού εμπνέεται ο γιος της. Μακάρι να συνεχίσει. Του ζήτησαν και άλλα επεισόδια αλλά με λιγότερα λεφτά. Ναι, να το κάνει, ας το κάνει.

Όμως πάλι κάτι φωνάζει μέσα η Πηνελόπη, γρυλίζει, ένα κουβάρι έγινε αλλά το πείσμα δεν αφήνει την ψυχή της να χαλαρώσει. Κανείς δε θέλει να φύγει. Μόνο για ταξίδια θέλουμε να φύγουμε. Αχ, ας πήγαινε κι αυτή ένα ταξίδι, πάρε με μαζί σου σε ένα ταξίδι, με τρένο ή με φορτηγό, με κάτι τέλος πάντων, να βλέπω δρόμους, ανθρώπους, να βλέπω χωριά και πόλεις, δέντρα και λίμνες, ποτάμια και θάλασσες να τρέχουν όλα γύρω μου – σκάσε, παλιόγρια, μ' έσκασες, κακό ψόφο να έχεις (συχώρα με, Θεέ μου, αύριο στον Άγιο Αρτέμη διπλό κεράκι θα σου ανάψω).

Α, πάει καιρός, γιε μου, που έχω να σου γράψω, πού να προλάβω με τόσα τρεχάματα που έχω. Η γριά σαν να αναστήθηκε πάλι, άρχισε να σηκώνεται μέσα στο σπίτι, να ψάχνει στα σκρίνια και στις ντουλάπες, κάπου εδώ είχα βαλμένα χρήματα, κάπου εκεί είχα βάλει ένα χιλιάρικο, μήπως το είδες, και τέτοια για να με ζαλίζει. Άρχισε να ζητάει φαγητά που την πειράζουν, θέλω ραδίκια, τρέχω εγώ στην αγορά, παίρνω, της τα βράζω, ξέρεις εγώ δεν τρώω καθόλου χόρτα γιατί τα φοβάμαι, δεν ξέρεις από πού τα μάζεψαν, άσε που ανάμεσα ξεφεύγει και το τρελόχορτο, όποιος το φάει τα χάνει και λέει για ώρες βλακείες, φυσικά αν φάει πολύ παθαίνει τα χειρότερα, είχαμε στο χωριό κόσμο που πάθαινε τέτοια, της έβρασα λοιπόν και την έπιασε κόψιμο και το τράβηξα πάλι το ξεσκάτωμα.

Δε θέλω να σου τα λέω, έρχεσαι λίγο, πάμε μια βόλτα, ας λέμε τα δικά μας, τα πιο προσωπικά, εσύ είσαι καλλιτέχνης, σεναριογράφος, δεν πρέπει να σε ζαλίζω με τα δικά μας. Το είπα στον περιπτερά που με συμπαθάει, ο γιος μου είναι έτσι κι έτσι και μου λέει λεφτά να βγάζει, άμα βγάζεις λεφτά είσαι ο καλύτερος και σε σέβονται όλοι.

Σ' το λέω γιατί υποψιάζομαι ότι δεν ευχαριστιέσαι με όσα κάνεις στην τηλεόραση και ότι θα ήθελες κάτι άλλο, ανώτερο. Τι όμως; Δάσκαλος έκανες στην ξενιτιά, αν ήθελες να μπεις στο Δημόσιο ας έκανες τα χαρτιά σου. Αν ήθελες πιο ψηλά, καθηγητής στο πανεπιστήμιο, ας το πάλευες. Μου φαίνεται ότι ώρες ώρες κι εσύ σαν και μένα δεν ξέρεις τι θέλεις, βάζεις δύσκολα στον εαυτό σου ενώ η ζωή είναι μπρος και κυλάει σαν ποτάμι, Έβρος ίδιος, δεν πρέπει να την αφήνουμε να φεύγει γιατί δε θα τη βρούμε στο ίδιο μέρος.

Εγώ βλέπω με τα ταπεινά μου μάτια ότι αλλάζει η Ελλάδα, πέφτει χρήμα, ανοίγουν δουλειές, είδα κι εκείνη την κυρία Γιάννα να πετάγεται ψηλά που πήραμε τους Ολυμπιακούς και είπα μέσα μου, μπράβο αυτό είναι, μπορεί εμένα να μη μου λέει κάτι ο αθλητισμός αλλά σίγουρα είναι καλό για τη χώρα μας, θα δουλέψει κόσμος λέει, θα γίνουν δρόμοι και μεγάλα έργα, μακάρι να είμαι γερή να προλάβω να χαζέψω κι εγώ (θα μου πεις σε επτά χρόνια από τώρα ποιος ξέρει τι μας φυλάει ο Θεός, αλλά βλέπω και τη θεία από δω που έπιασε τα ογδόντα και ελπίζω).

Εκεί εσύ γιατί δεν ανακατεύεσαι, δε γνωρίζεις κόσμο; Κάτι θα χρειάζονται από αυτά που ξέρεις να κάνεις. Έπειτα οι Ολυμπιακοί Αγώνες δεν είναι σαν τα αρχαία που ξέρεις κι αγαπάς; Αχ, καλό μου αγόρι, έχει πλάκα από αμόρφωτους γονείς να βγει ένα παιδί που να μιλάει αρχαία και ξένες γλώσσες, όμως έτσι ήταν ο πατέρας μου ο Κρητικός, είχε πολλή μόρφωση, στο σπίτι μας είχε όλα τα βιβλία του Καζαντζάκη και τα διάβαζε πολλές φορές ασταμάτητα και μας έλεγε ότι ένας ξάδελφός του τον είχε συναντήσει μια φορά. Όμως γιατί τα άφησα στο πατρικό μου, ποιος ξέρει τι απέγιναν; Κι εμένα μου άρεσε αυτός ο συγγραφέας, φαινόταν σπουδαίος, πολύ μεγάλος για τα δικά μου μέτρα, αλλά εκείνος ο άντρακλας Ζορμπάς που έγινε ταινία ήταν ωραίο βιβλίο, θα ήθελα να το ξαναδιαβάσω. Γιατί να μη γίνει μια άλλη ταινία που θα γράψεις εσύ και να σε ξέρουν σε όλο τον κόσμο; Μη με κοροϊδεύεις με τα όνειρά μου. Έτσι δένουν όμως όλα, αρχαία, νέα, ολυμπιακά. Κάτι αντιλαμβάνομαι κι εγώ αλλά μου φαίνεται ότι είναι αργά, είμαι πια έξω απ' όλα.

Δε βάζει ποτέ ημερομηνίες στα γράμματα αλλά τα κρατάει με μια δική της σειρά, «γράμμα 1, 2» κτλ. Γράφει με μολύβι, το ξύνει με μία ξύστρα που αγόρασε στο χαρτοπωλείο της γειτονιάς μαζί με τα φάκελα, το μολύβι έχει και ένα μικρό σβηστήρι στην κορυφή, όμως εκείνο δεν το χρησιμοποιεί, ό,τι έγραψε έγραψε, δεν είναι μαθήτρια για να διορθώσει τα λάθη της ούτε και τα λόγια της. Εδώ μέσα γράφει όσα νιώθει και ίσως δε θα μπορούσε να τα πει. Αυτό το γράψιμο την τονώνει κάπως, όπως και κάθε συζήτηση με την Ντίνα, που την αφήνει να μιλάει για τον εαυτό της και τα μέσα της. Μετράει πολύ να λες ό,τι αισθάνεσαι και να μην το πνίγεις. Φοβάται ότι κάτι ακόμη έχει αφήσει στην άκρη του μέσα της, απροσδιόριστο, εκείνο άραγε πότε και πώς θα το εκφράσει;

Η μέρα της θα κυλήσει καλά, η Πηνελόπη δεν έχει αντίρρηση να πάει την καθιερωμένη της βόλτα, κάθε Κυριακή απόγευμα, και τώρα πια έφτασε!

Έφτασε με το καινούργιο τους το αυτοκίνητο. Με λίγα λεφτά και κατευθείαν μπήκανε μέσα. Με το κλειδί στο χέρι. Ο Μανόλης όλα τα καταφέρνει τελικά, αγχώνεται πώς και τι, αλλά δεν της χαλάει χατίρι – άσε που κι εκείνος αισθάνεται ότι το χρειαζόταν.

«Πού θέλει να πάμε το κορίτσι μου» γελάει, «Επιτέλους γέλα, βρε. Άντε από δω. Όλο μούτρα είμαστε και ενοχές, ας περάσουμε καλά. Θέλω να με πας εκεί που ήταν η ταινία *Τα κόκκινα φανάρια*».

Εκείνος την κοιτάζει αποσβολωμένος. «Μα ήταν στούντιο, μάνα».

«Ήταν δεν ήταν, Τρούμπα τη λέγανε. Προχθές στην τηλεόραση είδα σε ένα ντοκιμαντέρ ότι ακόμη υπάρχει, μίλησε και μια γριά που τα έζησε, αχ, αν την έβλεπες... Πάμε να το βρούμε, Πειραιά δεν πάμε καθόλου».

Ο Μανόλης την κοιτάζει λοξά, το μαλλί το φουσκωμένο, τα τακούνια τα πιο ψηλά, βάφτηκε αρκετά – πάλι καλά, λίγους μήνες πριν ήταν τόσο ατημέλητη αλλά κι αυτή η έκρηξη ευδιαθεσίας επίσης είναι ανησυχητική.

Λίγο πριν δύσει ο ήλιος, βγαίνουν στη Συγγρού, εκείνος βάζει ελληνική μουσική, εκείνη προσπαθεί να ρουφήξει με τα μάτια της κάθε τοπίο τριγύρω, να και η θάλασσα, να και ο Πειραιάς, πνιγμένος στα κτίρια κι αυτός, μα τι πάθανε και τα κολλήσανε όλα έτσι; Γιατί δε φέρνουν λίγο άδειο από τη Θράκη κατά δω;

Προσπερνάνε το Δημοτικό Θέατρο, που την εντυπωσιάζει σαν ξεπεσμένο ανάκτορο. Ο Μανόλης χάνεται σε κάτι στενά, ρωτάει κάποιον περιπτερά για την Τρούμπα κι εκείνος σκύβει να δει την κυρία που έχει στο πλάι του. Εκείνη θυμάται «Και η *Λόλα* εδώ γυρίστηκε και το *Ποτέ την Κυριακή*, τα είχα δει όλα εκείνα τα έργα τότε, κατεβαίναμε Αλεξανδρούπολη και Θεσσαλονίκη, στη θεία του Αναστάση». (Μπα, θυμήθηκε ότι είχε και έχει έναν σύζυγο ακόμη;)

Όμως τώρα τι να δει; Κλειστά μαγαζιά, λίγα μπαρ με μισάνοιχτες πόρτες, θλιμμένα, άπλυτα πεζοδρόμια, σκουπίδια στις άκρες, δύο σινεμά πορνό, το ένα μισοερειπωμένο. Έκαναν δυο γύρες ακόμη, ξενοδοχεία παλιά και καινούργια, ναυτιλιακές εταιρείες.

«Αυτά απόμειναν, Μαργαρίτα μου».

«Έμειναν όμως οι ταινίες και οι ωραίες γυναίκες».

«Απορώ πώς σου αρέσουν τόσο πολύ αυτές οι απεγνωσμένες ηρωίδες».

«Είναι αληθινές γυναίκες, βγαλμένες απ' τη ζωή, γιε μου, αγάπησαν και πόνεσαν».

Ο γιος σφίγγει λιγάκι τα δόντια. «Θέλεις να μείνουμε κι άλλο;»

Θέλει να κατεβεί και να περπατήσει λίγα μέτρα.

Ο Μανόλης, αμήχανος, τη βλέπει να ανοίγει την πόρτα, να βγάζει προσεκτικά το πρώτο πόδι, τονίζοντας τη γάμπα της λες και απέναντι, στη σκοτεινή στοά, κάποιος την προσέχει, μετά και το άλλο πόδι, να ορθώνεται, να στήνεται κινηματογραφικά, να κοιτάζει γύρω της και να προχωράει αργά αργά.

Η επόμενη στοά έχει στο βάθος ένα καφέ που είναι ανοιχτό, σαν καντίνα μισοφωτισμένο, γράφει *ΣΥΝΑΝΤΗΣΗ*, μια ξεθωριασμένη ταμπέλα.

«Ψάχνετε κάτι;» ρωτάει ένας εύσωμος κύριος σκύβοντας, ενώ μια παράξενη φιγούρα σαν γέρος ή γριά πλησιάζει να τη δει. Ο Μανόλης προλαβαίνει να την παρασύρει πίσω, «Τίποτε, καλό βράδυ!».

Κάτι θυμίζουν όλα αυτά και στους δύο, κάτι από Θεσσαλονίκη, παραχωμένα, ξεχασμένα.

«Έλα» της λέει «πάμε να φύγουμε, το κάναμε το προσκύνημα».

Θυμάται ότι πριν από βδομάδες τον είχαν πάει σε μια ταβέρνα στη Δραπετσώνα, ευκαιρία είναι, μια ευθεία από εδώ. Περνάνε και πάλι το λιμάνι, τις προβλήτες, τα καράβια με αναμμένες τις μηχανές και τα φώτα, έτοιμα για αναχώρηση, την είσοδο του ΗΣΑΠ, και στρίβουν λίγο παραπάνω στις ταβέρνες της Δραπετσώνας. Εκείνη είναι πολύ ευχαριστημένη με τη βόλτα και τον γιο της και το καινούργιο τους το αυτοκίνητο. Λες να πάνε όλα καλύτερα στο εξής;

Τρώνε κεμπάπ και –πράγμα παράξενο– δεν το απορρίπτει η Μαργαρίτα, πίνουν και ένα χύμα κρασάκι, ο Μανόλης πίνει λιγότερο, στο βάθος φαίνονται οι γερανοί του λιμανιού, η υγρασία καταπίνει το τοπίο καθώς φεύγει άλλο ένα καλοκαίρι.

«Τι σκέφτεσαι, μάνα;»

«Σκέφτομαι τη γριά που είναι μόνη της, σκέφτομαι εκείνη τη γριά στη στοά, παλιά θα έκανε εδώ τις βόλτες της και τώρα αράζει σαν αρκούδα τον χειμώνα, κυριακάτικα. Αμάν, βρε γιε μου, τι ζωές έχουν οι άνθρωποι, κι εμείς κι αυτοί και όλοι μας. Τυχερός εσύ που τις γράφεις».

«Τυχεροί κι όσοι τις ζούνε».

Ο Μανόλης βούτηξε λίγο ψωμί μέσα στο λάδι της σαλάτας. Είχε πάρει χόρτα βραστά.

«Να προσέχεις τα χόρτα» λέει εκείνη.

«Γιατί, είναι τρελόχορτο;» χασκογελάει αυτός.

«Και πού ξέρεις εσύ για το τρελόχορτο, εγώ σου το είπα;» ρωτάει αυτή υποψιασμένη.

Ο γιος δεν ξέρει ή δε θυμάται να απαντήσει.

Όπως είχα σβηστή την τηλεόραση είδα τον Άκη Πάνου, τον είχανε συλλάβει. Τρέχω ανοίγω τον ήχο, ξυπνάει η γριά. Τι έγινε, περίμενε, της λέω. Τον πιάσανε γιατί σκότωσε τον φίλο της κόρης του στην Ξάνθη. Δε θα σου τα πω από κοντά αυτά, νιώθεις γιατί, όμως εμένα με κατατάραξε: τέτοιος μουσικός πώς θόλωσε, τι ήπιε, τι πήρε και αντί να μιλήσει με τον φίλο του κοριτσιού τον «καθάρισε», τι άσχημη λέξη!!

«Καθάρισε», το έλεγε κι ο Παντελής και τον παρακαλούσα να μην τη χρησιμοποιεί, του έλεγα, εντάξει, πίνεις αλλά λόγια άσχημα και μεθυσμένα μη βγάζεις, θα είσαι πιο σεβαστικός. Αν ζούσε τώρα και έβλεπε τον Άκη, θα ταραζόταν. Κακώς πέταξα εκείνες τις κασέτες, όμως θα ψάξω κάπου αλλού να βρω τα τραγούδια του να τα παίζεις καμιά φορά στο αυτοκίνητο.

Για φαντάσου τι μπορεί να πάθει ο άνθρωπος όσο κι αν είναι γνωστός και έχει φάει τη ζωή με το κουτάλι. Και τώρα θα τον στείλουν μέσα. Μια για πάντα. Τρέμω εκείνο το κλείσιμο σε ένα κελί, νομίζω ότι δε θα μπορούσα ούτε μια νύχτα να ζήσω. Ο Θεός να μας φυλάει, Μανόλη μου, όμως άνθρωποι είμαστε, για όλα είμαστε ικανοί, έτσι δεν είναι; Η γριά ούτε που καταλαβαίνει ποιος έκανε τι, έμεινε πίσω μισόν αιώνα, άλλο πια τούτο με τα γηρατειά, να μη θέλεις να αφουγκράζεσαι την εποχή σου. Της εξηγώ με δυο λόγια. Σιγά να μην την ένοιαξε, με ρώτησε μόνο τι θα φάει, θέλει μια σούπα για να τη βγάλει μετά, επίτηδες, πάνω μου. Με φτύνει πολλές φορές και με πλήρες γεύμα. Με εκβιάζει κι αυτή αλλά κι εγώ δεν πάω πίσω.

Αυτό να ξέρεις είναι το τίμημα που κλείστηκα εδώ μέσα αλλά κάνω υπομονή γιατί τώρα πια ξέρω ότι θα κάνω τη βόλτα μου, θα πάω στην ΕΒΓΑ, στο καφενεδάκι, θα βγω και στη λαϊκή, ανακάλυψα και ένα παζάρι Ρωσοπόντιων, θα πάω ξανά σε κομμωτήριο, είναι εδώ δίπλα ένας Αποστόλης, λίγο ακριβός αλλά έρχονται μέχρι και μοντέλα, είδα προχθές μια μαύρη ίσα με δύο μέτρα, τρεις ώρες την πασπάτευαν για να είναι έτοιμη για φωτογράφιση. Φυσικά ο Αποστόλης δε θα με είχε πελάτισσα αν δε με πήγαινε εκεί η Ντίνα. Ακριβός, δε λέω, αλλά ποια είναι τα έξοδά μου, γιε μου; Ας χαρώ κι εγώ. Καλύτερα ήταν που με έβλεπες με εκείνες τις αχτένιστες τούφες; Εσύ δε μου 'λεγες μάνα να φροντίσεις πάλι τον εαυτό σου;

Σου κλείνω εδώ το γράμμα, πο πο, είμαι απαρηγόρητη για τον Άκη Πάνου. Καλά που δε ζει ο συχωρεμένος. Απόψε αν κάνει να φανεί στο κρεβάτι μου θα του το πω με τρόπο μην και τρομάξει. Αλλά τρομάζουν οι νεκροί; Μην τάχα και ζωντανεύουν;

ΒΛΕΠΕΙ ΤΟΝ ΓΙΟ ΤΗΣ σε μια φωτογραφία, «*ο σεναριογράφος που κατέκτησε την Αθήνα*». Το περιοδικό είναι γεμάτο εικόνες με μισόγυμνα κορίτσια, ζευγάρια που φιλιούνται κοιτάζοντας στραβά τον φακό, πάρτι από τη Μύκονο, συμμορίες που ληστεύουν βίλες, ποιανού είναι το παιδί μιας εγκύου παρουσιάστριας, μπούτια, στήθη, πόδια, κεφάλια, βυζιά, μαλλιά ξανθά ξυσμένα, και μέσα σ' όλα κι ο γιος της, ακουμπάει φιλικά στον ώμο του φίλου του Κώστα στο μαγαζί –«*που ανανεώνει την κοσμική σκηνή*»– και χαμογελάει.

«*Ο φιλόλογος που γύρισε από τη Σουηδία*» συνεχίζει η ανώνυμη δημοσιογράφος και καταλήγει ότι ο Μανόλης Κυρτσής συζητάει για μια μεγάλη παραγωγή, μια ταινία που θα γράψει το σενάριο και θα σκηνοθετήσει ο Μίλτος Πεχλιβανίδης.

Μπα, δεν τον ξέρει αυτόν, όλο και από κάπου ξέρει τους φίλους του γιου της, αυτός ο Πεχλιβανίδης καινούργια γνωριμία θα είναι. Άξιο παιδί, αφήνει το περιοδικό, κοιτάζει γύρω της στο κομμωτήριο αν υπάρχει καμιά διαθέσιμη για τους δείξει τη φωτογραφία και να παινευτεί. Όλες είναι πλακωμένες κάτω από κάσκες, έχουν κλειστά τα μάτια, άλλες ξεφυλλίζουν αδιάφορα ή με ενδιαφέρον γυναικεία περιοδικά και περιοδικά με τ' άστρα. Ο Αποστόλης τής έχει πει ότι του βγαίνουν τα άστρα, εδώ είναι όλα επιστημονικά –της δείχνει το περιοδικό–, χρηματιστές και ασφαλιστές εμπιστεύονται αυτή την αστρολόγο. Αν θέλει η κυρία Πόπη Καλοτύχου –έχει και την κάρτα της–, βέβαια δύσκολα κλείνεις ένα ραντεβού στη Γλυφάδα, όπου δέχεται, αλλά καμιά φορά η τύχη φέρνει τύχη.

Η Μαργαρίτα παίρνει την κάρτα και βγαίνει έξω στον δρόμο. Την περιλούζει ένα λαμπρό φως, δεν τα πάει καλά με τα κομμωτήρια, μικρούλα κάτω από τις κάσκες πάθαινε πανικό και λιγοθυμούσε, με τις βαφές τής ερχόταν και εμετός, μια φορά η μάνα της αρρώστησε από την αμμωνία.

Κρύβει στην τσάντα της την κάρτα της αστρολόγου, μπαίνει στο σούπερ μάρκετ και ψωνίζει τυριά και γιαούρτια. Πώς θα ήταν αν έβλεπε σε μια τέτοια φωτογραφία τον εαυτό της έτσι καλοχτενισμένη, καλοντυμένη, να ακουμπάει στον ώμο μιας σωστής κυρίας, της κυρίας Ντενίση, που επίσης πολύ εκτιμάει για το έργο, τον χαρακτήρα και την κομψότητά της! Και μετά η Νόνικα Γαληνέα, που είναι κοντά στην ηλικία της, άντε να είναι κάνα δύο χρόνια μικρότερη.

Παρακάλεσε τις προάλλες τον Μανόλη να την πάει να τις δει σε κάποιο θέατρο κι εκείνος την πρόσβαλε λιγάκι. «Θέλεις να δεις τις πρωταγωνίστριες ή το έργο; Γιατί, αν θέλεις να δεις εκείνες, μπορώ και να βρω μια άκρη να συναντηθείτε. Ξέρω κόσμο που τις γνωρίζει πια». Και προσβολή και περηφάνια. Για φαντάσου με τι ευκολία ο Μανολάκης μιλάει για τις μεγάλες της ηρωίδες. Ε λοιπόν, θέλει να τις δει και στο θέατρο και από κοντά. Στα καμαρίνια δεν πάνε μετά; του είχε πει με νόημα.

Αγγίζει το λακαρισμένο μαλλί της ενώ πληρώνει στο ταμείο, το κορίτσι την κοιτάζει κάπως περίεργα και εκείνη καμαρώνει. Μάλλον αναγνωρίζουν πάνω της την αξία της, τον γιο της, την έχουν δει στη φωτογραφία του περιοδικού που την αγκαλιάζει η Μιμή από τον ώμο.

Φεύγει χαμογελαστή πάνω στα κατακόκκινα τακούνια της. Μια σειρήνα ουρλιάζει στον δρόμο, έχουν μπλοκάρει τα αυτοκίνητα. Κάποιοι βρίζουν, κάποιοι ρωτάνε ποιος επίσημος πάλι περνάει, «να πάνε να γαμηθούνε όλοι τους».

«Να πάνε αν θέλουν» λέει ευχαριστημένη η Μαργαρίτα και μπαίνει στο σπίτι της.

Μου είπες, γιε μου, ότι δε θα γίνει τελικά η ταινία, είπαν στο Κέντρο Κινηματογράφου αυτός κάνει τηλεόραση, τι δουλειά έχει στα πόδια μας; Χαίρομαι που μου μιλάς για τα επαγγελματικά σου, έχω εγώ ένστικτο και καταλαβαίνω, πάντως από την ταινία λεφτά δε θα έβγαζες και θα σε κουράζανε. Κάθε εμπόδιο για καλό πάντως, έχεις εσύ ταλέντο για να κάνεις τα καλύτερα. Μην το βάζεις κάτω. Το διάβασα και στα άστρα αλλά δε σ' το λέω, ότι μέχρι τέλους του χρόνου θα γίνουν μεγάλες αλλαγές στη ζωή μας κι ας μην τα πιστεύεις αυτά. Θυμήσου το (όμως πώς να το θυμηθείς με τα κρυμμένα μου γράμματα, να θυμηθώ εγώ να σου το πω από κοντά).

Μια και τα λέμε όλα, έχω ακόμη κάτι πικάντικο να σου πω: Ξέρεις ότι όλον αυτό τον καιρό δεν έχω σηκώσει μάτι να δω άντρα. Δε με νοιάζει, είμαι σχεδόν εξήντα, μεγάλη πια, καλοστεκούμενη όμως, το λένε και οι φίλοι σου. Είναι ένας κύριος που κάθεται στο γωνιακό καφενείο, νέος κι αυτός, κοντά στα χρόνια μου, και κάθε φορά που περνάω με ψώνια με κοιτάει με θαυμασμό και προχθές μού λέει καλημέρα. Κοντοστάθηκα, είχε και μια παρέα παραδίπλα, δε θέλω να γίνομαι στόχος στο Παγκράτι.

Αυτός σηκώθηκε ευγενικά και μου είπε «Δε σας ξέρω,

αλλά έχω την αίσθηση ότι κάπου σας έχω ξαναδεί». Του χαμογέλασα, του είπα «Θα τα πούμε μιαν άλλη μέρα αν τυχόν συναντηθούμε. Εγώ πάντως κάθε μέρα στις δώδεκα περνάω από δω». Και έφυγα. Τι να έκανα; Να καθόμουν; Και αν ήταν ένας που ήθελε να κάνει πλάκα; Ύστερα, γιατί του είπα ότι περνάω από εκεί κάθε μέρα αφού δεν είναι αλήθεια. Όμως αύριο θα ξαναπεράσω, έτσι, για να έχω κι εγώ ένα ενδιαφέρον, έναν άνθρωπο να ασχολούμαι. Γιατί αυτή εδώ η αθάνατη θα με σκάσει. Ξαναπήρε μπρος πάλι. Θα ξεστείλει τη μισή Ελλάδα.

Γυρίζει και της λέει «Θεία μου, είδες από τότε που ήρθα, πόσο καλυτέρεψες».

Εκείνη θυμάται ότι μια περίοδο έπεσε πολύ κάτω. «Ναι, πρέπει να το ομολογήσω. Από τότε που σταμάτησα εκείνα τα χάπια και δεν τα παίρνω».

Βρε την αχάριστη, δε λέει ότι τη φροντίζει καλύτερα, μην πει καλή κουβέντα για άνθρωπο.

«Αν είμαι έτσι, μπορεί να βγούμε μια μέρα, Μαργαρίτα, μέχρι εδώ κάτω, θέλω λίγο να σταθώ στη γη. Βαρέθηκα τόσα χρόνια στον δεύτερο όροφο».

«Πολύ ευχαρίστως, θεία μου» και μέσα της σκέφτεται «Αυτό μας έλειπε τώρα, να σε κουβαλάω στη μέση του δρόμου να νομίζουν ότι είμαι η υπηρέτρια».

Ελπίζει να το μετανιώσει η γριά, όμως το κοινό αίμα είναι το ίδιο πεισματάρικο. Τρεις ώρες μετά, την ντύνει, τη στολίζει και την κατεβάζει προσεκτικά από το ασανσέρ. Έξω είναι μια θαμπή φθινοπωρινή μέρα, πάει να ψιχαλίσει αλλά δε ρίχνει τίποτε, κόσμος πάει κι έρχεται στο πεζοδρόμιο, φορτωμένοι με ψώνια. Πού να την πάει;

Η κοντινότερη καφετέρια είναι στην Προσκόπων και στο Άλσος Παγκρατίου. Να την πάει στο καφενείο; Λες;

«Και δεν καθόμαστε εδώ, θεία μου;»

«Εδώ; Εδώ ερχόταν ο συχωρεμένος να παίξει τάβλι με κανέναν φίλο του».

«Έλα, καλέ, ελεύθεροι άνθρωποι είμαστε, δε χρειαζόμαστε γυναικωνίτη».

Την τραβάει μέσα, στο πρώτο άδειο τραπεζάκι, ο ιδιοκτήτης την αναγνωρίζει, «Κυρία Πηνελόπη, τι κάνετε, πόσον καιρό έχω να σας δω. Α, πόσο μου λείπει ο φίλος μου ο Παναγιώτης. Η εκλεκτή κυρία που τη βλέπουμε τακτικά να περνάει ακατάδεχτα απ' έξω;».

«Ανιψιά» λένε αυτές με ένα στόμα, στο οποίο σε λίγο θα φέρνουν το φλιτζανάκι του ελληνικού καφέ.

«Μα τι ευχάριστο καφενείο» σκέφτεται η Μαργαρίτα, που πάντα την ενδιαφέρουν αυτοί οι χώροι. Γύρω της κάνα δυο αντροπαρέες συνταξιούχων. Τέτοια ώρα, τέτοια εποχή, μόνο συνταξιούχος αράζει σε καφενείο. Έπειτα, με το να είσαι ανιψιά μιας γριάς μόνο χρόνια κερδίζεις από την αφαίρεση.

Τα παράθυρα βλέπουν τριγύρω γιατί είναι γωνιακό, στο βάθος ξεχωρίζει ένα πάρκο –πώς τα λένε–, όλα έχουν δύσκολα ονόματα στην Αθήνα, λες και είμαστε στη Γερμανία.

«Είδες, καλή μου θεία, τι όμορφα περνάμε; Σαν να πέρασαν τα δύσκολα».

Εκείνη πίνει τον καφέ της και ζητάει λίγο γλυκό του κουταλιού. Ο κύριος Σάμης, όπως συστήθηκε, «έχει λίγο», δε συνηθίζουν εδώ από αυτά.

«Α, κύριε Σάμη» λέει η Μαργαρίτα «θα σας φέρω

εγώ ένα βάζο περγαμόντο δώρο και όποιος το δοκιμάζει θα σας συγχαίρει».

«Εσάς θα συγχαίρει» λέει αυτός χαμογελώντας.

Εκείνη τη στιγμή εμφανίζεται ο γνωστός κύριος της Μαργαρίτας. «Κερασμένα στις κυρίες. Τιμή μας να έρχονται στο καφενείο μας».

Η Μαργαρίτα βλέπει τον ψηλότερο άντρα της ζωής της. Όταν περνούσε από δίπλα του, βλέποντάς τον καθισμένο, δε φανταζόταν ότι θα είχε τέτοιο ανάστημα. Ο Σάμης συστήνει τις κυρίες στον Μίμη. Πόσω τον κόβει; Όχι πάνω από εξήντα, και βέβαια δεν είναι, αφού εκείνος θρονιάζεται δίπλα τους και τους λέει ότι είναι απόστρατος που το ΠΑΣΟΚ τού ανέκοψε την καριέρα μια μέρα πριν από τη σύνοδο του ΝΑΤΟ κι ενώ γυάλιζε τα κουμπιά της στολής του.

Αυτό είναι ένα θέμα, σκέφτεται η Μαργαρίτα. Όχι η καριέρα αλλά ότι ο κύριος είναι μάλλον δεξιούλης, μα και το νατοϊκός καλό είναι; Δεν τη νοιάζει και πολύ όμως, της φαίνεται μια χαρά. Θα τολμήσει να ρωτήσει, οικογένεια, παιδιά; Λίγο κάρφωμα.

«Ναι, χωρισμένος, με εγγόνια».

«Α, τόσο νέος!»

«Μην το λέτε» χαμογελάει αυτός. «Είμαι πενήντα οκτώ».

Η Μαργαρίτα ξεροκαταπίνει. Πρέπει να φύγουν, να τα πούνε μια άλλη φορά, με το περγαμόντο, δίνουν και τα χέρια, προσέχει ότι δε φορά βέρα. Η Πηνελόπη βαραίνει ξαφνικά και με δυσκολία τη φέρνει στα δέκα μέτρα πιο πίσω, στην είσοδο της πολυκατοικίας.

«Σου άρεσε, θεία;»

«Ποιος, ο αξιωματικός; Κι άλλον να φορτωθώ;»

«Καλέ, που βγήκαμε πρώτη φορά οι δυο μας. Τρία χρόνια δε σε είδε φως έξω».

Της άρεσε; Δεν ξέρει. Ήθελε να δει όμως πώς είναι έξω η ζωή. Άραγε πώς να είναι η ζωή όταν είσαι τόσο μακριά από τις χαρές της;

Σιγά μη δεν τη δηλητηρίαζε η Πηνελόπη πάντως. «Άκου, Μάργκαρετ, άκου να δεις. Όχι πολλά πολλά με τον αξιωματικό. Τους ξέρω καλά αυτούς από μικρή. Ξεγελάνε τις γυναίκες. Δε σου χρειάζεται να ντανтεύεις το υπόλοιπο της ζωής σου έναν άντρα, όπως έκανα εγώ με τους ανίκανους δικούς μου. Δε σου φτάνω εγώ, Μάργκαρετ;»

Γιε μου, αυτό το γράμμα το γράφω μέρες μετά απ' όσα έγιναν εδώ. Έλεγα ότι δε θα ξαναπιάσω μολύβι στο χέρι μου, τόσο μπερδεμένα ήταν όλα μέσα μου. Βέβαια κι εσύ με βοήθησες πολύ, δε λέω, αλλά ήταν τόσο ξαφνικό. Ύστερα μου λέει μην πιστεύεις στα άστρα και στα ζώδια. Το λέγανε όμως, μέχρι να τελειώσει η χρονιά κάτι συνταρακτικό θα συμβεί που θα ανατρέψει την καθημερινότητά σας.

Η χρονιά κοντεύει και μαζί της πήρε τη θεία μας. Αισθάνομαι όμως μεγάλη χαρά (μαζί με τη λύπη εννοείται, μπορεί να θύμωνα μαζί της αλλά ήταν άνθρωπός μου), γιατί πρόλαβε να βγει μια βόλτα, ποιος να το φανταζόταν ότι εκείνη η μέρα που το ζήτησε θα ήταν η τελευταία της.

Γυρίσαμε, ξάπλωσε και το πρωί τη βρήκα έτσι απλά να έχει φύγει, με το ένα χέρι πεσμένο από δίπλα. Πάγωσα, είχα δει κι άλλον πεθαμένο αλλά αυτή τη φορά ήταν τόσο κοντά μου, λες και ήταν ακόμη ζεστή. Δεν έβγαλε άχνα, μια ζωή γκρίνιαζε και μου ζητούσε παράλογα πράγματα και την τελευταία της πνοή ήθελε να τη βγάλει μόνη της. Τι ιερή στιγμή. Αχ, τι μου θύμιζε, τι κλάμα έριξα πάνω της και γι' αυτήν και για εκείνον και για μένα για όλους. Τον έβλεπα στη θέση της τον Παντελή, δεν μπόρεσα να τον θρηνήσω όπως έπρεπε, δε μ' άφησαν να πλησιάσω, και έτσι βρήκα κι εγώ την ευκαιρία να ξεσπάσω.

Έτρεξες, να είσαι καλά, όλον εκείνο τον λαβύρινθο που λέγεται κηδεία τον άντεξες μέχρι τέλους. Καλά να 'ναι και τα γραφεία που σου ζητάνε τα μαλλιά της κεφαλής σου αλλά εσύ ήθελες κατευθείαν στο Πρώτο Νεκροταφείο. Ένας έμπαινε ένας έβγαινε εκεί μέσα. Και το καφεδάκι μας τρία τραπέζια όλα κι όλα. Τα γαϊδούρια τα ανίψια της δεν ήρθαν, ήξεραν τη διαθήκη και έστριψαν, σου λέει άσε τους άλλους να τα βρούνε τώρα. Ξέρεις τι κατάλαβα εκεί στην κηδεία; Ποιους έχουμε φίλους στην Αθήνα. Την Ντίνα, την παρέα από την Πλάκα, συμπαθέστατα παιδιά, θέλω να μαγειρέψω και να 'ρθούνε, τον Σάμη και τον Μίμη. Ναι, αυτοί είναι γνώριμοι της γειτονιάς και της θείας, μην το πάρεις αλλιώς. Ξέρω, γιε μου, ότι από δω και πέρα θα αλλάξουν πολλά στη ζωή μας και πρέπει να βγούμε και να τα συζητήσουμε. Θα κάνω ό,τι περνάει απ' το χέρι μου να μη σου είμαι βάρος. Θα κανονίσουμε τα πάντα μαζί και θα δούμε. Για μένα μην ανησυχείς, ξέρω εγώ να βρίσκω τον δρόμο μου.

Τρεις μέρες μετά χτύπησε το τηλέφωνό της και ήταν ο ανιψιός. «Τα καταφέρατε» είπε. «Τα πήρατε όλα».

«Τέσσερα χρόνια ήμουν δούλα της» πρόλαβε να πει.

«Μια χαρά τα σχεδιάσατε μάνα και γιος» είπε ο φλώρος ανιψιός του άντρα της θείας της, το ξένο αίμα.

«Κι εσείς την τιμήσατε, είδα πόσο. Άντε να χαθείς» του είπε.

«Κανονικά, νεκροψία έπρεπε να της κάνουν».

«Εσένα να κάνουν, παλιοτόμαρο, μη σε καταραστώ!»

Έκλεισε με δύναμη το τηλέφωνο και συνέχισε να σηκώνει ρούχα και υφάσματα. Ακούς εκεί! Ξέντυσε άλλον έναν καναπέ. Μερικά υφάσματα λες και ήταν πενήντα χρονών, τα έπιπλα, ναι, κάποια ήταν ακόμη παλιότερα, ειδικά οι κλάρες στα ντιβάνια, τα ριχτάρια, οι ξεφτισμένες μπερζέρες.

Αυτό είναι γηρατειά, το σπίτι που γερνάει μαζί με τους ανθρώπους. Που θα μου πει ο λελές... Ξέρεις εσύ από δουλειές, από μαγαζιά, από ξενιτιές, έφαγα το μεδούλι μου να δουλεύω όρθια, άρχισαν να μπλαβίζουν οι γάμπες μου από τις φλεβίτιδες. Και θα μου πεις εσύ ο βουτυρομπεμπές ότι τη φάγαμε τη γριούλα, τη θείτσα μου.

Άρπαξε τα μαξιλάρια. Ακόμη και τα κεντητά. Σκέφτηκε πόσα να κρατούσε ή να τα πετούσε. Όσο ακόμη θα ζούσε εδώ μέσα –δεν ήξερε ούτε ήθελε ακόμη να αποφασίσει– έπρεπε επειγόντως να αλλάξει τα παλιά. Καλύτερα ένα μισοάδειο σπίτι παρά ένα μισοπεθαμένο. Να μιλήσει και με τον Μανόλη, κουράστηκε ψυχικά το παιδί της, άσε που τον έχουν στριμώξει με τις δουλειές του τελευταία.

Για ένα είναι σίγουρη, ότι, όσο και να της το πρότεινε να έμεναν μαζί, δε θα το έκανε. Ο καθένας πρέπει να βρει τον δρόμο του, γι' αυτό και τον πήρανε τόσο μακρινό από τον Βορρά. Μοιράστηκαν έναν τραγικό άνθρωπο, είδαν την κακή του τύχη και ξέφυγαν από εκεί.

Ξεφύγαμε.

Βγάζει στο μπαλκόνι τις κουβέρτες, θα πεταχτούν όλες. Σεντόνια, τίποτε δε θα μείνει. Θα πάει και θα τα αγοράσει όλα από την αρχή. Παναγιά μου, τι σκοτεινές ντουλάπες είναι αυτές εδώ μέσα, έχει να τις δει ήλιος από τον προηγούμενο αιώνα. Να και τα ταγέρ της θείας.

Ναφθαλίνη ακόμη μυρίζουν, τα συντηρούσε σαν μούμιες. Να και ένα μεταξωτό φόρεμα, αυτό πότε πρέπει να το είχε πρωτοφορέσει, το '50; Πρέπει να ήταν πολύ κομψή η Πηνελόπη, τους κατάφερε τρεις άντρες και μετά περίμενε τον τελευταίο, τον πιο άσχημο, να του παραδοθεί.

Ανοίγει ένα ντουλάπι γεμάτο παπούτσια. Αυτά κι αν δεν είναι για μουσείο. Δοκιμάζει ένα ζευγάρι, μπα, έχουνε το ίδιο πόδι. Είδες το αίμα που λέγαμε; Όμως κι αυτό; Να πεθάνεις και να μην έχεις σόι να ανάψει ένα κεράκι, να σε βρίσκει ή να το μάθει; Εκεί στην Κρήτη πρέπει να υπήρχαν πολλοί συγγενείς, εκεί είναι τα μεγάλα οικογενειακά δέντρα, δάση ολόκληρα, αλλά η Πηνελόπη, σαν τον αδελφό της, προτίμησε να ξεριζωθεί, να είναι μια αγριάδα στο δάσος. Σ' αυτό τους έμοιαζε κι εκείνη και κανένας δε θα μάθαινε τους λόγους, αυτά είναι σαν αρχαία μυστικά που τα παίρνουν μαζί τους όσοι φεύγουν. Εκατομμύρια χαμένα μικρά μυστικά.

Ανοίγει προσεκτικά κάθε συρτάρι και ξεδιπλώνει κάθε πετσέτα ή διπλωμένο ρούχο. Μέχρι στιγμής έχει βρει αρκετά χαρτονομίσματα σκορπισμένα και ξεχασμένα. Ευτυχώς που δεν άλλαξε η δραχμή, λένε ότι μπορεί να το πάθουμε κι αυτό σε κάνα δυο χρόνια, και μετά άντε να τρέχεις να βρεις άκρη. Καμιά λίρα δεν μπορούσε να κρύψει η γριά;

Βγάζει κάποια κάδρα και από πίσω τους απομένει ένα βαθύ αποτύπωμα, η μαυρίλα της πόλης, σχεδίασαν τον δικό της περίγυρο. Άσχημα, παλιά κάδρα έχουν ρουφήξει όλη τη βρόμα του χρόνου. Πέταμα κι αυτά, ο γιος της πάντως έχει πει ότι δεν είναι αξίας, δε θα προλάβει να τα κατεβάσει στη γωνία, στα σκουπίδια, όλο και κάποιος θα τ' αρπάξει και μετά θα τα δει μια μέρα εκεί στο Μοναστηράκι να τα αγοράζουν με λατρεία κάποιοι άλλοι. Κύκλος μεγάλος η ζωή.

Να βαφεί και το σπίτι ώστε να 'ναι έτοιμο για κάθε ενδεχόμενο. Έχει δουλειά, έχει πολλή δουλειά από δω και πέρα.

Αγαπητό μου αγόρι. Αυτό το γράμμα μπορεί να είναι το τελευταίο που σου γράφω, μην τρομάξεις (αλλά γιατί να τρομάξεις αφού δε θα το διαβάσεις;) για το τελευταίο, αλλά νομίζω ότι θέλω να σταματήσω να σου γράφω γιατί μεγαλώσαμε αρκετά κι οι δύο και δεν πρέπει να κρυβόμαστε πίσω από γράμματα και λόγια. Κι εσύ μεγαλώνεις, ομορφαίνεις, τα πας καλά στις δουλειές σου –όσο γίνεται– κι εγώ μετά τον θάνατο της Πηνελόπης νομίζω ότι έχω αλλάξει αρκετά. Το σπίτι μυρίζει ακόμη βάψιμο και όλα έχουν πεταχτεί, όπως είδες. Το διαμέρισμα λάμπει αλλά εμένα δε μου λέει τίποτε πια. Να ζήσω εδώ μέσα για πάντα; Αποκλείεται. Δε σου τα έχω πει ακόμη για να μη σε στεναχωρήσω. Αλλά δε θα ήθελα να αντικαταστήσω την Πηνελόπη στο ίδιο σπίτι, στο ίδιο έργο. Θα δω τι θα κάνω. Ή θα δούμε.

Τον Μίμη τον βλέπω τακτικά, πήγαμε μαζί στον Ηλία, στο ταβερνάκι μας, ήπιαμε, συζητήσαμε, είναι πολύ γλυκός άντρας και έτοιμος αλλά εμένα δε με ενθουσιάζει. Ποτέ μου δεν ήθελα μόνο τον καλό άντρα αλλά κάποιον να μου βγάζει ένα πάθος, κάτι διαφορετικό. Εγώ έδινα πάντα σημασία σε όποιον έμενε πλάι μου, κάτι στο οποίο εσύ δε μου έμοιασες, περισσότερο κόλλαγες με βιβλία και θεωρίες και

–δε λέω– παράξενες παρέες – δικαίωμά σου. Άλλο επίπεδο εσύ άλλο εγώ. Εγώ σπούδασα τη ζωή, εσύ τη μελετάς.

Γι' αυτό, πριν ο Μίμης αρχίσει να κολλάει για τα καλά, λέω να του κάνω μια εξήγηση. Μίμη μου, θέλω τα τελευταία μου χρόνια να τα ζήσω σαν μεγάλη γυναίκα αλλά όχι σαν γριά. Είδα ένα ντοκιμαντέρ και ενθουσιάστηκα με μια ξένη, Βελγίδα ήταν ή Καναδέζα – δε θυμάμαι, αλλά η γλώσσα μού θύμιζε γαλλικά που είχα κάνει κι εγώ μαθήτρια κάποτε. Χήρεψε στα εβδομήντα και άρχισε να γυρίζει όλο τον κόσμο με μια βαλίτσα και ένα βιβλίο. Πόσο τη ζήλεψα! Περισσότερο κι από τις ηθοποιές που είναι καθηλωμένες σε μια σκηνή και σε ένα καμαρίνι. Κι έσκαγα να μάθω τι βιβλίο –τάχα μου– διάβαζε, θα σε βάλω να το ψάξεις που τα βρίσκεις κάτι τέτοια.

Κι εσύ, λέω του εαυτού μου, είσαι μόλις εξήντα παρά κάτι βδομάδες. Υποχρεώσεις δεν έχεις, είσαι με διαζύγιο, είσαι και χήρα μαζί, δεν έχεις να παντρέψεις γιο (είμαι σίγουρη γι' αυτό, δεν ξέρω αν μου στοιχίζει που δεν έχω εγγόνια αλλά κι έτσι μια χαρά είμαι), καιρός να αρχίσεις.

Γι' αυτό σου λέω πρέπει να βρεθούμε, θα σου τηλεφωνήσω, να πάμε μια μεγάλη βόλτα σε ένα ήσυχο μέρος, να φάμε, να πιούμε, όχι πολύ για να ξέρουμε τι λέμε, και μετά να αποφασίσουμε τι θέλει ο καθένας, όπως τότε αποφασίσαμε να έρθουμε στην Αθήνα.

Βάζει το γράμμα μαζί με τα άλλα στο ίδιο κουτί και το κλείνει, όμως δεν το κρύβει αυτή τη φορά. Δεν έχει πια κρυψώνες το σπίτι, έχει αδειάσει από έπιπλα και από μυστικά, ή μήπως όχι ακόμη;

Αισθάνεται αφύσικα χαρούμενη και αισιόδοξη, ανοίγει την ντουλάπα, κοιτάζει τα ρούχα της, τα παπούτσια της. Ολόκληρο το διαμέρισμα είναι σαν έτοιμο για αναχώρηση. Χειμώνιασε, έρχονται γιορτές, η πόλη έξω στολίζεται πάλι. Απόψε θα τη βγάλει ο γιος της στο θέατρο, θα πάνε εδώ κοντά, της είπε, θα δούνε την αγαπημένη της Νόνικα Γαληνέα. Τον περιμένει καρτερικά να χτυπήσει το κουδούνι και να κατεβεί αμέσως. Αρχίζει και ντύνεται δυο ώρες νωρίτερα. Πεινάει αλλά βαριέται να φάει, δεν έχει μαγειρέψει καθόλου από τότε που ανακαινίζει το σπίτι· τρώει σε ένα όμορφο εστιατόριο κάθε μεσημέρι, είναι η χαρά και το μυστικό της. Σαν παλιό αρχοντικό, πάει και πιάνει ένα μικρό τραπέζι, τρώει, πληρώνει, κυρία σωστή. Τη λατρεύουν όλοι. Καμιά φορά, όταν είναι όλα τα τραπέζια γεμάτα, υποκρίνεται ότι θα πάρει μαζί της το φαγητό. Φέρεται όχι σαν πελάτισσα αλλά σαν επαγγελματίας. Κι ο κόσμος που συχνάζει εκεί μέσα είναι ανεβασμένος, φαίνονται, τους κόβει με το μάτι.

Δε θέλει να ξαναμαγειρέψει μέσα σ' αυτό το διαμέρισμα όπου τα φαγητά και τα σκουπίδια, οι εμετοί και τα ξεσκατώματα γίνονταν όλα ένα. Αρκετά. Πολύ θα στεναχωρηθεί αν φύγει από την περιοχή, θα χάσει το εστιατόριο, τον γλυκό κύριο Μίμη, τον Σάμη, την κοπέλα στον τρίτο που την καλημερίζει τόσο όμορφα και φτιάχνει, λέει, κοσμήματα με φτηνά υλικά, έχει δει πάνω της μερικά, ωραία είναι αλλά τώρα αυτή, ολόκληρη Μαργαρίτα, έχει φορτωθεί τα κειμήλια της Πηνελόπης και κάνα δυο δικά της και όσα αγόρασε πρόσφατα – λίγο περιττά έξοδα αλλά μια ζωή την έχουμε, ας τη στολίζουμε.

Όμως γιατί αργεί ο Μανόλης; Μήπως καλύτερα να κατεβεί και να τον περιμένει έξω;

Μία ώρα μετά κάθονται μαζί στην πέμπτη σειρά στο θέατρο Ιλίσια. Έχει πολλά χρόνια να πάει σε θέατρο, κι εκείνη δεν ξέρει πόσα, ούτε για το έργο αυτό γνωρίζει κάτι, πώς άλλωστε; Ο Μανόλης τής έχει πει ότι γράφτηκε πολλά χρόνια πριν, τον περασμένο αιώνα, ένας Στρίντμπεργκ, στριμμένο όνομα της ακούγεται.

Και να ένα ζευγάρι που ζει απομονωμένα και καβγαδίζει. Ο Μανόλης πιάνει τον εαυτό του αδιάβαστο, δε θυμάται να της έχει πει την υπόθεση, αλλά όταν αρχίζει το έργο και διαδραματίζεται σε ένα νησί με ένα ζευγάρι που σπαράσσονται μεταξύ τους ενώ καταφτάνει και ένας τρίτος... Επίτηδες το έκανε;

Σουηδικό νησί, θρακικό νησί, ένα ζευγάρι, ένας τρίτος που εμφανίζεται στη ζωή του διαλυμένου ζεύγους. Η Μαργαρίτα απορροφάται, προβληματίζεται και όταν τελειώνει η παράσταση τη ρωτάει ο Μανόλης αν θέλει να πάνε στα καμαρίνια. Εκείνη όμως αρνείται.

«Έξω, έξω θέλω να είμαι, μακριά από σκηνές και καμαρίνια. Καμιά από αυτές δεν είναι καλύτερη από μένα, ούτε στη σκηνή ούτε στη ζωή».

Την κοιτάζει με έναν βαθύ αναστεναγμό. Την πιάνει από τη μέση και προχωράνε πίσω από το Χίλτον. Σπανίως αγκαλιάζονται, της έλειψε να τον σφίξει μια φορά στην αγκαλιά της, πώς πάγωσε το παιδί της καθώς μεγάλωσε... πώς πάγωσαν.

Εκείνη απολαμβάνει το άγγιγμά του και τη δροσιά της νύχτας, την κίνηση, τη διακατέχει μια αφύσικη, ακατανόητη ευφορία, ύστερα από ένα τόσης έντασης έργο. Στρίβουν στη Σπύρου Μερκούρη και την αφήνει στο νούμερο 62. Την καληνυχτίζει, κι εκείνη προσπαθεί να του δώσει ένα βιαστικό φιλί στο μάγουλο, καίνε τα χείλη της πάνω στο δέρμα του, το δικό της δέρμα και κάποιου αλλουνού κληρονομιά.

Κι εκείνος συνεχίζει στη Βασιλέως Κωνσταντίνου, στρίβει στο Ζάππειο, στη λεωφόρο Βασιλίσσης Όλγας.

Λίγο πριν από το άγαλμα του Βύρωνα, βλέπει τότε τον δρομέα να τρέχει γοργά, απερίσκεπτα, προσπερνώντας τον, με κινήσεις χεριών και ποδιών που θυμίζουν αττικά αγγεία, ναι, από εκεί είναι βγαλμένος, ώσπου χάνεται στη νυχτερινή βλάστηση της περιοχής.

ΜΕΡΟΣ ΤΡΙΤΟ

Παγκράτι

1

Η ΜΑΝΑ ΜΟΥ, η Μαργαρίτα, έμεινε στο διαμέρισμα της Σπύρου Μερκούρη άλλους επτά μήνες μετά τον θάνατο της θείας μας, τόσο όσο χρειαζόταν για να διευθετηθούν οι εκκρεμότητες με τα κληρονομικά. Σύμφωνα με τη διαθήκη της, η Πηνελόπη μάς άφηνε το διαμέρισμα στο Παγκράτι, ένα μικρό εξοχικό στο Λουτράκι και ένα σπιτάκι δυο δωματίων στις Στέρνες, με θέα τον κόλπο της Σούδας. Το διαμέρισμα ήταν γραμμένο και στους δυο μας, τα σπιτάκια σε εκείνη, έτσι το θέλησε η θεία και καλά έκανε, το βιβλιάριο όμως έμεινε στα χέρια της Μαργαρίτας, που φαίνεται ότι το αξιοποιούσε τακτικά.

Στο μεταξύ πέρασαν δύο σχεδόν χρόνια από τότε που μετακόμισε η μάνα μου και όλα δείχνουν να είναι κάπως καλύτερα μεταξύ μας αλλά μπορεί και το ίδιο – μόνο που δε ζούμε πια μαζί. Εκείνη ζει ανάμεσα στα δύο σπιτάκια, που τα οργάνωσε όσο πιο απλά γινόταν χωρίς τη δική μου ανάμειξη. Κρατιέται καλά στα εξήντα τρία της –αν μ' άκουγε να αναφέρω την ηλικία της, θα με τάιζε τρελόχορτο–, περιμένει και τη μικρή γερμανική σύνταξη για να συμπληρώνει τα λεφτά της. Το καλοκαίρι νοικιάζει το σπίτι στα Χανιά και τους υπόλοιπους μήνες πάει στο Λουτράκι. Στο μεταξύ περνάει και με βλέπει για ένα δύο βράδια σαν να μη θέλει να με πιέζει, σαν να θέλει μονίμως να αλαφρύνει την παρουσία της, κι αυτό το εκλαμβάνω ως πολύ θετικό.

Όλο αυτό το διάστημα συνέβησαν και σε μένα πολλά και διάφορα, δε θα έλεγα συνταρακτικά ή μυθιστορηματικά. Περισσότερο με βαραίνουν κάτι ανείπωτα ακόμη – λίγα αλλά τόσα όσα αντέχει να κουβαλάει ο καθένας.

Πρώτα απ' όλα, έφυγα από την Πλάκα, από το σπίτι του Γιώργου, και μαζί του έφυγαν από τη ζωή μου ο Γιώργος και η Μέξι και η Φέξι και η δεν ξέρω ποια. Αυτό είναι ένα από τα πρώτα διδάγματα της πόλης στα λίγα χρόνια που τη ζω. Είσαι με «φίλους» όσο έχεις κάτι να δώσεις και να πάρεις. Μετά η συναλλαγή τελειώνει. Σε αυτή την κατηγορία εντάσσεται ο Γιώργος. Δεν υπήρξε καμία παρεξήγηση μεταξύ μας.

Όταν είδε ότι οι μετοχές μου στον επαγγελματικό χώρο υποχωρούσαν για διάφορους λόγους αλλά περισσότερο προσωπικούς, αφού εγώ είχα αποφασίσει να αποτραβηχτώ, τότε μου ανακοίνωσε ότι σκόπευε να ανακαινίσει πλήρως το διαμέρισμά του, δε βιαζόταν καθόλου, μπορούσα να φύγω και σε ένα χρόνο αν ήθελα, όμως, αφού είχα κληρονομήσει ένα σπίτι –και το ήξερε–, γιατί να μένω εδώ;

Ομολογώ πως στην αρχή δε με ενθουσίαζε η ιδέα να πάω στο διαμέρισμα της θείας, το είχα συνδυάσει με γεροντικές μυρωδιές, φαντάσματα και μικροαστικά απομεινάρια. Όταν όμως το είδα βαμμένο και μισοάδειο, τότε σκέφτηκα ότι θα ήταν ο ιδανικός χώρος, ενώ θα υπήρχε ένα ολόκληρο δωμάτιο για τη Μαργαρίτα όταν θα ήθελε να περνάει από την Αθήνα.

Έτσι, άφησα το σπίτι στην Πλάκα σύντομα για να το ανακαινίσει ο Γιώργος, που ονειρεύεται μια Αθήνα η οποία, καθώς βαδίζει προς τους Ολυμπιακούς Αγώνες, θα μεταμορφώνεται και θα γίνεται πιο κοσμοπολίτικη, ανοιχτή και περιζήτητη.

Δεν είχα άδικο: η Κρίστη, με την οποία τηλεφωνιόμαστε κάπου κάπου, μου είπε ότι το διαμέρισμα, ανακαινισμένο μοντέρνα, νοικιάζεται μέσω τουριστικών γραφείων για μικρά ή μεγάλα διαστήματα σε τουρίστες ή πρόσκαιρους κατοίκους της πόλης. Όπως ήμουν εγώ, φαντάζομαι, με πενταπλάσιο ενοίκιο τώρα και χωρίς αποδείξεις για την εφορία.

Τελικά μού άρεσε που ήρθα στη Σπύρου Μερκούρη, μπορεί να ήταν κάπως απρόσωπη ως γειτονιά αλλά δεν έβλεπες τα πειθήνια μπουλούκια τουριστών να περνάνε κάτω από το σπίτι της Θαλού οδεύοντας σε κάποια συμφωνημένη ταβέρνα ή σε ένα τουριστικό αξιοθέατο στο οποίο απλώς θα φωτογραφίζονταν. Όλα καθοδηγούμενα: οι πληροφορίες, το γλέντι, το φαγητό, όλα σαν ελληνικά αλλά φτιαγμένα για τις δικές τους προσδοκίες.

Τις πρώτες μέρες αισθανόμουν ότι είχα απαλλαγεί από ένα βάρος. Όσο εκείνες οι δύο γυναίκες βρίσκονταν εδώ που ήμουν τώρα εγώ, με βάραινε η σκέψη τους, οι καβγάδες αλλά και οι αγάπες τους. Γι' αυτό και έβγαινα σαν το παιδί που το άφησαν μονάχο οι γονείς για να πάνε διακοπές, ποιο παιδί και ποια οικογένεια, που δεν είχα ποτέ μου μια συγκροτημένη. Άσε που πληροφορίες ακαθόριστες από το Βερολίνο και μισόλογα όλα αυτά τα χρόνια έλεγαν ότι ίσως ο πατέρας μου να έκανε εκεί ένα παιδί. Αυτό δεν μπορούσα να το αντιμετωπίσω σε τούτη τη φάση και δε με ένοιαζε καθόλου μα καθόλου.

Αυτά σκεφτόμουν το βράδυ εκείνο που έβλεπα υπνωτισμένος τον *Νεκρό* του Τζάρμους, μόνος στο σινεμά –είχα πια αποφασίσει να πηγαίνω μόνος για να μην ακούω καμιά γκρίνια ή άποψη μετά–, και, όταν τελείωσε η ταινία, αισθάνθηκα για μια στιγμή ότι δεν μπορούσα να πάρω τα πόδια μου, να σηκωθώ και να φύγω. Πώς λένε ότι αυτοϋπνωτίζεσαι; Εγώ είχα αυτονεκρωθεί για λίγα δευτερόλεπτα, κάτι που με τρόμαξε αλλά και με χαλάρωσε, αφού στρίμωξε παραπέρα τους μεγαλύτερους πανικούς μου.

2

ΜΙΑ ΜΕΡΑ μού τηλεφώνησαν από το γραφείο της πρώτης εταιρείας τηλεοπτικών παραγωγών και μου ζήτησαν να τους γράψω έναν κύκλο επεισοδίων βασισμένο σε μια γνωστή πρωταγωνίστρια της οποίας το όνομα θα αποσιωπήσω. Συμφώνησα, χρειαζόμουν λίγη δουλειά. Όταν όμως βρέθηκα μαζί της και εκείνη άρχισε να μου λέει πόση ώρα θα έπρεπε να παίζει η ίδια και πόσο λιγότερο οι άλλες συμπρωταγωνίστριες και ότι θα έπρεπε να φαίνεται έτσι κι αλλιώς κι αλλιώτικα, κούνησα το κεφάλι μου συγκαταβατικά, δεν ξέρω αν κατάλαβε καν τι είχα καταλάβει εγώ και, μόλις αποχαιρετιστήκαμε, τηλεφώνησα στον παραγωγό και του είπα ότι μου ήταν πολύ δύσκολο να το κάνω. Ήταν τόσο έντονη η «παραγγελία» που ξεπερνούσε τις δημιουργικές μου δυνατότητες.

Ήταν μια δύσκολη μέρα καθώς επέστρεφα σπίτι. Οι δρόμοι πηγμένοι στην κίνηση, η ζέστη στο κόκκινο, στον ΚΛΙΚ FM έδιναν οδηγίες για ένα ξεφάντωμα στην τροπική πόλη μας, είχα συχνουρία, και τότε, σαν επιφοίτηση, μου ήρθε η σκέψη να μη δουλέψω ξανά για την τηλεόραση. Δεν ήθελα να ξαναγράψω σενάρια, κείμενα που περιγράφουν σκηνές με διαλόγους και απονευρώνουν το νόημα της γραφής. Τέρμα οι παραγγελιές.

Την ώρα που προσπαθούσα κρυφά, καθηλωμένος στα φανάρια, να στοχεύσω με τα ούρα μου ένα άδειο μπουκάλι νερού χωρίς να με δουν οι διπλανοί οδηγοί που κοίταγαν γύρω τους σαν περισκόπια, έβαζα τέλος στον κύκλο της τηλεόρασης με ό,τι σήμαινε αυτό σε οικονομικό επίπεδο για μένα. Πίστευα τότε ότι θα τα έβγαζα πέρα, δεν είχα ενοίκια αλλά είχα τις δόσεις του αυτοκινήτου, στη χειρότερη –γιατί όμως χειρότερη;– θα έψαχνα να βρω κάποια ιδιαίτερα μαθήματα.

Θα πάλευα με το γράψιμο σε άλλες μορφές, πιο πεζογραφικές, θα μετέφραζα από και προς τα σουηδικά, που κόντευα πια να τα ξεχάσω, καθώς δεν είχα καμία επαφή με τη χώρα και τη γλώσσα εκτός από κάτι ταινίες που νοίκιαζα· είχα βρει μια κασετίνα με ταινίες του Μπέργκμαν και τις παρακολουθούσα κάπου κάπου, αν και μου φαίνονταν –ειδικά στην Ελλάδα– πολύ πιο βαριές και ψυχοπλακωτικές, μια διαφορά που την είχα εντοπίσει και όταν ζούσα εκεί: τη σοβαρότητα των Σκανδιναβών ακόμη και στις πιο ελαφρές στιγμές τους· και την ελαφρότητα των Μεσογειακών στις πιο σοβαρές καταστάσεις.

Το βράδυ κατέφυγα στο Multi Culti για ένα ποτό και μίλησα με τον Κώστα για όσα αποφάσισα, εκείνος έδειξε λίγο επιφυλακτικός όσον αφορούσε το οικονομικό, γιατί καλλιτεχνικά ξέραμε ότι το πράγμα δεν οδηγούσε πουθενά. Κι εκείνος ήθελε να συνεχίσει το σινεμά, αλλά, αφότου επέστρεψε στην Ελλάδα, βρέθηκε αντιμέτωπος με κέντρα αποφάσεων και παρέες που απέκλειαν κάθε νέο σκηνοθέτη, ειδικά κάποιον φερμένο από το εξωτερικό.

Σαν να το ξέραμε, δε χτύπησε το τηλέφωνό μου ποτέ ξανά από τη μέρα εκείνη. Το θράσος μου να αρνηθώ να γράψω (βλ. υποκύψω) για μια τόσο γνωστή πρωταγωνίστρια διαδόθηκε στα μικροκυκλώματα των τηλεοπτικών παρασκηνίων. Άλλωστε είχε ξεπροβάλει μια νέα φουρνιά σεναριογράφων, που, με τα μισά από εκείνα τα χρήματα που είχα αρχίσει εγώ, έγραφε, έσβηνε και ήταν και ευτυχισμένοι να περιφέρονται στον δικό τους κόσμο και στα στούντιο. Εμένα με έχαναν μόλις τελείωναν τα γυρίσματα, φαινόταν ότι ερχόμουν από αλλού και ένα σχολαστικό μάτι διέβλεπε ότι ήμουν επικριτικός απέναντι σ' αυτό που έκανα. Θα ήταν άδικο να κατακρίνω εκείνο τον κόσμο, όμως είχα κάνει μια μικρή περιουσία μαζί τους, την οποία θα ροκάνιζα σταθερά στο εξής.

Η παλιά μου επιθυμία να αποκτήσω δική μου βιβλιοθήκη υλοποιήθηκε με τη βοήθεια του σκηνογράφου Βασίλη, ο οποίος μου σχεδίασε μια πελώρια ξύλινη βιβλιοθήκη που έπιανε όλο τον τοίχο στο σαλόνι και είχε στοιχίσει όσο το καθιστικό. Εκεί άρχισα επιτέλους να βάζω τα βιβλία μου και να τα ταξινομώ. Πόσα χρόνια περίμενα μια τέτοια στιγμή! Σχεδόν μία φορά την εβδομάδα γυρνούσα από τις εξορμήσεις μου στα βιβλιοπωλεία φορτωμένος με βιβλία. Διάβαζα, αλλά έπιασα τον εαυτό μου να είναι πια βιβλιοσυλλέκτης και βιβλιομανής. Η τηλεόραση εκτοπίστηκε στο μικρό καθιστικό, την άνοιγα σπανίως και ίσως να ήταν το μοναδικό διαμέρισμα στην πόλη όπου τα βράδια στο μεγάλο σαλόνι άναβαν μόνο δύο λαμπατέρ.

Αυτό το πρώτο διάστημα της μοναξιάς και της απελευθέρωσης από τη σκέψη της Μαργαρίτας ήταν μοναδικό. Χαιρόμουν τον χώρο, απολάμβανα το διάβασμα, σηκωνόμουν και ξεφύλλιζα κάποιον τόμο, άρχιζα ένα βιβλίο άφηνα άλλο. Είχα βάλει στόχο να ξεκινήσω με την ελληνική γλώσσα. Πρωτίστως κείμενα της αρχαίας γραμματείας και μετά της σύγχρονης ελληνικής. Από ξένα, έδινα έμφαση στα ταξιδιωτικά και θεωρητικά, γιατί βαριόμουν πολύ τα μεταφρασμένα μυθιστορήματα. Όταν η γλώσσα ήθελε «περιποίηση», οι μεταφραστές δεν έδιναν και τον καλύτερο εαυτό τους ή έφερναν το κείμενο στα μέτρα της ελληνικής γλώσσας, ωστόσο δε διαβάζουμε ξένη λογοτεχνία για να θυμίζει τη δική μας.

3

ΥΣΤΕΡΑ ΣΤΑΜΑΤΗΣΑ να γράφω στο περιοδικό τη στήλη «Ξένος στην πόλη», γιατί αντικαταστάθηκε ο διευθυντής και ο νέος ήθελε να αλλάξει τις στήλες και τους συνεργάτες του. Ήμουν ένας παντελώς άγνωστός του που δεν είχε πιει ούτε έναν καφέ μαζί του και απλώς άφηνε σε ένα σημείο της Αθήνας κάθε τόσο μία δισκέτα για να πληρωθεί μέσω τραπέζης.

Άλλωστε αυτός ο διευθυντής συρρίκνωσε περισσότερο τον γραπτό λόγο σε σχέση με τις φωτογραφίες που κυριαρχούσαν παντού, ήθελε να ανταγωνιστεί το *01*, που κυκλοφορούσε με μεγάλη επιτυχία ακολουθώντας κάθε μοντέρνο στοιχείο της εποχής – αν και δύσκολα προσαρμόσιμο στην ελληνική πραγματικότητα. Ούτε κι αυτή η αποχώρηση μου έλειψε, αλλά το περιοδικό ήταν ένα οικονομικό εφόδιο. Θυμάμαι εκείνη τη μέρα, από αντίδραση διάβασα το κείμενο του Πεντζίκη *Ο πεθαμένος και η ανάσταση* και ανακάλυψα τον Τζάρμους της ελληνικής λογοτεχνίας. Κρίμα που δεν τον πρόλαβα σε κάποιες ζωντανές του παρουσιάσεις, όπου ανακάτευε τα πάντα και γοήτευε με τον δικό του τρόπο.

Έτσι, η μετάβαση από την Πλάκα στη Σπύρου Μερκούρη συνέπιπτε και με την απαλλαγή μου από την εφήμερη γραφή. Ως αντίδραση, είχα επιλέξει να πηγαίνω σινεμά και να περπατάω περισσότερο. Είχα δει δύο φορές απανωτά το *Δαμάζοντας τα κύματα* του Τρίερ, ενώ σκεφτόμουν όλη νύχτα στο κρεβάτι τους ήρωες της ταινίας. Το πρωί νόμισα ότι είδα στην πολυθρόνα να κάθεται παράλυτος ο Στραβοπόδης και να μου ζητάει να του αλλάξω το κατουρημένο του σλιπ.

Άρχισε να επιστρέφει το παλιό κακό όνειρο, με έπιανε κρύος ιδρώτας. Πίσω από καθετί, η εικόνα του ήταν ο πιο ανασταλτικός παράγοντας για να προχωρήσω ή να μεταλλαχθώ. Η Μαργαρίτα μετακινείτο συνεχώς και το προσπερνούσε.

«Ενώ εσύ;» με ρώτησε η Ντίνα ένα απόγευμα που είχαμε βγει για καφέ στο Κολωνάκι. Μου άρεσε αρκετά η περιοχή, την έβρισκα στενή και ανηφορική, αν και λίγο υπερτιμημένη. Εκείνη πρότεινε όμως το Φίλιον, όπου σύχναζαν γνωστοί συγγραφείς και δημοσιογράφοι «άλλης πάστας», τόνισε. Βρήκαμε με δυσκολία τραπέζι δίπλα σε μια παρέα σκηνοθετών που διαφωνούσαν ομόφωνα για την τελευταία ταινία του Αγγελόπουλου, αν άκουγα καλά, γιατί η Ντίνα δε μ' άφηνε να αναπνεύσω από τη λογοδιάρροια.

Με ξάφνιασαν τα πρώτα νέα. Συνάντησε τυχαία στο αεροδρόμιο τη Ζωή ενώ πήγαινε στη Δαμασκό, όπου ζούσε παντρεμένη με τον Ραΐντ. Είχαν να μιλήσουν καιρό μετά το ατύχημα και ξαφνικά έπεσαν κλαίγοντας η μία στην αγκαλιά της άλλης – θα ήθελα να δω την Ντίνα πώς έκλαιγε...

Ζούσε τη ζωή της μια χαρά εκεί πέρα η φίλη μας. Παρά τις δυσκολίες ή τους περιορισμούς ενός απολυταρχικού, μουσουλμανικού καθεστώτος, διάβαζε, μελετούσε για μια πανεπιστημιακή εργασία και μάθαινε αραβικά για να μεταφράσει σούφι ποιητές. Ο Ραΐντ έβγαζε πολλά λεφτά, είχε απλωθεί σε πολλές επιχειρηματικές ιατρικές δραστηριότητες, και αυτή ήταν σχετικά ελεύθερη στην πιο ανεκτική αραβική κοινωνία. Ρωτούσε για όλους η Ζωή, ειδικά για εμένα, της έδωσε όλα τα στοιχεία της και μας κάλεσε, όποτε θέλαμε, να πάμε να τη δούμε.

«Δύο ώρες ταξίδι, να μην το σκεφτόμαστε» είπε με νόημα η Ντίνα, που κατά βάθος μισούσε κάθε ανατολίτικο στοιχείο μετά το ατύχημα, που το απέδιδε καρμικά στους περιτμημένους της παρέας της.

«Μου το ξανάπες, Ντίνα» της είπα «είναι προκατάληψη, δεισιδαιμονία. Ήσασταν τέσσερα άτομα μέσα στο αυτοκίνητο, μια χαρά παρέα. Σκοτώθηκε ο ένας, γιατί να ήταν γρουσούζηδες οι υπόλοιποι; Γιατί να φορτωνόμαστε με τύψεις;».

«Πάντως η Ζωή τις φορτώθηκε» είπε η Ντίνα. «Μην πας να τα ρίξεις και σε μένα τώρα, δες τις δικές σου».

Κι έτσι, η συζήτηση γύρισε εκεί που δεν έπρεπε: σε μένα πάλι, ένας εύκολος στόχος για την Ντίνα, τη λακανικιά. Θυμήθηκα που με είχε χαστουκίσει όταν, φοιτητές, βγαίναμε από ένα σινεμά. Είχαμε δει το *Αναζητώντας τον Mr Goodbar*. Ναι, το θυμάμαι καλά, κάτι πήγα να πω για την ταινία και δεν έπρεπε, γιατί εκείνη ήταν ακόμη συνεπαρμένη –μπας και ταυτιζόταν;– με την ηρωίδα, που ψωνιζόταν κάθε βράδυ στα μπαρ με αγνώστους μέχρι που έπεσε στον ψυχωτικό (Ρίτσαρντ Γκιρ) και την κομμάτιασε.

Επανήλθα: «Οι τωρινές μου ενοχές αφορούν πια εμένα, αν υπάρχουν».

«Μπα, ο Φουκό λέει ότι ο ένοχος αισθάνεται ένοχος για όλα. Που μιλάει, που σωπαίνει, που δεν κάνει τίποτε, που ανακατεύεται σε όλα... Όμως ας αλλάξουμε θέμα. Είμαστε φίλοι, κι ας μην το θέλαμε πολύ. Λάτρεψα και τη μάνα σου. Είδες πόσα έκανε για να σε διευκολύνει».

«Εμένα; Που έζησα χωρίς οικογένεια;»

Άρχισε να μου λέει τα δικά της, με ψυχαναλυτικές επεξηγήσεις που μόνο με κούραζαν, και το πήγαινε δαιδαλωδώς προς ένα σημείο. Οπότε της επιτέθηκα:

«Άκου, Ντίνα. Αν νομίζεις ότι σου κρύβουμε κάτι μάνα και γιος, είναι δικαίωμά μας. Αν το βλέπεις ως ανακρίτρια ή ψυχαναλύτρια, δε σου ζητήσαμε να έχεις μια τέτοια δικαιοδοσία. Εμείς ήρθαμε στην Αθήνα για να περάσουμε καλά και το πετύχαμε».

Με κοίταζε με έκφραση απαξίωσης, σαν να έλεγε «Σε βλέπω πόσο».

«Έχεις δίκιο, δε μου πέφτει λόγος. Όμως μου λείπει η Μαργαρίτα, παραδόξως περισσότερο από σένα. Ήταν πιο διαυγής παρά την κατάστασή της».

Με έκανε έξαλλο. Μιλούσε για «κατάσταση» και πάλι. Χωρίσαμε απότομα, ενώ ήταν έτοιμη να σηκώσει και πάλι χέρι πάνω μου. Ποιητές, πεζογράφοι, κριτικοί και μελλοντικά βραβευμένοι με κρατικά βραβεία λογοτεχνίας στα διπλανά τραπέζια είδαν την έντονη αποχώρησή μας και μπορεί να εμπνεύστηκαν από τη φάση – ας κρατούσαν σημειώσεις.

Από τότε έκανα καιρό να δω ξανά την Ντίνα. Στο μεταξύ, φεύγοντας, μου άφησε επιδεικτικά το τηλέφωνο της Ζωής στο τραπεζάκι σαν να ήθελε να μου πει «Βρες την κι αυτή. Βρείτε τα μεταξύ σας κι αφήστε με εμένα ήσυχη». Εγώ την παράτησα κι εκείνη θέλησε να μου φορτώσει άλλη μία ξεχασμένη εκκρεμότητα. Δε θα την έβλεπα πουθενά στο μέλλον, τουλάχιστον στα στέκια πολιτισμού, αλλά έτσι ήταν η Ντίνα: την κατάπινε ο εαυτός της.

4

ΤΑ ΧΡΗΜΑΤΑ στο βιβλιάριο τελείωναν, ενώ οι δόσεις του αυτοκινήτου παρέμεναν. Να κάτι που δεν είχα υπολογίσει. Ότι τα κρατημένα δεν κρατιούνται για πάντα. Οι σπατάλες μου συνεχίζονταν: βιβλία, cd, μπλου τζιν, σακάκια, εισιτήρια, γεύματα έξω, πακέτα Gauloises. Ποτέ δεν ήμουν καλός στη μαγειρική αλλά ούτε και μου άρεσε να μαζεύομαι σπίτι και να τρώω μόνος. Είχα βρει φτηνότερα εστιατόρια, κι ας ήταν μακριά από το σπίτι. Έπαιρνα τον δρόμο –τα τρόλεϊ και τα λεωφορεία με πνίγουν όταν έχουν κόσμο– και πήγαινα όπου ήθελα. Όλο αυτό το διάστημα είδα ότι με ενδιέφερε η δυτική και παλιά πλευρά της πόλης. Από Σύνταγμα προς Ομόνοια και μέχρι τέρμα Πατησίων. Μου άρεσε ο Πειραιάς, αν και δε με βόλευε για καθημερινές εξορμήσεις, εκτός αν έπαιρνα τον ηλεκτρικό από Ομόνοια, μια διαδρομή που συνεχίζει να μου αρέσει. Έτρωγα σε μικρά μαγέρικα, μέσα σε στοές, σε συνοικιακές πλατείες όπου κατέφευγαν για να φάνε και όχι για να δειχτούνε οι πελάτες.

Αυτό που αγαπούσα στην Αθήνα ήταν το ανακάτεμα αρχαίων, παλιότερων και νεότερων τοποθεσιών. Ξανάβρισκα τον παλιό καλό μου εαυτό, επέστρεφα στα αρχαία κείμενα, όχι μόνο για το νόημα αλλά και για τη γεωγραφία τους. Όχι μόνο τι έλεγε ο Σωκράτης αλλά και πού το έλεγε, πού στεκόταν, πού βάδιζε, ποια πορεία ακολουθούσε.

Τις προσωπικές μου πορείες τις κατέγραφα και είχα σκοπό κάποια στιγμή να τις αναδείξω. Κάτι στροβιλιζόταν στο μυαλό μου για ένα κείμενο, αλλά ακόμη δεν το είχα ολοκληρώσει. Διάβαζα –ενόψει των Ολυμπιακών Αγώνων– για ενοποιήσεις αρχαιολογικών χώρων, παρεμβάσεις, ωραία ακούγονταν αλλά δεν ήξερα αν θα προλάβαινε κανείς να τα υλοποιήσει. Θέλουν, λένε, να φτάνεις από την Ακρόπολη μέσω της Ιεράς Οδού στην Ακαδημία Πλάτωνος, τη δική μου Ακαδημία. Ούτε που το πιστεύω, άλλα σκάμματα βλέπω εκεί στην αρχή της Ιεράς Οδού. Οι εργολάβοι είναι πια οι ρυθμιστές σ' αυτή τη χώρα.

Σκάβουν παντού, εντοπίζουν, καλύπτουν, αναδεικνύουν, βουλιάζει ένα περίπτερο ολόκληρο στην Πανεπιστημίου, στενάζει το παρελθόν κάτω από τη γη ενώ από πάνω έχει εξαντληθεί η υπομονή μας.

Καθόμουν στο Food Company του Ελευθερουδάκη και ξεφύλλιζα το σημειωματάριο με τις διαδρομές μου. Είχα καιρό να πάω προς την Ακαδημία Πλάτωνος και αναζητούσα έναν πιο περίπλοκο τρόπο, όχι μέσω Ιεράς Οδού, που μόνον ιερότητα δεν ανάβλυζε καθώς αυξανόταν η κίνηση καθημερινά. Κοίταζα και τον χάρτη που είχα αγοράσει πρόσφατα, που απευθυνόταν στους τουρίστες. Απ' έξω έβραζε η πόλη, ετοιμαζόταν μια νέα με έργα και λόγια, νευριασμένοι άνθρωποι στα αυτοκίνητα, όλοι έτρεχαν να προλάβουν το μέλλον.

Διεκδικούσα μια αδράνεια που μου είχε λείψει την εποχή της καθόδου. Όλοι έλεγαν ότι άλλαζε η Αθήνα και η χώρα, αλλά εγώ που ήμουν εδώ πέντε χρόνια δεν είδα αυτή την αλλαγή, είχα εντοπίσει μόνο μια υλική και χρηματική αναστάτωση την οποία όλοι εκλάμβαναν ως αναβάθμιση. Γι' αυτό και μια μέρα παρά λίγο να με πατήσει ένα αυτοκίνητο καθώς περνούσα σκεπτικός από μια διάβαση πεζών χωρίς φανάρι. Ο τύπος, αντί να σταματήσει ενώ περνούσα, σταμάτησε λίγο παρακάτω και άρχισε να με βρίζει. Τον πλησίασα, τον κοίταξα και είδα ότι δε μιλούσε τη γλώσσα μου. Εννοώ δε μιλούσε αυτή τη γλώσσα που θα σήκωνε απάντηση, και έτσι απαξίωσα να του απαντήσω ή να τον βρίσω, όπως προφανώς θα ήθελε. Τότε θύμωσε πιο πολύ και, αν δεν ήταν κάποια άλλα αυτοκίνητα να κορνάρουν από πίσω, θα κατέβαινε με απρόβλεπτες διαθέσεις.

Θυμόμουν τις τελευταίες του κραυγές, «μαλάκα, σαλταρισμένε, μας το παίζεις και...».

Προσπάθησα να σκεφτώ τι επίθετο θα ολοκλήρωνε τη φράση του αλλά έφυγε κι αυτός και η γλώσσα του.

5

ΔΙΕΚΔΙΚΟΥΣΑ ΕΠΙΣΗΣ τον ελεύθερο χρόνο μου ενώ, όπως λέγεται –πού το διάβασα άραγε;–, μεταξύ σαράντα και πενήντα ένας άνθρωπος φτάνει στο αποκορύφωμά του επαγγελματικά – νομίζω ότι το έγραφε ο Γιώργος Ιωάννου, ένας καλός πεζογράφος της αγαπημένης μου πόλης, που έγραφε ωραία ελληνικά.

Πρέπει να μάθω να ζω όπως είμαι, με τα βάρη του παρελθόντος και τα όμορφα του τώρα. Είναι ωραίο να είσαι ένας απλός καθημερινός πολίτης, χωρίς αξιώσεις δημοσιότητας, χωρίς να θες να σε αναγνωρίζουν, το έζησα αυτό τον καιρό της τηλεοπτικής μου θητείας και δεν το κατανόησα ποτέ. Ανασφάλεια, εσωτερική ανατροφοδότηση; Μα υπάρχουν τόσο θαυμαστοί ανώνυμοι άνθρωποι, τόσο απλοί, που δεν τους νοιάζει καν το βλέμμα του περαστικού. Το είχα δει στη Σουηδία, τώρα εκτιμούσα περισσότερο εκείνη την περίοδο, κι ας ήταν για μένα η πιο αμήχανη, καθώς πειραματιζόμουν μαζί τους ενώ εκείνοι με έπαιρναν πολύ στα σοβαρά με όσα έλεγα ή «δίδασκα», μαθαίνοντας κι εγώ μαζί τους κι έχοντας το προνόμιο της «πρώτης γλώσσας» σε σχέση μ' αυτούς. Πεθύμησα εκείνο τον διδαγμένο αλληλοσεβασμό, διάχυτο παντού. Τα μάτια του Σβεν όταν προσπαθούσε να συλλαβίσει λέξεις, αποτυπώνοντας κάθε κίνηση του βλέμματος, λέγοντάς μου πόσο πολύ εκφραστικά κινείται το πρόσωπο όταν μιλάμε ελληνικά.

Βρέθηκα τόσο μακριά από τύχη. Μετά τον στρατό, όπου αισθάνθηκα ότι είχα ταπεινωθεί εντελώς ως άνθρωπος και ως πολίτης, ακριβώς τότε ορκίστηκα στον εαυτό μου να μην έχω κανενός είδους εξάρτηση από το Δημόσιο και το κράτος. Αν ήμουν με τα σημερινά μυαλά, θα μπορούσα και να ζητήσω απαλλαγή από τη στρατιωτική μου θητεία υποδυόμενος οτιδήποτε. Αλλά το 1980 δεν έφευγες με τρελόχαρτο ή καμιά «ανωμαλία» αν ήθελες να ενταχθείς στην κοινωνία ή να διοριστείς στο Δημόσιο – πράγμα που έκαναν πολλοί καλλιτέχνες. Αισθανόμουν ήδη χωρίς σπίτι και χωρίς οικογένεια. Ο πατέρας μου στη Γερμανία και η μάνα μου με τον εραστή της να τριγυρίζουν και να κρύβονται εδώ κι εκεί. Ψάχνοντας για προγράμματα σπουδών στο εξωτερικό –και αφού αποχώρησα από τις σπουδές στη Γερμανία–, είδα ότι το Πανεπιστήμιο της Ουψάλα δεχόταν μεταπτυχιακούς φοιτητές στην αρχαία ελληνική γραμματεία. Οι όροι ήταν πολύ σκληροί αλλά τελικά κατάφερα να περάσω. Δεν το ανέφερα σε κανέναν, μόνο τον τρίτο μήνα που με έψαχνε η Μαργαρίτα τής το ανακοίνωσα. Στον πατέρα μου δεν ξέρω πότε έγινε γνωστό, είχε να ασχοληθεί με γκομενούλες που προσλάμβανε στο μαγαζί του πριν εκείνες καταλήξουν στα γειτονικά μπαρ.

Δε συνηθίζεται να μπαίνεις στο τμήμα αρχαίων και βυζαντινών σπουδών με καθηγητή Σουηδό. Όμως η γλώσσα του μεταπτυχιακού ήταν η αγγλική και φυσικά όσα ελληνικά μπορούσε κανείς να χρησιμοποιήσει από την αρχαία γραμματεία. Υπερβολική απόφαση, όμως κόλλησα, όχι τόσο με τις σπουδές όσο με τον τρόπο ζωής. Παρά τους άσχημους και παγωμένους χειμώνες, όλα ήταν τόσο καλά οργανωμένα που δεν ένιωθες καν την ανάγκη να βγεις έξω, αλλά, κι αν έβγαινες, η φύση σ' αγκάλιαζε αποθεωτικά, ενώ οι κλειστοί χώροι είχαν μια απλότητα και μια αρμονία.

Σε εκείνη τη φάση είχα την ανάγκη να συμμαζευτώ. Όλος ο απόηχος της φοιτητικής ζωής και του στρατού έπρεπε κάπως να ξεχαστεί. Όμως πώς θα ζούσα στο εξής στη Σουηδία; Με ποιους όρους; Πώς θα ανανέωνα την παραμονή μου; Αυτά ήταν μια σειρά από ζητήματα που η δομή εκείνου του κράτους σού έδινε την ευκαιρία να τα λύσεις. Τα καλοκαίρια, ως μεταπτυχιακός, είχα το δικαίωμα να δουλεύω, αρκεί να περνούσα τα εξάμηνα.

Δούλεψα όμως κι εγώ λίγο κρυφά, στα μαύρα –να μην ξεχνάω την ελληνική πονηριά μου–, αφού μπορούσα να χρησιμοποιήσω το όνομα του κολλητού μου, Σβεν, το έκανα για να μπορώ να συντηρώ το δωμάτιό μου, ένα μικρό διαμέρισμα σε ένα δρομάκι αδιέξοδο, κοντά στον σιδηροδρομικό σταθμό της Στοκχόλμης, που δεν τον προτιμούσαν οι κάτοικοι, γεμάτο όμως με μικρά και μεγάλα ξενοδοχεία, βολικά για τους τουρίστες και τους περαστικούς. Αργότερα μετακομίσαμε σε διαμέρισμα με τον Σβεν, στο Γκέρντετ, σε μια πολυκατοικία της δεκαετίας του '30, με μοντερνιστικό στιλ και υποφερτό ενοίκιο για δύο άτομα.

Ήμουν ικανοποιημένος με τη θέα της Βαλτικής θάλασσας που πάγωνε τον χειμώνα αλλά χαιρόσουν να τη βλέπεις την άνοιξη και το καλοκαίρι, προχωρώντας κατά μήκος μιας γέφυρας προς τα μικρά νησιά – προέκταση της πόλης. Το πιο αγαπημένο μου ήταν το νησάκι Σκεπσόλμεν, με το μουσείο μοντέρνας τέχνης στην κορυφή του. Εκεί, εκτός από τις εκθέσεις, άραζα στα καφέ με τις ώρες ψάχνοντας θέματα και ιδέες αλλά και γνωρίζοντας ενδιαφέροντες ανθρώπους.

6

Ο ΜΙΜΗΣ υπήρχε στη ζωή της μάνας μου. Εκείνη, μια και δε χρειαζόταν να προσέχει ή να υπηρετεί –όπως διατεινόταν– τη θεία, ξεπερνώντας τη θυσία εκείνη και την υποχώρησή της και πιστεύοντας ότι μπορούσε να κάνει ένα νέο ξεκίνημα, μάλλον το έκανε με τη βοήθεια του Μίμη. Παράξενο, ενώ ήταν αληθινά ανεξάρτητη, όταν ερχόταν η ώρα της μοναξιάς, όπως και η προσευχή του άθεου, ήθελε να έχει κάποιον –για συντροφιά– να ασχολείται μαζί της και εκείνη μ' αυτόν. Ο Μίμης τη γοήτευσε επειδή τη λάτρεψε, κι εκείνη δεν ήταν συνηθισμένη σε τέτοιες αστικές αβρότητες.

Τέλος του '97 κόντευε όταν ήρθε να με δει για μία μέρα, αλλά στην πραγματικότητα είχε έρθει να κανονίσει με τον Μίμη, με τον οποίο ζούσαν στο Λουτράκι, τα περιουσιακά της. Ήθελε να πουλήσει το σπιτάκι στα Χανιά, είχε βρεθεί ένας Γάλλος επενδυτής που έπαιρνε παλιά κτίσματα ή ακατοίκητα σπίτια και τα μετέτρεπε σε πανάκριβες πανσιόν. Τελευταία του μετατροπή στο χωριό ήταν ένας ερειπωμένος μύλος που έγινε μια απίστευτα νοικοκυρεμένη μεζονέτα –σύμφωνα με τα λεγόμενα της Μαργαρίτας–, έχοντας αφήσει άκοπη στη μέση του σπιτιού μια αιωνόβια ελιά.

Στις δύο ώρες που έμεινε μαζί μου και ήπιαμε καφεδάκι, δεν είδα καμιά υπερβολική αλλαγή. Περισσότερο διέκρινα το άγχος της, μετά τα εξήντα, να προλάβει πράγματα που ακόμη δεν είχε καταλάβει ποια ήταν. Της άρεσε στο μεταξύ περισσότερο το Λουτράκι, ήταν δίπλα στην Αθήνα, παίζανε και κανένα τυχερό στο καζίνο, τι έγινε, μικροποσά, «πες ότι τρώγαμε σε μια ταβέρνα, σ' αυτά είμαι πολύ συγκρατημένη, κι ο Μίμης το ίδιο».

Εκείνος δεν εμφανιζόταν, έτρεχε να της βρει συμβολαιογράφο και να τακτοποιήσει τα χαρτιά. Ήταν ήδη μαζί αρκετό καιρό, δεν είχα λόγους να του καταλογίσω κάποιον δόλο, την προειδοποίησα όμως ότι τα λεφτά της πώλησης έπρεπε να κατατεθούν μόνο στο δικό της όνομα.

«Φυσικά, δεν είμαι αφελής να τον βάλω δίπλα στο όνομά μου, έναν περαστικό».

Εντούτοις εμένα δε με έβαλε συνδικαιούχο στο βιβλιάριο, κράτησε το δικό της όνομα μόνο. Φορούσε πιο κομψά φορέματα, οι τσάντες και τα παπούτσια της φαίνονταν ολοκαίνουργα, βαφόταν πιο προσεκτικά και γενικά είχε αναβαθμίσει την εμφάνισή της. Προφανώς κάποια αισθητικός στο Λουτράκι έκανε καλή δουλειά και καλό ταμείο με τη Μαργαρίτα. Και σίγουρα απόφευγε τα χόρτα, κι ας μην αναφερόταν καθόλου σ' αυτά.

Μόνο, φεύγοντας, μου έσκασε το μαντάτο που αποδείχτηκε ολέθριο – για να αποφύγω το εύκολο σασπένς στην ιστορία αυτή που άλλα λέει για να καλύψει τ' άλλα: Ο γλυκός κύριος Μίμης είχε επενδύσει πολλά λεφτά, μα κυρίως το παχυλό του εφάπαξ, σε μετοχές. Ο λογαριασμός του ανέβαινε καθημερινά ιλιγγιωδώς γιατί είχε βρει ένα πανέξυπνο χρηματιστηριακό γραφείο όπου τοποθετούσε τα ως τότε αδρανή του κεφάλαια. Ταυτόχρονα είχε τοποθετήσει και ένα περουκίνι στο μπροστινό μέρος του κεφαλιού του, προσπαθώντας να ανανεώσει την εμφάνισή του.

Η Μαργαρίτα έβλεπε με τα μάτια της τους χορταστικούς λογαριασμούς, έβλεπε και γύρω της σπίτια, βίλες, καζίνα, αυτοκίνητα πολυτελείας, ο κόσμος παραληρούσε από τα κέρδη. Πουλούσαν ακόμη και τα τιμαλφή τους για περισσότερο χρήμα – θα πούλαγαν ακόμη και τις μάνες τους, ε; Χαζή ήταν να μην πουλήσει ένα παλιόσπιτο που θα της έδινε έξτρα εισόδημα επειδή έμεναν κάτι παλιοχίπηδες τα καλοκαίρια με ένα μικρό ενοίκιο; Ας έκανε κι αυτή μια δυναμική κίνηση, ποτέ δεν έπαιρνε πρωτοβουλίες.

«Τι να σου πω» της είπα. «Εγώ με τα χρήματα δεν έχω καλή σχέση. Και όσα έβγαλα μέχρι σήμερα αντί να τα επενδύω τα ξοδεύω, τρώω από τα έτοιμα, που λένε».

«Εσύ κουμαντάρεις τα δικά σου, πάντως ο Μίμης ξέρει και υπολογίζει».

Μου ήρθε να της πω, και τι θα τα κάνει τα πολλά; Τι περισσότερο θα ευχαριστηθείς; Δεν έβλεπα την αγωνία της να φαίνεται καλοβαλμένη και αποκατεστημένη; Μπορείς να εξαγοράσεις το βάσανο;

Κι έτσι, μια εποχή που ο κόσμος έτρεχε να επενδύσει και γυάλιζαν οι μετοχές στους δρόμους και στα σπίτια, αόρατη ευτυχία, εγώ μείωνα το υπόλοιπο του λογαριασμού μου αγοράζοντας βιβλία και σχεδιάζοντας κάποια εξόρμηση σε ελληνικά μέρη, ειδικά τις περιόδους που δεν είχε τουρισμό. Βαριόμουν τους τουρίστες και τα τουριστικά μέρη. Είχα βαρεθεί να τους εξυπηρετώ στα καφέ τους τα χρόνια που δούλεψα στη Σουηδία.

Άραζα, μόνος μου, με τα βιβλία μου, άλλοτε ταξιδιωτικά, άλλοτε αστυνομικά και άλλοτε της αρχαίας γραμματείας, που τα ξαναδιάβαζα με ευχαρίστηση – κυρίως πλατωνικούς διαλόγους, που με διέγειραν και με διασκέδαζαν. Καμιά φορά γελούσα δυνατά με ορισμένες φράσεις – εκεί που παλιά οι καθηγητές μου έσκυβαν και τις ανέλυαν με περισσή ευθύνη. Σε μένα όμως ήταν αλλιώς κατανοητές μέσα από το σημερινό μου πλαίσιο όπως τις ξαναδιάβαζα, και δε χρειαζόμουν πια θεωρητικές αναλύσεις, που ανέκαθεν ήταν πιο ακατανόητες από το κείμενο που ανέλυαν.

7

ΕΝΑ ΧΕΙΜΩΝΙΑΤΙΚΟ ΑΠΟΓΕΥΜΑ πεθύμησα να δω λίγη θάλασσα· υπό άλλες συνθήκες, θα τηλεφωνούσα στην παρέα στην Πλάκα να πάρω κάποιον μαζί μου αλλά δεν μπορούσαν. Η Κρίστη είχε προσληφθεί στο ΔΗ.ΠΕ.ΘΕ. Βόλου, όπου και πηγαινοερχόταν –περισσότερο έμενε εκεί δηλαδή, μια και σχετιζόταν με έναν συνάδελφό της–, ο Βασίλης επίσης έφυγε για το αντίστοιχο δημοτικό θέατρο της Καβάλας, όπου θα σκηνογραφούσε ένα έργο του Αριστοφάνη. Όπου δουλειά, εκεί πήγαινε ο κόσμος. Ίσως αυτός ο μικροπανικός ότι ήμουν αδρανοποιημένος σε μια στιγμή που η χώρα και οι άνθρωποι δούλευαν με φουλ τις μηχανές τους κερδίζοντας λεφτά, ίσως λέω, να με έριξε κάπως ψυχολογικά, γιατί τελευταία επανέρχονταν κάτι θολά όνειρα.

Η θέα της θάλασσας δε με ηρέμησε καθόλου. Είχα έρθει στο Καβούρι, μια κάπως κλειστή πλαζ, το καφέ με τα προστατευτικά νάιλον σαν αυθαίρετο κτίσμα της Εθνικής οδού, η άμμος πατημένη λες και ήταν κακοστρωμένο πεζοδρόμιο· πλησίασα τη θάλασσα και μου φάνηκε βούρκος, σκοτεινή, οιωνός κακός, συναχωμένη Ερινύα.

Θύμιζε προς στιγμήν τη Βαλτική, αλλά εκεί το χρώμα άλλαζε κάθε τόσο, ανάλογα με το φως και τον αέρα. Στη δική μας θάλασσα δεν ταίριαζαν κατσουφιάσματα και σκοτοδίνες, όμως τα τελευταία χρόνια η θέα της, ειδικά μετά τα γεγονότα στη Σαμοθράκη, δε με χαλάρωνε, κι ας το προσπαθούσα μετά από τόσον καιρό.

Έφυγα με βαριά καρδιά, είχα ένα άσχημο προαίσθημα, για τη μάνα μου πιο πολύ, σκεφτόμουν τα χρηματιστήρια, μήπως όμως εγώ ήμουν ο παράλογος τη στιγμή που το ογδόντα τοις εκατό των Ελλήνων κέρδιζαν; Κέρδιζαν όμως τι;

Στον γυρισμό, στην παραλιακή, κόλλησα μισή ώρα. Μια τέτοια χειμωνιάτικη μέρα γιατί τόση κίνηση; Μα πόσα αυτοκίνητα είχαν πια προστεθεί; Πού έτρεχαν όλοι αυτοί κι εγώ ανάμεσά τους; Προσπάθησα να ακούσω Τρίτο Πρόγραμμα αλλά το ήρεμο pianissimo ούτε που ακουγόταν.

Αντί να στρίψω στη Συγγρού, συνέχισα στον Πειραιά. Χάθηκα λίγο στα στενά και κατέληξα στις αποβάθρες, απ' όπου αναχωρούσαν τα πλοία για τα νησιά. Είχαν αναμμένες τις μηχανές και τα φώτα, ετοιμάζονταν να φύγουν – ποιος ξέρει για πού. Σκεφτόμουν πως δεν είχα κοντινούς ανθρώπους στην πόλη, είχα βέβαια γνωστούς, θα μπορούσα με ένα απλό τηλεφώνημα να βρω κάποιους ή να περάσω από συγκεκριμένα καφέ, αλλά δεν είχα καμιά διάθεση, αφού η σχέση μου μαζί τους δεν ήταν απόλυτη: ειλικρινής δηλαδή, έστω και με τα ψεγάδια της – όπως με την Ντίνα.

Το λιμάνι του Πειραιά και τα στενάκια μού θύμιζαν και πάλι τη Θεσσαλονίκη, τα φοιτητικά μου περάσματα, τα φτηνά ξενοδοχεία, τις ιστορίες που έζησα και κουβαλούσα φωλιασμένες κι εγώ δεν ξέρω πού. Από τίποτε δεν ξεφεύγουμε τελικά. Μικρό ή μεγάλο, το παρελθόν είναι ο δικός μας χρόνος, εμείς τον τεμαχίζουμε και τον διαχειριζόμαστε. Αλίμονο όμως αν τον παγώσουμε, θα βρεθεί μια χαραμάδα να μπει λίγο φως για να ξεπαγώσει.

Επέστρεψα στην Τρούμπα και μπήκα στη μισοσκότεινη στοά με το μαγαζί Συνάντηση· ήταν άδειο, ο ιδιοκτήτης όμως παρέμενε στη θέση του, δυσκίνητος, με τη φουσκωμένη του κοιλιά.

«Ψάχνεις κάτι;» με ρώτησε, αφού δεν του θύμιζα πελάτη, όμως γιατί όχι;

«Θέλω να μου φέρεις μια μπίρα» του είπα, ξαφνιάζοντας και τον ίδιο μου τον εαυτό.

Δεν είχε όρεξη για λόγια. Το μωσαϊκό κάτω παλιάς στρώσης, σαν κουτσουλισμένο, το ψυγείο έβγαζε βρυχηθμούς, πάνω στους τοίχους πάλιωναν καθρέπτες και τοπία της δεκαετίας του '70 κι ανάμεσά τους μια ασπρόμαυρη, φθαρμένη φωτογραφία της παλιάς Τρούμπας – όλοι τους πια θα είχαν φύγει–, θλιμμένη ανάμνηση των περασμένων ψυχών.

Ο μαγαζάτορας δεν ήθελε λόγια, ούτε καν να μάθει τι έκανα εκεί. Άνοιξε το κασετόφωνο και έβαλε λαϊκά, Γαρμπή, Μαζωνάκη, Σφακιανάκη. *«Ήμουν στη ζωή σου κάτι σαν θρησκεία/τώρα αν φύγεις θα 'ναι ιεροσυλία»* έλεγε η Γαρμπή όταν έβγαινα από το μαγαζί. Κάτι με έπνιγε, έκλεινε η στοά μπροστά μου και δεν έβρισκα έξοδο, ο μαγαζάτορας με κοίταζε παραξενεμένος που τρέκλιζα με μια μπίρα.

Για λίγες στιγμές δεν ήξερα πού βρισκόμουν. Μπρος στο μεγάλο κτίριο του Οργανισμού Λιμένος μπερδεύτηκα. Ήμουν στο λιμάνι της Στοκχόλμης ή της Θεσσαλονίκης; Είχα παρκάρει σε ένα στενό παραδίπλα. Η μαυρίλα της χειμωνιάτικης βραδιάς, παρά τα μισοφωτισμένα στενά, κυριαρχούσε παντού. Με κομμένα πόδια, συνέχισα ψάχνοντας το στενό. Μπροστά στον κινηματογράφο ΦΩΣ, ένα κιτρινιάρικο κτίριο με ξηλωμένους σοβάδες, ένα πόστερ διαφήμιζε τα κάλλη μιας πορνοστάρ· κοντοστάθηκα.

Στο ταμείο, μέσα στο κουβούκλιο, ένας γέρος περίμενε καρτερικά καπνίζοντας και πίνοντας ένα ακαθόριστο ποτό. Μπήκα σε μια αίθουσα όπου το σκοτάδι μόλις που διασπαζόταν από την προβολή μιας πετσοκομμένης ερωτικής –να την πεις...– ταινίας. Βρομούσε τσιγάρο, υγρασία, εκκρίματα. Κάθισα κοιτάζοντας μόνο μπροστά. Κάνα δυο σκιές περιφέρονταν. Άλλος ένας κάπνιζε πιο μπροστά. Ένιωσα ένα χέρι πρώτα να μ' αγγίζει και μετά ένα ζεστό στόμα. Δονήθηκα πάνω στην ξύλινη καρέκλα, που έτριξε. Όταν προσπάθησα να δω τι έγινε, ήμουν πάλι μόνος. Μια βρόμικη ανακούφιση με διακατείχε. Η καταβύθιση πήγαινε πιο βαθιά κι από τα μολυσμένα νερά του λιμανιού, που όμως φάνταζαν σαν προδομένες υποσχέσεις.

8

Ο ΣΚΗΝΟΘΕΤΗΣ Μίλτος Πεχλιβανίδης με είχε καλέσει στην ταβέρνα Μαρίτσα στο Κολωνάκι, αφού έκλεισε με δυσκολία τραπέζι. Δεν το έβαζε κάτω, μου είπε, μπορεί να αργούσε η έγκριση για την ταινία μεγάλου μήκους, και μάλιστα μπορεί να μη γινόταν ποτέ, αλλά στο μεταξύ είχε μία ακόμη ενδιαφέρουσα πρόταση.

Είχα πάει από ευγένεια στο ραντεβού και σκόπευα να του αρνηθώ κάθε συνεργασία στη μικρή και στη μεγάλη οθόνη, όμως, όταν μου ανέπτυξε την πρόταση, λες και προοριζόταν για την αφεντιά μου: Ένα ολλανδικό κανάλι ήθελε μια σειρά ντοκιμαντέρ για την Αθήνα. Ενόψει των Ολυμπιακών αγώνων, αναθερμαίνονταν πολλά θέματα για τον πολιτισμό, την ιστορικότητα της πόλης κτλ. Αυτά ως επιχειρήματα. Τους ενδιέφεραν οι δημόσιοι χώροι, η Αγορά, οι περίπατοι, τα σημεία συνάντησης ομιλητών, σοφών κτλ. Και όλα αυτά με ελάχιστη δραματοποίηση και απλό, καθαρό λόγο, καθόλου ακαδημαϊκό. Η προηγούμενη σειρά τους για τα ελληνικά νησιά πήγε περίφημα και είχαν καλοπληρωθεί όλοι οι Έλληνες συνεργάτες.

«Τι λες;»

Τι να 'λεγα; Ας ξεκινούσαμε από τους τόπους των

σωκρατικών διαλόγων! Στο απέναντι τραπέζι καθόταν ο παλιός καλός μου Τίβουλλος *–συγγνώμη, βρέθηκε άλλος–*, ο τηλεοπτικός παραγωγός. Δες σύμπτωση. Μαζί του συνέτρωγε ένας ολόκληρος θίασος του ελληνικού θεάτρου και της τηλεόρασης. Τσούγκριζαν και απολάμβαναν προφανώς το ξεκίνημα κάποιας νέας παραγωγής. Δεν ξέρω αν γύρισε ποτέ το κεφάλι του να μας δει αλλά μία νεότερη ηθοποιός επέμενε να μας κρυφοκοιτά με αγωνία μπας και στο τραπέζι μας κρινόταν η επόμενη φάση της καριέρας της.

Συμφωνήσαμε με τον Μίλτο στα βασικά σημεία και με κάλεσε στα γραφεία του, δυο μέρες μετά, στην οδό Αλκιβιάδου, σε μία παράλληλο της Αχαρνών και της Φυλής.

Σύμπτωση η ονομασία της οδού;

«Μπα» μου είπε. «Έψαχνα ένα φτηνό κτίριο για γραφεία, όλο τον καιρό ταξιδεύω, κι εδώ έχω ένα ολόκληρο δικό μου κτίριο, μαζί και τα υπόγεια. Το νοικιάζω από μια ηλικιωμένη που το αγόρασε με τον ιδρώτα της, το δούλευε παλιά ως οίκο ανοχής...»

«Αυτό σημαίνει ότι τα κατάφερνε».

Βρέθηκα εκεί με τα πόδια, έκανα μία ώρα από το Παγκράτι, μου άρεσε η βόλτα και το χάσιμο σε εκείνα τα ατημέλητα στενά. Προτίμησα να κατηφορίσω την Ακαδημίας, χάζεψα στην Κάνιγγος, τα υπουργεία εκεί γύρω έσφυζαν από κίνηση και χαρτούρα, πέρασα έξω από το Αρχαιολογικό Μουσείο –που είχα επισκεφτεί τρεις φορές μέχρι τότε– και μετά πήρα κάθετα την Ηπείρου μέχρι να συναντήσω τον δρόμο του.

Πράγματι, το κτίριο ήταν ένα παλιό διώροφο νεοκλασικό αφημένο στην τύχη του και στον χρόνο, αλλά θα διασωζόταν στη δική μου μνήμη γιατί από την πρώτη στιγμή μού θύμισε το κτιριακό μας συγκρότημα στο Γκέρντετ, κι ας μην ήταν της ίδιας εποχής ή αισθητικής. Μπαίνοντας, στο ισόγειο αριστερά, ήταν το πορνείο για πολλά χρόνια. Δεν υπήρχε κανένα ίχνος του περαστικού έρωτα, τώρα έτριζαν οι ξύλινες σκάλες καθώς ανέβαινα περιστροφικά στον πρώτο όροφο.

Εκεί μέσα, στις τεράστιες, ψηλοτάβανες κάμαρες, ο Μίλτος είχε στήσει το μικρό του στούντιο, δηλαδή έβαζε τα μηχανήματά του. Τεράστια ορθογώνια παράθυρα έμπαζαν φως από παντού, δεν υπήρχαν κουρτίνες, ούτε πολλά έπιπλα. Ο Μίλτος μού είπε ότι εδώ θα βγάζαμε μαζί την περισσότερη δουλειά, ενώ εκείνος θα οργάνωνε και την παραγωγή.

Λες και αυτή η κινηματογραφική δουλειά έδενε με τα προηγούμενα και όσα απαρνιόμουν, αφού πράγματι αποτέλεσε την τελευταία μου συνεργασία με την εικόνα, πέρασμα και γέφυρα στον λόγο – θα το έγραφα και με Λ κεφαλαίο, αλλά ήταν αρκετά βαρύγδουπο να διαβαστεί έτσι.

Ο Μίλτος ήταν κι αυτός Βορειοελλαδίτης αλλά ζούσε στην Αθήνα πολλά χρόνια, κάνοντας κάθε είδους δουλειές, μετά τις σπουδές του στο Παρίσι. Είχε ξεκινήσει από διαφημιστικές εταιρείες, όμως δέν τον ενέπνεε εκείνη η δουλειά, έκανε μερικά μουσικά βίντεο κλιπ, από τα πρώτα μάλιστα –για γνωστές τραγουδίστριες–, και τώρα στρεφόταν σε δικές του παραγωγές. Διάβαζε κι αυτός αρκετά και έβλεπε με πάθος κινηματογράφο. Αγαπούσε το ίδιο τα κοσμικά με τα απόμακρα μέρη. Φυσικά και σύχναζε στο Multi Culti, εγώ κάπως λιγότερο, αλλά τώρα με ανέβαζε στη μηχανή του και πηγαίναμε στα δυτικά προάστια. Είχαμε ανακαλύψει μια ψαροταβέρνα, τον Καπετάνιο, στη Θηβών, όπου τρώγαμε και πίναμε κάνα κρασάκι. Αυτός –τριανταπεντάρης– είχε σχέση με μια εικοσάχρονη γυμνάστρια, ένα πανέμορφο κορίτσι με ευλύγιστο σώμα, που της μπήκε στο μυαλό να πάει σε σχολή θεάτρου παράλληλα με τη σχολή της – πάλι καλά, τουλάχιστον να έχει κι άλλη καβάντζα.

Τη γνώρισα ένα βράδυ που πήγαμε οι τρεις μας στις Γραμμές, στην Κωνσταντινουπόλεως, να ακούσουμε λαϊκά και ρεμπέτικα με Σαλονικιούς τραγουδιστές. Το καταχάρηκα κι εγώ, ήταν η Μαριώ και ο Θωμάς Κοροβίνης, που μου άφηναν μια αύρα από τα φοιτητικά μου χρόνια να μου γδέρνει την ψυχή όλο το βράδυ. Η Κορίνα, γέννημα θρέμμα Χαλανδρίου, δεν ενθουσιάστηκε ιδιαίτερα, αλλά ήξερε να στέκεται σε μια παρέα χωρίς να σνομπάρει ή να γκρινιάζει. Κοιτάζοντάς την, ήξερα ότι μια μέρα σίγουρα θα την έβλεπα σε κάποια σειρά της τηλεόρασης: τώρα πια οι σπουδές θεάτρου σήμαιναν περισσότερο καριέρα στην τηλεόραση παρά στο θέατρο.

Το σπίτι της οδού Αλκιβιάδου ήταν η σημαντικότερη επόμενη φάση της ζωής μου στην Αθήνα. Το απέδειξαν τα γεγονότα που ακολούθησαν, όμως είναι νωρίς ακόμη να φτάσουμε σ' αυτά. Μα, πάνω απ' όλα, μου επανέφερε πρόσφατες μνήμες από τη συγκατοίκηση στο διαμέρισμα της Στοκχόλμης, μια αίσθηση ιδιωτικής απομόνωσης και κυριαρχίας στον χώρο. Μόνο που εκεί ζούσαμε δύο άτομα στο διαμέρισμα, ενώ εδώ κυκλοφορούσαν μοναχικές σκιές που μια ζωή στρίβανε μόλις έβλεπαν ότι κάποιος άλλος θα μπορούσε να σταθεί δίπλα τους. Μία από αυτές ήμουν κι εγώ.

9

ΑΝΑΜΕΣΑ ΣΤΟ ΠΑΓΚΡΑΤΙ και στην Αλκιβιάδου μεσολαβούσε το πιο ζωντανό κομμάτι της πόλης. Σύνταγμα, Ομόνοια. Περνούσες από την ευημερία στην κατάπτωση, αφού όλοι οι γύρω δρόμοι μετά την πλατεία Βάθη είχαν περιθωριοποιηθεί, παρά το γεγονός ότι έβλεπες τόσα πανέμορφα αστικά σπίτια. Άρχισα να προσέχω περισσότερο την περιοχή, τα μαγαζιά, τους ξένους –κυρίως Πολωνούς ή Κινέζους– που είχαν αρχίσει να μετοικούν εκεί, αλλά και τους Ρωσοπόντιους που άπλωναν την πραμάτεια τους, κάτι σοβιετικά ξεθωριασμένα σερβίτσια που λάτρευε η Μαργαρίτα και της αγόραζα συχνά κάποιο κομμάτι – λαχταρούσε τις πορσελάνινες φλιτζάνες με βουκολικά σχέδια.

Πολλές φορές –επειδή είχα τα κλειδιά της Αλκιβιάδου– πήγαινα μόνος μου στα γραφεία. Όλο εκείνο το διάστημα που δουλέψαμε, περίπου τέσσερις μήνες, με τον Μίλτο, άραζα δίπλα σε ένα παράθυρο. Είχα πια ένα –προσωρινό– γραφείο και ένα διαμέρισμα – ακόμη και αυτό με αναπτέρωνε. Η δουλειά προχωρούσε άλλοτε καλά και άλλοτε δύσκολα, αφού σε σημεία πηγμένα και καταπλακωμένα από σύγχρονα κτίρια εμείς έπρεπε να αφήνουμε τον αφηγητή μας, έναν ηθοποιό που μόλις είχε γυρίσει από Αμερική, να δείχνει και να ξεναγεί.

Σκεφτήκαμε να μη βάλουμε ηθοποιούς με χλαμύδες και πέδιλα, θα ήταν εντελώς κιτς και τουριστικό. Γι' αυτό και όταν ο δικός μας ηθοποιός, ο Χρήστος Στέργιογλου, αναφερόταν στον Σωκράτη και στον Κρατύλο –για παράδειγμα– η εικόνα έδειχνε δύο πρόσωπα καθημερινά, που συνομιλούσαν με αποσπάσματα από τα πλατωνικά κείμενα, τα οποία έτσι αποκτούσαν αμεσότητα, θυσιάζοντας ίσως τα πολύπλοκα και υποβόσκοντα μηνύματα. Αλίμονο αν απευθυνόμασταν σε ακαδημαϊκότερο κοινό. Ο Μίλτος μού είχε δώσει απόλυτη ελευθερία και μου έδειχνε εμπιστοσύνη, μην αμφισβητώντας ό,τι κινηματογραφούσαμε.

Ίσως κάποια στιγμή να κρινόμασταν – για τις ξένες αντιδράσεις δε γνωρίζω, αλλά όταν, λίγο καιρό μετά, αγοράστηκε η σειρά και από την ΕΡΤ, τα ίδια επεισόδια αντιμετωπίστηκαν με τόση αδιαφορία και εκτοπίστηκαν σε μια άχαρη πρωινή εκπαιδευτική ζώνη, που κανείς δε μου τηλεφώνησε να μου πει ότι είδε κάπου γραμμένο το όνομά μου. Τα ιδιωτικά κανάλια είχαν μπει γερά στο παιχνίδι, είχαν επιστρατεύσει τις δικές τους εφημερίδες και τους τηλεκριτικούς, οπότε ακόμη και μια αξιόλογη εκπομπή στην κρατική, αενάως ελεγχόμενη τηλεόραση περνούσε στο ντούκου. Φαύλος κύκλος, αλλά ο Μίλτος συνέχισε πετυχημένα με μια μόνιμη εκπομπή ταξιδιωτικού χαρακτήρα μαζί με μια όμορφη και δραστήρια δημοσιογράφο, κόρη ενός πολύ γνωστού μοντέρνου ζωγράφου. Η Κορίνα προστέθηκε στο επιτελείο ενός πρωινού προγράμματος του ΑΝΤ1, όπου, με το τέλειο, ευλύγιστο κορμί της παρουσίαζε απλές ασκήσεις γυμναστικής για νοικοκυρές.

Στο ίδιο κτίριο στήθηκαν εικαστικές παρεμβάσεις νέων καλλιτεχνών, αφού τους το παραχωρούσε δωρεάν ο Μίλτος. Θυμάμαι μια έκθεση με θέμα τον ερωτισμό, που είχε προκαλέσει έντονες συζητήσεις και έφερνε κόσμο προς την άγονη και υποβαθμισμένη αυτή μεριά της Αθήνας, όπου ο συνήθης προορισμός ήταν τα «σπίτια» με τα φωτάκια απ' έξω. Μου άρεσε η έκθεση πολύ και υποστηριζόταν από το περιοδικό *01*.

Ακολούθησε μία φωτογραφική έκθεση με θέμα την πάλη στα πανηγύρια της Βόρειας Ελλάδας, με αφορμή το μυθιστόρημα ενός νέου συγγραφέα, του Γρηγοριάδη, που τον διαβάζαμε με τη μάνα μου – εκείνη τον προτιμούσε πιο πολύ από μένα. Στα εγκαίνια μαζεύτηκε πολύς κόσμος, ήταν φθινόπωρο, και ανάμεσά τους ο διστακτικός συγγραφέας. Πες το θέμα, πες η βορειοελλαδίτικη διάσταση της έκθεσης, έφερε ετερόκλητο κόσμο και κοσμάκη, που αναγνωρίζονταν μετά από πολύ καιρό. Ανάμεσά τους και ένας συμφοιτητής μας της εποχής της Θεσσαλονίκης, καθηγητής πια, που με αγκάλιασε και μου είπε «Μόνο για σένα δεν ξέραμε τι απέγινες τόσα χρόνια». Μπα, υπήρχαν άνθρωποι που με στήριξαν με τις μνήμες τους; Υπήρχα σε κάποιων παλιότερων λόγια;

Εκείνος ήταν διορισμένος στο Δημόσιο, μάθαινε τούρκικα και φωτογράφιζε ερασιτεχνικά στον ελεύθερο χρόνο του παλαιστές. Απορούσε πώς και γιατί είχα χαθεί.

«Μα έχουν περάσει ήδη είκοσι χρόνια, ο καθένας πήρε τον δρόμο του» του είπα.

«Μπα, λέγανε ότι χάθηκες, ότι είχες πάει στο Άγιον Όρος. Όταν αναφερόμασταν στην Ομάδα Θεάτρου, μόνο για σένα και τον Μάικ δεν είχαμε στοιχεία».

«Δηλαδή ξέρατε ο ένας για τον άλλο και μένα με είχατε για καλόγερο;»

«Και βέβαια, ρώτα με ό,τι θες, εγώ τους κρατάω σε αρχείο προσωπικής μνήμης, και θα κάνουμε μια επανασύνδεση του ΦΟΘΚ κάποια στιγμή. Θα την οργανώσει ο Σωκράτης, τον θυμάσαι;»

Και πώς δεν τον θυμόμουν, το μαγαζί του, η Μπανάνα, τα πάρτι, τα σόου, το ποδοπάτημα στην Προξένου Κορομηλά (στεναγμός...).

Ο συμφοιτητής μου γελούσε, με το ίδιο μουστακάκι που είχε από τότε, μόνο τα μαλλιά του είχαν πέσει. Τότε μας πλησίασε και ο συγγραφέας.

«Γνωρίζεστε, έτσι; Σε θυμάμαι κι εγώ» μου είπε. «Γνώριζα και τη Ζωή και τον Μάικ. Δε θα ξεχάσω την παράσταση που κάνατε, το *Χαμένο ρούχο*, πώς λεγόταν. Με ενδιαφέρει τόσο πολύ εκείνη η εποχή, θα έπρεπε ίσως να καθίσω και να γράψω».

«Θα είχε ενδιαφέρον να γράψεις το μετά, στη δεκαετία του '80, και να φτάσεις στη δική μας, τώρα» του είπα. «Πώς προχωρήσαμε, πού βρέθηκε ο καθένας και πώς συνέχισε την επανάσταση των φοιτητικών του χρόνων».

«Κάτι κάναμε όλοι μας και συνεχίζουμε, όπως κι εσύ, φαντάζομαι».

«Εγώ ήμουν στη Σουηδία. Δίδασκα ελληνικά και δούλευα, έκανα κι άλλα πολλά, ίσως πιο εντυπωσιακά, όμως δε θα τα έκανα ούτε μανιφέστο ούτε βιβλία».

Ακούστηκα λίγο επιθετικός. Προσποιήθηκα ότι έχω στομαχόπονο, είπα «συγγνώμη», έτρεξα στο υπόγειο, σε έναν χώρο ανοιχτό από τη μια πλευρά, όπου ξεχώριζαν τα θεμέλια του σπιτιού, και ανακουφίστηκα σε μια βρόμικη λεκάνη χωρίς καζανάκι – έριξα νερό από μια παρακείμενη βρυσούλα, μια σάπια κάνουλα. Στα έγκατα της πόλης ξανάβρισκα την επαφή με το χώμα, τη γης της πόλης, γιατί δεν είχαν ρίξει ποτέ τσιμέντο κατάχαμα. Χώμα ανακατεμένο με μπάζα, βρομιές, μία σαγιονάρα, κουρέλια, ωστόσο ένα κομμάτι της χαμένης γεωλογίας.

Ο κόσμος μπαινόβγαινε ασταμάτητα, κινδύνευαν να υποχωρήσουν οι ξύλινες σκάλες. Έμεινα αρκετή ώρα στο υπόγειο, υπήρχε ένα δωματιάκι σαν γκαρσονιέρα παραδίπλα, με ένα σιδερένιο σκουριασμένο κρεβάτι και ένα ξεχαρβαλωμένο στρώμα, ένας μπουφές φαγωμένος από τους μύκητες και μια φράση χαραγμένη στον τοίχο, «OMAR + ΣΠΥΡΟΣ, 1981». Στο κτίριο, εκτός από το πορνείο, έμεναν παλιότερα δεκάδες στρατιώτες και ναύτες κατά τη διάρκεια της θητείας τους, όταν χρειαζόταν να διανυκτερεύσουν κάπου και έπρεπε να δηλώσουν μια διεύθυνση στην υπηρεσία τους. Σημάδια, χαμένα μηνύματα, ιστορίες αφανών, και είχα εκείνο τον γραφιά να θέλει να καταδώσει τις σιωπηρές στιγμές των ανθρώπων.

Ξαφνικά ήθελα να φύγουν όλοι από εκεί μέσα, να πάρουν τις φωτογραφίες με τους παλαιστές και τα έθιμά τους και να μας αφήσουν ήσυχους. Ποιους όμως; Αρνιόμουν την πρώην παρέα μου, τη δική μου γενιά;

Όταν ανέβηκα επάνω, είχαν ήδη φύγει για μια ταβέρνα, ενώ περίμενε κι ο Μίλτος να πάμε να τους βρούμε. Όμως εγώ δεν ήθελα, αυτές οι φέτες του χρόνου στοιβάζονταν η μία πάνω στην άλλη και δε με βοηθούσαν σε ό,τι έκανα ή δεν έκανα τώρα.

10

Δουλευαμε τις τελευταιες σκηνες του ντοκιμαντέρ μέσα σε μια ένταση που δεν είχε προηγούμενο στην πόλη. Παντού σκαμμένα έργα, υγρασία, οι δρόμοι πλημμυρισμένοι από τις απεργίες μετά την κατάθεση του προϋπολογισμού. Τώρα καταλάβαιναν πολλοί ότι οι Ολυμπιακοί θα στοίχιζαν όχι μόνο στο παρόν αλλά και στο μέλλον. Καίγονταν αυτοκίνητα, καπνοί συννέφιαζαν τον ορίζοντα, δακρυγόνα έπεφταν σποραδικά σε πολλές γειτονιές του κέντρου, με προτίμηση τα Εξάρχεια, μερικές στιγμές δεν μπορούσες καν να το διασχίσεις.

Και τότε τσουπ! Να τη η Μαργαρίτα στο σπίτι, μουτρωμένη.

«Τι έγινε;» τη ρωτάω.

«Κάτι δεν πάει καλά με τον Μίμη. Δε φτάνει που πούλησα το σπίτι στα Χανιά και λεφτά δεν είδα ακόμη από το Χρηματιστήριο, τώρα μου λέει και για το εξοχικό στο Λουτράκι. *Δεν είναι καλά εδώ, καλύτερα να το πουλήσεις, ένα άχαρο σπίτι στο πουθενά είναι, πραγματικά δεν είναι όμορφα, ούτε και η θάλασσα.* Εσύ τις λες;»

Για πρώτη φορά θύμωσα και φώναξα όσο μπορούσα.

«Εγώ τι να πω; Έρχεσαι να μου πεις ότι χάνεις δύο ακίνητα επειδή έμπλεξες με έναν πονηρό συνταξιούχο;

Δεν το έβλεπες στο βλέμμα του; Καλά, κι εγώ φταίω, όμως έλεγα *ας αποφασίζει μόνη της*. Πού είναι τώρα ο Μίμης;»

«Στον δικηγόρο, για τα χαρτιά, για το Λουτράκι».

Άρχισα να ουρλιάζω, και για να με καθησυχάσει έκλαιγε και φώναζε κι αυτή και μας άκουσε το μισό Παγκράτι μέχρι το Κάραβελ και το Χίλτον.

«Με τσακίσατε τόσα χρόνια» φώναζα. «Μ' αφήσατε από παιδί μόνο κι έρχεσαι πάλι να μου φορτώσεις τις δικές σου ευθύνες. Τι θέλεις; Να πουλήσουμε κι αυτό το διαμέρισμα, και τι θα έχουμε μετά, ε; Έχουμε πουθενά αλλού σπίτι; Έχουμε κάτι άλλο; Μας ξέρει κανείς; Είμαστε γραμμένοι πουθενά; Τι άλλο να κάνω που εσένα σκεφτόμουν όταν χαλούσα την ήσυχη ζωή μου στη Σουηδία;»

Συνέχισε το κλάμα, αληθινό ή ψεύτικο δεν ξεχώριζε. Τη λυπόμουν αλλά και με εξόργιζε.

«Να φύγεις από δω και να πας με τον Μίμη, και αν δε σε θέλει, τότε να ξανάρθεις. Μόλις βρήκα κι εγώ την ησυχία μου, θέλω να δουλέψω λιγάκι. Ευτυχώς αυτό το διαμέρισμα είναι και στο όνομά μου, αλλιώς ο ψευτόμαγκας θα μας το έτρωγε κι αυτό».

Μάζεψε τα μούτρα και τις μύξες της. Έδειχνε μετανιωμένη. Έπρεπε να υπογράψουμε στο μεταξύ, γιατί, όπως αποδείχθηκε, τα χρέη που είχαν να ξεπληρώσουν ήταν για το καζίνο και ήταν και των δυο. Αυτό δεν το άντεξα. Όμως σκέφτηκα ότι θα μένει μαζί του στο δικό του διαμέρισμα και το κατάπια κι αυτό.

Όταν συνάντησα τον Μίμη, απλώς του είπα «Αν πάθει κάτι η μάνα μου, θα σου συμβούν τα χειρότερα».

«Μ' απειλείς;»

«Όχι, δε σε απειλώ, απλώς θα σε καταραστώ».

Με κοίταζε άφωνος, σαν να έλεγε, εκείνος ο κουτοπόνηρος, «Μωρέ, με τι τρελούς έμπλεξα».

«Το εννοώ, θα σε καταραστώ με μια αρχαία κατάρα που την ξέρουνε λίγοι μυημένοι και τη φυλάνε σαν τρομερό μυστικό. Μέχρι κι ο Πλάτωνας στην *Πολιτεία* αναφέρεται σ' αυτήν. Πρόσεξε, καημένε. Κι αλίμονό σου!»

Ήταν από την αρχή λίγο σαλταρισμένος με κάτι τέτοια αρχαιοπρεπή, υπερφυσικά και μεταφυσικά, διάβαζε κάτι άχρηστα βιβλία για τα μυστήρια και τα ανεξερεύνητα, το είχα εντοπίσει στις λίγες μας συζητήσεις, και όταν τ' άκουσε πανικοβλήθηκε. Με είχε πάρει εξαρχής στα σοβαρά: σπουδές, ταξίδια, όλα αυτά τον καθηλωμένο πρώην στρατιωτικό τον είχαν εντυπωσιάσει.

Εκείνες τις μέρες πηγαινοερχόμουν με το κεφάλι ζαλισμένο σαν να ξυπνούσα από ένα ρέιβ πάρτι σε μια τεράστια αποθήκη εκτός Αθηνών, αισθανόμουν ότι είχα ανεβάσει πίεση, ότι θα έσπαγε το κεφάλι μου, έπρεπε να μείνω μακριά τους, όλα ήταν λάθος, λάθος. Δεν έπρεπε να εγκαταλείψω τη Σουηδία.

Πούλησαν ωστόσο το εξοχικό και επέστρεψαν στην Αθήνα το καλοκαίρι του '98. Ψηνόντουσαν στη ζέστη και φουλάριζαν τα κλιματιστικά. Η κατάρα παρέμεινε σαν μια προαιώνια και επερχόμενη απειλή και, όπως το τρελόχορτο της μάνας μου, τον κράτησε για αρκετό καιρό συνεπή. Μένανε μαζί, την έβγαζε βόλτα στα πάρκα της Αθήνας και σε κάτι άχαρες παραλίες της ανατολικής Αττικής, ανάμεσα σε αυθαίρετα σπίτια, παράγκες-καφετερίες, παρκαρισμένα αυτοκίνητα στα πεζοδρόμια, μπλοκαρισμένες οικογένειες, ουρές χιλιομέτρων με ιδρωμένα και εξαθλιωμένα άτομα που πάσχιζαν να βρουν μια διέξοδο από τα διαμερίσματα στους βούρκους των κοντινών ακτών. Εκεί έμεναν λίγο σε ένα αυθαίρετο ενός μακρινού του ξαδέλφου για να αισθάνονται ότι δεν έχασαν τίποτε, με κάτι μίζερα δεντράκια που μόλις ξεχώριζαν ανάμεσα σε περιφράξεις και τοιχαλάκια μας αμφισβητούμενης ιδιοκτησιακά γης.

Έτσι, ησύχασα για λίγο, ξεχάστηκα και χασκογελούσα θυμούμενος την Πηνελόπη που, αν ζούσε και έβλεπε τις περιουσίες των πρώην της να εξαφανίζονται στον τζόγο, ίσως σηκωνόταν και τους έσφαζε όλους.

Όταν τελείωσε το μοντάρισμα των εκπομπών, στο οποίο ήμουν από δίπλα συνεχώς, καθώς το κείμενο και ο λόγος έτρεχαν παράλληλα με την εικόνα, άρχισα να πηγαίνω σινεμά και να βγαίνω αργά το βράδυ, που δρόσιζε. Έκοβα από το Ζάππειο και κατηφόριζα προς το Θησείο και την Ερμού. Άλλοτε άραζα στο παρατημένο παρκάκι απέναντι από τον Ευαγγελισμό. Και αν φύσαγε λιγάκι, έπαιρνα το αυτοκίνητο και κατέβαινα στο λιμάνι του Πειραιά. Όλο και έβρισκα λίγη δροσιά εκεί, μια ελπίδα πελαγίσια.

Και ένα βράδυ που πεθύμησα τα ξενοδοχεία και τα λιμάνια, έμεινα σε ένα δωμάτιο με μωσαϊκό καταγής, σιδερένιο κρεβάτι, χρησιμοποιημένα σεντόνια. Είχα ήδη βαρεθεί τα οικεία; Κοιμήθηκα εκεί μέσα βλέποντας απέναντι τα άδεια γραφεία, τα εργαστήρια διάφορων εταιρειών, τις βιοτεχνίες. Έμενα μαζί με ναυτικούς και περαστικούς που δε θα ξανάβλεπα ποτέ. Ήταν σαν άσκηση, σαν νηστεία, ωστόσο χρειαζόμουν κάτι πιο δραστικό. Δε με περίμενε κανένα καράβι για αναχώρηση στο λιμάνι, είχα ρίξει άγκυρες που σκούριαζαν στη στεριά.

11

ΑΓΚΟΜΑΧΟΥΣΕ το μηχάνημα μόλις έπαιρνε μπρος. Είχα αγοράσει έναν καινούργιο υπολογιστή, έναν INTEL pentium II 233 MHZ, με μνήμη 4,1 MB με CD ROM και προσπαθούσα υπομονετικά να μπαίνω στο αργό και πανάκριβο διαδίκτυο, να αντλώ πληροφορίες και να χτίζω τις επαφές για ενδεχόμενες δουλειές μέσα από την ηλεκτρονική αλληλογραφία στο kmanolis@otenet.gr.

Έβλεπα πόσο διευρυνόταν η πληροφόρηση, αλλά εγώ προτιμούσα να σκύβω στα βιβλία μου και να διαβάζω αργά και προσεκτικά. Ετοιμαζόμουν για μια επόμενη φάση, σημαντικότερη, δεν μπορούσα να την προσδιορίσω παρά τη βολή που είχα βρει στο διαμέρισμα και τις ψηφιακές μου διευκολύνσεις. Δεν ανησυχούσα πολύ για την τύχη της Μαργαρίτας, έλεγα ότι θα τα καταφέρει, δεν το πολυπίστευα όμως, η μάνα μου ήταν μια αεικίνητη και περίπλοκη γυναίκα και κανείς μας δεν μπορούσε να προβλέψει τις επόμενες αντιδράσεις της.

Γύριζα από τον κινηματογράφο. Είχα δει μόλις την *Καυτή σάρκα* του Αλμοδόβαρ, πάλι μόνος μου μέσα στην αίθουσα, μπορεί να 'μουν και ο μοναδικός θεατής χωρίς παρέα – θα έλεγε κανείς ότι είχα μπερδέψει από τον τίτλο της ταινίας το είδος του σινεμά που παρακολουθούσα, όμως δε μ' ένοιαζε πια τι έλεγαν οι ανώνυμοι γύρω μου.

Όταν βγήκα, έβρεχε πολύ, μα πάρα πολύ, έκοψα με τα πόδια για το σπίτι από το Σύνταγμα, ενώ γύρω μου παρέλυε το σύμπαν. Κατά καιρούς κοβόταν και το ρεύμα σε διάφορες γειτονιές της πόλης, μαύριζε ο τόπος, μετά έβρισκες έναν υγρό και φωτεινό δρόμο, αλλά τα νερά τον καθιστούσαν ποταμάκι, ψάχνοντας τη χαμένη φυσική ροή τους. Τσαλαπατούσα και κινδύνευα να γυρίσω καμιά φτέρνα ανάποδα. Πεζοδρόμια και δρόμοι βούλιαζαν και χαλούσαν, χωρίς ελπίδα να ξαναφτιαχτούν τις επόμενες βδομάδες.

Είχα κλείσει την πενταετία μου στην Αθήνα – φτάνει, έλεγα μέσα μου. Οι άρχοντες και οι ηγέτες πέθαιναν, ο Καραμανλής μάς είχε αφήσει, ενώ ένας νέος αρχιεπίσκοπος ενθρονιζόταν –ονόματι Χριστόδουλος. Παντελώς αδιάφορη η πληροφορία – δεν είχα πατήσει το πόδι μου σε καμιά εκκλησία στην Αθήνα, ακόμη και το Πάσχα, που ήταν μόδα να πηγαίνεις σε προαύλια βυζαντινών εκκλησιών και να ακολουθείς τους επιταφίους θάβοντας με την παρέα σου τους γνωστούς τριγύρω, ακόμη κι αυτά τα παρέκαμπτα. Η μόδα της νεοορθοδοξίας δε μ' άγγιζε, εμένα, έναν προβληματισμένο και παραπλανημένο αγνωστικιστή.

Όμως εκείνη η βροχή, το μουσκίδι στο σώμα μου, όταν γύρισα χτυπούσε σαν καμπανάκι μέσα μου, λέγοντας «Τι έχεις να κάνεις εδώ πέρα πια; Επειδή κληρονόμησες τρία δωμάτια σημαίνει ότι βρήκες σπιτικό ή μια πατρίδα;».

Πίστευα ότι πατρίδα μου ήταν ένα νεφέλωμα από

ιδέες και σκέψεις, συναισθήματα και πάθη, περιφερόμενα σώματα και ψυχές, βιβλία που διαβάσαμε, ταινίες και παραστάσεις, η γραφή, η γλώσσα, όλα αυτά έχτιζαν ένα ιδεολόγημα ή μια ιδεατή πατρίδα όπου μπορούσα να στηριχτώ. Όπου αλλού και να τα συναντούσα – εκεί θα μπορούσα να ριζώσω ξανά, σε μια ρευστή, περιρρέουσα κατάσταση, μια υποσχόμενη πατρίδα, μια πρόσκαιρη υπηκοότητα. Θυμόμουν να με ρωτάνε στην αστυνομία, στην επαλήθευση που έκαναν κάθε έξι μήνες, αν ακόμη συζούσαμε με τον Σβεν, «Σας αρέσει εδώ, θα μείνετε για πάντα, επιθυμείτε στ' αλήθεια να πάρετε υπηκοότητα;». Ο Σβεν μειδιούσε, άραγε πίστευαν ότι είχαμε κάνει δήλωση συμβίωσης πραγματικά ή ότι κι εμείς τους ξεγελούσαμε, σαν τους πολλούς εικονικούς λευκούς γάμους που συνάπτονταν ανάμεσα σε μετανάστες και ντόπιους;

Ένα βράδυ σκέφτηκα να αποκαταστήσω κάπως τη σχέση μου με τον Μίμη και τη Μαργαρίτα. Τους κάλεσα σπίτι και παραγγείλαμε φαγητό. Εκείνη γκρίνιαζε πόσο καλύτερα θα μπορούσε να είχε μαγειρέψει, δήθεν έκλαιγε κάθε φορά που σκεφτόταν τη θεία.

«Α, εδώ την είχα σαν βασίλισσα, εδώ την έπλενα, εκεί την τάιζα τη θείτσα μου».

Ο Μίμης, ακούγοντάς την, ησύχαζε, αλλά, δυστυχώς γι' αυτόν, η Μαργαρίτα δεν ήταν νεότερη για να ελπίζει ότι θα την έχει νοσοκόμα μέχρι τα βαθιά του γεράματα. Προς το παρόν είχαν κάνει γκάφες αλλά έλπιζαν. Προσπαθούσε να μου εξηγήσει ότι το σπίτι της Κρήτης μαζί με ένα δικό του εξοχικό τριπλασίασαν τις μετοχές τους στο χρηματιστήριο, ότι συνεργαζόταν με το καλύτερο γραφείο και ότι το ξεπούλημα στο Λουτράκι έγινε για καλό τους, για λίγα χρέη.

«Και γιατί δεν τραβάτε λίγα χρήματα από τα κέρδη σας; Να πάτε κάνα ταξίδι».

«Μα ο Μίμης φοβάται τα αεροπλάνα. Πιστεύει ότι σύντομα οι Τούρκοι θα ρίξουν ένα δικό μας και θα έχουμε επεισόδιο στο Αιγαίο, ε, Μίμη;»

Δεν υπήρχε διάλογος, ούτε επιχειρήματα. Ο Μίμης φοβόταν τα πάντα: τις αρρώστιες, τα μικρόβια, τον ίδιο του τον εαυτό. Πώς τον ανεχόταν η Μαργαρίτα;

«Μέχρι να πάρουμε πίσω τα εκατομμύρια από τις μετοχές» μου είπε εκείνη, μέρες μετά, λίγο συγχυσμένη. «Μετά βλέπουμε».

Οκτώ μήνες αργότερα, ήταν οι πρώτοι που έχασαν τα πρώτα εκατομμύρια. Από την απληστία του Μίμη δεν είχαν χαρεί ούτε μισό χιλιάρικο κέρδος. Εκείνος περίμενε να φτάσουν τα τοκισμένα σε ένα ύψιστο ποσό απόδοσης και μετά έβλεπαν. Και δεν είδαν τίποτε. Όπως χιλιάδες άλλοι επενδυτές στη συνέχεια, καθώς η πυραμίδα του κέρδους σωριαζόταν στα επισφαλή της θεμέλια.

Η Μαργαρίτα πρώτη τον είδε να καταρρέει μέσα στο σπίτι του με ένα σοβαρό εγκεφαλικό. Τον άκουσε να λέει μόνον: «Η κατάρα, η κατάρα του γιου σου, του Μανόλη η κατάρα».

Αυτά μου τα είπε πολύ μετά για να μη με τρομάξει, αλλά εγώ γελούσα σαδιστικά. Δεν ήθελα να της πω: «Ποιανού κατάρα, βρε Μαργαρίτα, του γιου ή της μάνας;».

Αλλά το δραματικό έργο είχε πια παιχτεί. Ένα δεύτερο, μικρότερο εγκεφαλικό έστειλε τον Μίμη μισοπαράλυτο κατευθείαν σε ίδρυμα αποκατάστασης στα προάστια της πρωτεύουσας και τη Μαργαρίτα εκτός του σπιτιού του και της ζωής του. Δεν της είχε εξασφαλίσει τίποτε, απλώς της είχε καταληστέψει δυο μικρά εξοχικά.

Αυτή τη φορά οι κληρονόμοι του Μίμη ήταν αμείλικτοι, αδυσώπητοι. Η Μαργαρίτα μάζευε τα ρούχα της στο διαμέρισμά του κι εκείνοι την περίμεναν όρθιοι με το κλειδί στο χέρι.

Εκείνη γύρισε και τους είπε: «Μου έφαγε την περιουσία αλλά χαλάλι του. Τώρα η σειρά σας να καταλήξετε σαν κι εκείνον!».

Τους πέταξε στη μούρη έναν τεράστιο φάκελο με τις νεκρές επενδύσεις και τις μετοχές.

Ένα απίστευτα πολυπληθές σόι γέμισε το διαμέρισμα, εκεί όπου άλλοτε ο Μίμης ζούσε σαν μοναχικό αγρίμι.

«Πού ήσασταν, καλέ εσείς, τόσον καιρό;» τους έλεγε φεύγοντας.

«Ανισόρροπη είναι, αφήστε την» είπε μια μεγαλύτερη αδελφή βλέποντας τα κόκκινα τακούνια της μάνας μου.

«Εμένα θα θυμάται ο Μίμης, τα γλέντια και τα καζίνα μας. Και τα εκατομμύριά μας που έγιναν αέρας. Και το 'λεγα εγώ. Η κατάρα, εκείνη η αρχαία κατάρα τον βρήκε...»

Στη λέξη «κατάρα», ακόμη και οι αμείλικτοι συγγενείς βουβάθηκαν. Ύστερα άνοιξαν τα παράθυρα και έφτυναν στον κόρφο τους. Άλλο κακό να μην τους βρει.

12

Η ΜΑΡΓΑΡΙΤΑ ξαναγύρισε στο διαμέρισμα της Σπύρου Μερκούρη, λίγο ηττημένη, λίγο αλλοπαρμένη, λίγο μεγαλύτερη. Τις πρώτες μέρες δεν ήθελε να συζητάμε το θέμα, έκανε δουλειές, σιωπούσε και φρόντιζε, όταν επέστρεφα νωρίς, να αποτραβιέται στο δωμάτιό της, το μικρότερο πια. Άλλωστε εκεί ήταν και η τηλεόραση και τη βόλευε. Μεγάλωνε, έκανε περισσότερη οικονομία δυνάμεων.

Μια μέρα μού έδειξε ένα γράμμα που μας τάραξε και τους δύο. Ήταν από την Ντίνα, το γραμματόσημο από τη Συρία, ενώ απευθυνόταν σε εκείνη προσωπικά και όχι σε μένα. Είχε πάει, έλεγε, να βρει τη φίλη της τη Ζωή, δέχτηκαν να ξανασμίξουν και να ξεπεράσουν τις φοβίες τους τόσα χρόνια μετά. Περνούσαν καλά με γεύματα, ξεναγήσεις, έμειναν ένα βράδυ στην Παλμύρα, στο Hotel Heliopolis, για να δούνε το ηλιοβασίλεμα ανάμεσα στα θεσπέσια ερείπια.

Ταξίδευαν με το αυτοκίνητο του Ραΐντ, άλλοτε οι τρεις τους και άλλοτε με έναν φίλο τους, γιατρό επίσης. Αυτές οι βόλτες σιγά σιγά τις έκαναν να ξεχνάνε τα παλιά και λειτουργούσαν θεραπευτικά. Τραγουδούσαν και γελούσαν και όλα φαίνονταν σαν περασμένα. Μακάρι –

άλλωστε μπορούσαν να ταξιδεύουν πάνω σε ακίνδυνες καμήλες λικνιζόμενες στην έρημο της Μεσοποταμίας...

Η Ντίνα, συνέχιζε το γράμμα, φιλοξενείτο στο τεράστιο σπίτι των Αγιάντ –μπα, χρησιμοποιούσε το επώνυμο του συζύγου;–, είχε το δικό της δωμάτιο, έγραφε κάποια προσωπικά κείμενα. Η Ζωή ασχολιόταν με τα καθημερινά και με τη μετάφραση Αράβων ποιητών και πάντα ονειρευόταν να ολοκληρώσει μια διατριβή πάνω στον παρενδυτισμό, που γνώρισε τόσο έντονα ως φοιτήτρια στο φιλικό της περιβάλλον. «*Είμαστε ευτυχισμένοι εδώ, Μαργαρίτα μου*» κατέληγε «*μακάρι να ήταν και ο Μανόλης μαζί μας και να κάναμε όλοι μια νέα αρχή*».

Παρενδυτισμό; Τι έστηνε πάλι η αμετανόητη Ζωή;

Η Μαργαρίτα το διάβαζε και το ξαναδιάβαζε το ίδιο απορημένη κάθε φορά. Ρωτούσε να μάθει για τη Συρία, ρωτούσε και εμένα γιατί δεν πήγαινα να τις βρω.

Κι εγώ χαμογελούσα: «Ο καθένας με τον τρόπο του, μάνα» της έλεγα. Μικρές πρόσκαιρες αποδράσεις, μετατοπίσεις, καλές μου. Κατά βάθος προσπαθούσα να καταλάβω τι έκρυβε αυτή η απόδραση της Ντίνας, πόσο εννοούσε όσα έλεγε, κι αν δεν αναγνώριζα τον γραφικό της χαρακτήρα, θα αμφισβητούσα ακόμη και την ταυτότητά της.

Σιγά σιγά η Μαργαρίτα άρχισε να ξεμυτάει περισσότερο, έκανε παρέα με την κοπέλα που έφτιαχνε τα κοσμήματα, τη Λίνα, τώρα είχαν λατρέψει η μία την άλλη για λόγους που μόνον εκείνες γνώριζαν ή αγνοούσαν. Η Λίνα, γύρω στα σαράντα, έβγαινε πολύ με κοσμικές και πλούσιες φίλες της και την επόμενη μέρα τής διηγιόταν πού είχε πάει και με ποιους. Η Μαργαρίτα άκουγε, χαιρόταν, σχολίαζε, αν και πολλές φορές προσποιούνταν ότι άκουγε.

Τακτικά πήγαινε για καφεδάκι στο καφενείο του Σάμη. Αναγνώρισε κάποιους από την παρέα του Μίμη, πιο κουρασμένους και πιο κατηφείς. Εκείνη όμως καθόταν και έπινε στη γωνιά της το καφεδάκι, πήγαινε νωρίς το απόγευμα, όταν δεν είχε πολύ κόσμο ούτε ποδόσφαιρο στην τηλεόραση που κρεμόταν στο κέντρο του μαγαζιού. Έλεγε καμιά κουβέντα με τον Σάμη και απολάμβανε τη θέα του δρόμου πίσω από την τζαμαρία. Εκείνος έσκυβε ενοχικά το κεφάλι κάθε φορά που την έβλεπε, της θύμιζε τον Μίμη, τη γνωριμία τους στο μαγαζί και όσα ακολούθησαν.

Δεν της ξέφευγε πατημασιά, αφού όλοι περνούσαν κολλητά από την τζαμαρία και, ακριβώς πίσω της, καθόταν εκείνη, σιωπηλή, αινιγματική, όπως της άρεσε να φαίνεται, με ύφος βασανισμένης γυναίκας που γνώρισε τα πάντα αλλά η ζωή συνεχίζεται και θα την υπομείνει ακόμη.

Εκεί θα τη θυμούνται ακόμη οι θαμώνες του καφενείου, τη μοναδική γυναίκα που καθόταν στην ίδια θέση, με γυρισμένη, πολλές φορές, την πλάτη. Η Μαργαρίτα νοιαζόταν για τη θέση της και, αν καθόταν κάποιος άλλος, έφευγε. Γι' αυτό και ο Σάμης πολλές φορές άραζε ο ίδιος στο τραπεζάκι της ή άφηνε προσωπικά του πράγματα για να μην πάει άλλος κανείς.

Με τον καιρό η Μαργαρίτα γινόταν η μασκότ και η βιτρίνα του μαγαζιού, ανησυχούσε αν δεν την έβλεπαν, αφού πολλοί κάτοικοι της γειτονιάς την αναγνώριζαν, της κουνούσαν το κεφάλι αλλά κανείς δεν τολμούσε να τη συντροφέψει. Μόνον όταν καλοκαίριασε και άνοιξαν διάπλατα οι τζαμαρίες, τότε εκείνη αποτραβήχτηκε λίγο παραμέσα, αφήνοντας να ξεχύνονται προς την πλευρά του δρόμου οι γάμπες της. Ευτυχώς δεν είχε πια πρότυπο τη Σάρον αλλά τη Ζωζώ, όπως κατάλαβα από τις συζητήσεις μας, που έφταναν σε τέτοια επίπεδα. Διάλεγε μια μεγαλύτερή της για σύγκριση, «μια πολύ μεγαλύτερή της» τόνιζε.

Για μένα ασφαλή δικλείδα αποτελούσε το διάβασμα και το προσωπικό γράψιμο. Όποτε ήθελα να απομονωθώ, έπαιρνα τον δρόμο ή το τρόλεϊ και έφτανα στην Αλκιβιάδου, στα γραφεία του Μίλτου, που παρέμεναν άδεια τον περισσότερο καιρό, μια κι εκείνος τα χρειαζόταν μόνον ως έδρα παραγωγής. Ακόμη και την πολύτιμη κάμερα την κουβαλούσε στο σπίτι του, δεν είχε τίποτε να φοβηθεί από κλοπές σε εκείνο το ψηλοτάβανο κτίριο. Πήγαινα εκεί, είχα διαμορφώσει μια γωνιά δίπλα στο σαλόνι, που έβλεπε πάνω στον δρόμο, καθόμουν και διάβαζα ή διαλογιζόμουν.

Αναλογιζόμουν τις επόμενες κινήσεις μου, μεγάλωνα, υπήρχαν θέματα που θα τα έβρισκα στον δρόμο μου, όπως η ασφάλιση, τα ένσημα, αυτά τα περίπλοκα και δύσκολα ζητήματα της ελληνικής γραφειοκρατίας, διασκορπισμένες δουλειές, πληρωμένες με δελτίο παροχής υπηρεσιών που όμως το έκλεινα και το άνοιγα ανάλογα με τις ανάγκες μου, ερχόμενος σε αληθινή σύγκρουση με την εφορία. Μα πώς θέλανε τακτικές εισφορές από κάποιον που δεν είχε σταθερή δουλειά;

Αυτή η αίσθηση του προσωρινού θα κρατούσε –άραγε– όλη μου τη ζωή; Ποια ακριβώς; Και γιατί είχα εγκαταλείψει τον Σβεν, το σπίτι μας, διαλύοντας τη δήλωση συμβίωσης και χάνοντας μια πιθανότητα να αποκτήσω διπλή υπηκοότητα; Τι είχα κάνει τώρα; Πού είχα επενδύσει, εκτός από το να φροντίζω ένα μέλος της οικογένειάς μου, αυτό που μου είχε απομείνει; Πού ήταν ο εαυτός μου, πού κατοικούσε μέσα σε όλο αυτό;

Έκανα τακτικά την καθιερωμένη μου βόλτα προς την Ακαδημία Πλάτωνος, τον λιγότερο τουριστικό τόπο της πόλης, κι εκεί άραζα όπου μπορούσα. Καμιά φορά άνοιγα έναν πλατωνικό διάλογο, προσπαθώντας να τον αισθανθώ εντός πεδίου, μάλλον το κείμενο δεν ήταν ο τόπος του και εγώ λίγο παραπάνω γραφικός.

Ώσπου μια μέρα –ύστερα από καιρό που είχα να φανώ εκεί– εμφανίστηκε μια μικρή ομάδα τουριστών, μορφωμένοι προφανώς, γιατί άκουγα παραδίπλα να μιλάνε αγγλικά με ξενική προφορά. Προσπαθούσαν μάλιστα να εκφραστούν σε ένα κράμα αττικής διαλέκτου. Ήταν Ευρωπαίοι, μορφωμένοι άνθρωποι ή ακαδημαϊκοί, είχαν έρθει για πνευματικό προσκύνημα.

Ανέλαβα πρόθυμα να τους μιλήσω και να τους καθοδηγήσω στον χώρο με τον δικό μου τρόπο. Τους μιλούσα με την έπαρση ή μάλλον την περηφάνια της γνώσης που αποκτήθηκε με εμπειρικό τρόπο και όχι μόνο σπουδαγμένο. Με παραδείγματα και προβληματισμό, χωρίς συσκοτίσεις και δαιδαλώδεις παραπομπές. Φεύγοντας, μου ζήτησαν ένα τηλέφωνο, το όνομά μου.

«Πού είναι η σχολή σου;» με ρώτησαν.

Μου έδωσαν μια λαμπρή ιδέα, να λοιπόν που ο ευλογημένος χώρος με οδηγούσε σε νέες ατραπούς.

Σώφρων ή παράφρων; Το μέλλον θα το έδειχνε.

Τους έδωσα κι εγώ τη διεύθυνση της οδού Αλκιβιάδου 30 κι εκείνοι χαμογέλασαν ακούγοντας το όνομα, δε γνώριζαν φυσικά ότι στο ίδιο κτίριο στεγαζόταν παλιότερα ένα μπουρδέλο και στο εξής μια άτυπη, μη αναγνωρισμένη σχολή πλατωνικών ιδεών που συντηρείτο με εισφορές αποκρυμμένες από την εφορία. Τόσο χρήμα έρεε, τα δικά μου πλατωνικά δίδακτρα θα φορολογούσαν, που δεν έφταναν ούτε για τα βασικά έξοδα του μήνα;

Δεν τους έφτανε ότι δίδασκα τους «προγόνους» τους; Άσε που οραματιζόμουν μια δημόσια δίκη όπου θα τους κατακεραύνωνα για όσα είδα και άκουσα στην πολιτεία των Αθηναίων και πρωτεύουσα της χώρας. Στο μεταξύ κανείς δε με ενόχλησε γιατί κανείς δε θα με αναγνώριζε στο εξής, και έτσι χάθηκε η ευκαιρία για μια δική μου απολογία.

ΜΕΡΟΣ ΤΕΤΑΡΤΟ

Το υστερόγραφο της Μαργαρίτας

ΟΠΩΣ ΚΑΘΟΤΑΝ ΣΤΟ ΚΑΦΕΝΕΙΟ, αποστεωμένη και μόνη και κανείς πια δεν αναρωτιόταν για την ύπαρξή της αλλά, είτε βρισκόταν στη θέση της είτε όχι, θεωρείτο διαγραμμένη αυτονόητα, κατεβάζοντας την τελευταία ρουφηξιά ενός μέτριου ελληνικού καφέ, αναρωτήθηκε: «Ποια είμαι και τι κάνω εδώ πέρα; Ποιο είναι το εδώ και ποιο το πέρα;». Και πάλι: «Ποια είμαι εγώ; Και ποιο εγώ;».

Στο ερώτημά της, εκείνη τη μέρα, δεν έδωσε απάντηση κανείς, ούτε περαστικός ούτε θαμώνας. Ούτε καν το αναποδογυρισμένο φλιτζανάκι του καφέ σκέφτηκε να διαβάσει, γιατί τελευταία δε διάβαζε ούτε και έγραφε τα γράμματά της.

«Θα ρωτήσω τον γιο μου» σκέφτηκε. «Εκείνος σ' όλα έχει μιαν απάντηση».

Όμως κι εκείνος δε ζούσε μήτε εδώ μήτε παραδίπλα. Βρισκόταν παραπέρα, σ' άλλο δρόμο, σ' άλλο σπίτι. Σε ένα μακρόστενο κτίριο, ένα ρυτιδιασμένο παλιόσπιτο.

«Θα του τηλεφωνήσω» αποφάσισε.

Γυρίζοντας σπίτι, βρήκε στην κουζίνα πολλά άπλυτα πιάτα από μέρες, ασκούπιστο το τραπέζι, χιλιάδες μυρμήγκια να πορεύονται σε φανερές και μυστικές διαδρομές κουβαλώντας ψίχουλα και αποφάγια.

«Έχει κι αύριο μέρα να πλυθούν» αποφάνθηκε. «Μέρα είναι κι αύριο. Όμως ποια μέρα;»

Στο σαλόνι μέσα όλα μισοάδεια. Εκείνος έπαιρνε τα βιβλία του λίγα λίγα και, ένα πρωινό με ένα φορτηγάκι, ήρθε και τα κουβάλησε όλα στο παλιόσπιτο· της είπε να κρατήσει μερικά για να 'χει, κι εκείνη του απάντησε ότι την κούραζε πια το διάβασμα. Όλα ήταν ψεύτικα εκεί μέσα, είχε ανάγκη τη ζωή απ' έξω. Όμως στην πραγματικότητα την κούραζε η φανταστική συνέχεια μιας ιστορίας ενώ αυτή αντιλαμβανόταν τη ζωή της τμηματικά.

Τότε εκείνος της είπε «Εκεί είναι το δικό μου σπίτι, το γραφείο μου, είναι σαν δουλειά, έρχονται και με βρίσκουν Έλληνες και ξένοι, μιλάμε, κάνουμε διαλόγους, καταλαβαίνεις;».

Γνώση, νόηση, κατανόηση, συνεννόηση. Χαζή είναι; Επειδή δε σπούδασε δεν καταλάβαινε; Αρκετά κι αυτό με τους μορφωμένους που νομίζουν ότι ξέρουν τον κόσμο. Ξέρουμε ό,τι βλέπουμε, μιλάμε κρατημένα για όσα ξέρουμε. Όλα τα άλλα φεύγουν στον αέρα, λόγια πεταμένα.

Αν βέβαια εκείνος ήταν πιο έξυπνος, θα είχε μια καλή οικογένεια και παιδιά, «θα είχα κι εγώ να βλέπω εγγόνια, θα ήμασταν μαζί στις γιορτές, στις χαρές και στις λύπες».

Όμως εκείνος, απ' όταν σπούδαζε, τριγύριζε στα Βαρδάρια μ' αλήτες κι ύστερα ξενόφυγε στα κρύα του Βορρά –ποιος ξέρει τι έκανε κι εκεί, κουβέντα δεν έβγαλε–, «και μετά γύρισε για να μας βάλει στη θέση μας. Αν δεν επέστρεφε, δε θα γινόταν καμιά φασαρία με τον Παντελή, εμείς μια χαρά τα βρίσκαμε, και όταν έγινε ό,τι έγινε...».

Ως εδώ. Δεν έγινε ό,τι έγινε. Έγινε αυτό που έγινε. Να το ξέρει και να το θυμάται και να μη μου το παίζει μόνο φιλοσοφίες.

Γιατί γύρισες, παιδί μου; Καλώς όρισες. Εγώ σου είχα πει ότι ο Παντελής με χτυπούσε; Ε, καμιά φορά η αγάπη σηκώνει και τέτοια, γίνεται βία. Και μετά πάλι αγάπη.

Και μετά είπες να μείνεις τρεις μέρες λίγο να μας δεις και να δεις τι θα κάνεις, δεν ήθελες να ξαναφύγεις πίσω, κάτι είχε χαλάσει εκεί πέρα στη Σουηδία, τόλμησες να ψελλίσεις. Άκουγες ότι τα πάει μια χαρά η Ελλάδα από δω και πέρα, τι τρέχετε δούλοι στην Ευρώπη; Και ευρώ θα μας δώσουν σύντομα.

Έμεινες ένα μήνα, ήρεμος δεν ήσουν ούτε εσύ ούτε κι εκείνος. Βουνά και θάλασσες στο κατόπι, σαν τα κατσίκια του νησιού. Δε χωνευόσασταν αλλά και δε χωρίζατε με τίποτε. Από παιδί και φοιτητή εκείνος σε πείραζε και σε έτρεχε, κι εσύ όμως κάτι του έκανες, τον θύμωνες, τον άφηνες να σ' αγαπάει και μετά τον έσπρωχνες με θυμό.

Τον έσπρωξες. Εσύ πρώτα. Τόσον καιρό δεν το έλεγα. Δεν τα λέγαμε.

Εσύ τον έσπρωξες πάνω στον καβγά κι εγώ έτρεξα να σας τραβήξω και τράβηξα πίσω μόνον εσένα. Έπρεπε να σώσω έναν από τους δύο: ή εσένα που έσπρωξες τον Παντελή στα κύματα ή εκείνον που θαλασσοπνιγόταν και σε παρέσυρε στον βυθό μαζί του. Κι εγώ, το τελευταίο δευτερόλεπτο, τράβηξα πίσω εσένα.

Εκεί στην προβλήτα, με το καΐκι έτοιμο να ανοιχτεί και να ρίξει τα δίχτυα, έβαλα τέτοια δύναμη που θα τραβούσα βράχο.

Αυτά τα ξέρεις, μα δεν τα λέμε, ούτε θα τα πούμε πουθενά, πάλιωσαν γρήγορα, ακόμη και η αδελφή μου τα ξέχασε. Ύστερα, «Θα σε σώσω εγώ» μου έλεγες. «Δεν είδες τίποτε». «Όλα τα είδα» φώναξα εγώ.

Είδα που σε είχε τραβήξει από τον λαιμό, σου είχε σκίσει το πουκάμισο, είδα το αλαφιασμένο του βλέμμα. Δεν ήμουν χαζή αλλά εκείνη τη στιγμή ένιωσα να ανοίγουν οι ουρανοί και να 'ρχεται τ' Άγιο Πνεύμα.

Είδα ότι ο Παντελής σού είχε πάθος, να σε λιώσει, να σε ρουφήξει, να σ' αρπάξει. Ακόμη και μαζί μου εξαιτίας σου έμπλεξε. Από παιδί σε ήθελε γιο του, δικό του.

Ας μάθεις το μεγάλο, βαρύ μυστικό.

Δεν κατάλαβες γιατί ήσουν μοναχογιός; Γιατί δε σ' αγάπαγε κατά βάθος ο Αναστάσης; Δε σου το 'πε κανένας ότι τα μιλήσαμε με τη Ρούλα επειδή ο Αναστάσης δε μου έκανε παιδί, να κάνουμε ένα, μια κι έξω, με τον δικό της άντρα;

Και τι θαρρείς, ότι κι ο Αναστάσης δεν το κατάλαβε; Δεν ήξερε τι κουβαλούσε στα μπατζάκια του; Κι ας ήταν δυνατό, ανθηρό δεν ήταν. Όμως έβαλε το κεφάλι του στα σκέλια και έβγαλε τη μούγγα. Θα είχε κι αυτός απόγονο – δανεικό.

Τυχαία θύμωνε μετά με το «παιδί του», τυχαία έβριζε και μας κουβάλησε όλους και φύγαμε στη Γερμανία; Τάχα μόνο φοβόταν τη δημοκρατία μην τον τιμωρήσουν, όπως τους χουντικούς; Όμως εκείνος τιμώρησε εμάς.

Κάτσε τώρα να φιλοσοφείς, γιε μου, να μουρλαίνεσαι και να μιλάς με τους ξένους και τους τουρίστες.

Γιατί δεν κάνεις και μια συζήτηση με τον εαυτό σου,

αφού κατά βάθος τα ένιωσες όλα, τα ξέρεις καλά αλλά δε θέλεις να τα αποδεχτείς. Όμως ούτε κι εγώ θα σε σπρώξω στην ομολογία, γιατί αυτό θέλεις, ε;

Θέλεις να το μάθεις σίγουρα από μένα γιατί κάποιος άλλος θα φταίει ξανά. Όμως όχι. Να τα βρεις μόνος σου και με την τύχη που μας έπεσε.

Γιατί όσα άτυχα έγιναν ήταν τυχαία κι έγιναν έτσι, μπορεί να ήταν και για το καλό μας.

Εσύ κάτσε εκεί, στο ρημαδόσπιτο, να τα σκέφτεσαι. Κι εγώ θα είμαι κοντά όσο θα υπάρχω ακόμη.

Κι άμα φύγω, δε θα σου θυμίζω τίποτε και κανέναν. Και μπορεί να είναι καλύτερα και για τους δυο μας που δε θα αφήσουμε τίποτε πίσω. Τουλάχιστον εγώ. Θα 'ναι το δώρο μου. Να μη σου είμαι τίποτε. Και σου υπόσχομαι ότι ακόμη και στα όνειρά σου θα είμαι μακριά.

ΥΣΤΕΡΑ ΕΨΑΞΕ να βρει τα πιο ταιριαστά ρούχα, φόρεσε ένα μπλε ταγέρ λίγο βαρύ για την εποχή, φορτώθηκε σκουλαρίκια και βραχιόλια, δικά της και της θείας, έβαλε με δυσκολία τα κόκκινα παπούτσια της και βγήκε από το διαμέρισμα χωρίς καν να κλειδώσει. Ο ήλιος τής θάμπωνε τα μάτια και έψαξε στην τσάντα της να βρει τα γυαλιά. Ήταν της θείας, παλιοκαιρίσια, περισσότερο δυσκόλευαν την όραση.

Τι ώρα είναι, τι μήνας, τι χρονιά;

Μήπως έχει νόημα; Αφού έχω ακόμη τα πόδια μου, τις γάμπες μου, αφού ακόμη μπορώ και περπατάω και στηρίζω το κορμί μου.

Κατέβηκε τη λεωφόρο που ανοιγόταν μπροστά της και έφτασε σε ένα μεγάλο πάρκο που θυμόταν ότι κάποτε εκεί κοντά έμενε ο γιος της.

Στη μέση και κατά μήκος του δρόμου οι εργάτες και τα μηχανήματα έσκαβαν ακόμη, σκόνες, σκάμματα, σίδερα, τρύπες, οι εργάτες φορούσαν κίτρινα κράνη.

«Πού πάτε, κυρία μου, από δω;»

«Στα κόκκινα φανάρια».

«Θα αργήσουν να ανάψουν τα πράσινα και τα κόκκινα φανάρια, μαντάμ. Ας φτιάξουμε πρώτα τις γραμμές».

Εκείνη τους έκανε τη χάρη, βγήκε από τη μέση της γραμμής όπου θα έτρεχε το τραμ και βάδιζε παράλληλα με τα αυτοκίνητα και τους περαστικούς, προχωρούσε νότια, προς τη θάλασσα και το λιμάνι, στο στέκι της, κουνούσε λάγνα τα πόδια της, ήταν έτοιμη να πάει και να βρει το απάγκιο της.

Κανείς δε θα την πείραζε, κανείς δε θα την κουνούσε από εκεί μέχρι να φανεί ένα σημάδι από τα ανοιχτά.

Σταδιακά έγινε μια κουκκίδα που χάθηκε μέσα σε ένα τεράστιο ασημένιο σύννεφο που κατέβαινε, άπλωνε και έπνιγε τον αττικό ουρανό, μαζί και τη λαμπερή πολιτεία.

ΜΕΡΟΣ ΠΕΜΠΤΟ

Οδός Αλκιβιάδου

ΜΠΑΙΝΩ ΣΤΗΝ ΟΔΟ ΑΛΚΙΒΙΑΔΟΥ βαδίζοντας προσεκτικά. Τόσο προσεκτικά που, πολλές φορές, οι περαστικοί ή κάποιοι άνθρωποι στα μπαλκόνια με κοιτάνε απορημένα καθώς παρατηρώ και τις παραμικρές λεπτομέρειες. Μελετώ τις προσόψεις των κτιρίων, φαντάζομαι πώς θα 'ναι εσωτερικά και αυτά αλλά και εκείνοι που τα κατοικούν· προσπαθώ να κλέψω μια θέα της δικής τους ζωής από τα μέσα προς τα έξω. Το έκανα παιδί αυτό, όταν με άφηναν οι γονείς μου και έφευγαν για τη δουλειά.

Αυτοί οι στενοί δρόμοι, οι σχεδόν ανήλιαγοι, έχουν κλείσει συμβόλαιο με τον ήλιο να μην τους κατακλύζει χορταστικά, τα καλοκαίρια όμως κρατάνε τη δροσιά τους γιατί, αν πεις για δέντρα, πάνε απ' εδώ –ούτε δείγμα–, μόνο στις καθέτους της Ιουλιανού και της Ηπείρου αφέθηκαν λίγα, εδώ χρειάστηκε να δώσουν θέση στα αυτοκίνητα, που κανείς δεν είχε προβλέψει πόσο θα πολλαπλασιάζονταν στην καρδιά της πόλης.

Προχωράω ωστόσο και καταμετρώ τα κτίρια.

Να, εδώ, στο νούμερο 10, ζούνε μια χαρά οι παλιοί ένοικοι. Έχουν μονίμως ανοιχτά τα παράθυρα, με ζεστούς φωτισμούς μέσα. Μένουν στον πρώτο όροφο, τον δεύτερο τον έχουν κλειστό τους χειμώνες. Το συντηρούνε άψογα αυτό το τετραγωνισμένο κτίριο, απ' έξω τουλάχιστον αγγίζει την ψεύτικη τελειότητα των ανακαινισμένων σπιτιών. Πώς όμως να ζεστάνουν στα κρύα ένα ολόκληρο διώροφο;

Πιο εδώ στεγαζόταν μια μεγάλη εταιρεία, φράζεται από μια ογκώδη μεταλλική βιομηχανική είσοδο. *ΦΑΡΜΑΚ...*, ό,τι απέμεινε στη σκαλισμένη μεταλλική επιγραφή. Παράξενο κτίριο για να βρίσκεται τόσο μέσα στην πόλη, ωστόσο ξεχνάω ότι κάποτε η Αθήνα δεν απλωνόταν μέχρις εδώ.

Να μαστε και στην Αλκιβιάδου 30, μπρος στα δύο ξεχαρβαλωμένα μαρμάρινα σκαλοπάτια. Μάλιστα το ένα έχει αντικατασταθεί με κάποιο παράταιρο. Εδώ είναι το δικό μου σπιτικό. Δικό μου; Και σπιτικό; Ας μην έχω αυταπάτες. Δεν είχα ποτέ δικό μου, ιδιόκτητο χώρο, και ίσως να μην αποκτήσω. Εντούτοις είμαι αποφασισμένος να ζήσω σ' αυτό το παρατημένο σπίτι όσο πάει, αφού το σπίτι στη Σπύρου Μερκούρη πουλήθηκε για να ξοφληθούν τα χρέη που άφησε πίσω της η μάνα μου με τις πιστωτικές κάρτες.

Ήταν η πιο επώδυνη διαδικασία: να αποδεχτώ την κληρονομιά της, άρα τον οριστικό της χαμό. Κι έτσι, να μπορέσουν οι πιστωτές να πάρουν πίσω και την τελευταία ρανίδα σταθερότητας. Καημένη Πηνελόπη, πού να 'ξερες! Όσα έχτισες κατάντησαν άυλα χρέη σε πιστωτικά ιδρύματα.

Ξεκλειδώνω την ξύλινη πόρτα, πλαισιωμένη από δύο κολόνες ψευδοκορινθιακού ρυθμού, δίφυλλη εξώπορτα, το ρόπτρο κλεμμένο και αντικαταστημένο από ένα μυτερό σίδερο για να χτυπάει, μακρόστενα παράθυρα με προστατευτικά κάγκελα, ραγισμένο το αριστερό τζάμι. Η μυρωδιά της σταθερής μούχλας χτυπάει στη μύτη σαν καλωσόρισμα. Την έχω συνηθίσει, έχει διαποτίσει εδώ και δεκαετίες –υποθέτω– ντουβάρια και πατώματα.

Ανεβαίνω την ξύλινη εσωτερική σκάλα, τρίζουν τα σκαλοπάτια, ζορίζονται, όπως στις ιστορίες μυστηρίου· τα μετράω κάθε φορά, τα ίδια, μήπως και αλλάξει κάτι, το συνηθίζω να μετράω όταν ανεβοκατεβαίνω σκάλες, μου δίνει ρυθμό και ένταση στην κίνηση.

Χρειάζομαι το περπάτημα, όχι για να φαίνομαι νεότερος ή πιο λεπτός –είμαι ένας κανονικός στα κιλά σαραντάρης, αν κρίνω από διακριτικά ή αδιάκριτα βλέμματα στον δρόμο και στα καφέ–, αλλά επειδή η καθημερινότητά μου είναι τόσο καθιστική. Φροντίζω λοιπόν κάθε τρεις τέσσερις ώρες να βρίσκω μια αφορμή και να κάνω τη γύρα ενός τετραγώνου. Οι λιγοστοί γείτονες και επαγγελματίες με έχουν συνηθίσει να βαδίζω λίγο σκεπτικός λίγο απόμακρος. Όμως εμάς όλους εδώ στην περιοχή μάς ενώνει η αποχή από το κυρίως σώμα της πόλης, γιατί κανείς δε ρισκάρει να μείνει μετά την πλατεία Βάθη προς τα δυτικά· και να σκεφτείς ότι δυτικά βρίσκεται η βασική πύλη της Αθήνας.

Τρίζουν τα σκαλοπάτια. Όμως εμένα δε με ενοχλεί να ζω εδώ όσο μου παραχωρείται το μέρος. Φυσικά δεν είναι σπίτι για οικογένεια, ακόμη και να ζούσε εδώ η Μαργαρίτα, θα δυσκολευόταν σ' αυτές τις σκάλες, άσε που θα έπρεπε να βγάζει τα τακούνια της στο πλατύσκαλο.

Μπαίνω στο μεγάλο σαλόνι, εσωτερικές ξύλινες πόρτες ενώνουν τα δύο μεγάλα μπροστινά δωμάτια, σαλόνι και τραπεζαρία μαζί. Τις άνοιγαν στις γιορτές και στα πάρτι των παιδιών. Τέσσερα μεγάλα παράθυρα, δύο σε κάθε δωμάτιο, και δύο στενόμακρες πόρτες με στενά μπαλκόνια κατευθύνονται προς τον δρόμο. Φως πολύ εισέρχεται στον δεύτερο, παρά το γεγονός ότι ο ήλιος δε μας προτιμάει ιδιαίτερα από τη στιγμή που απέναντι ανυψώθηκε μια κακοφορμισμένη οικοδομή στην οποία σήμερα μένουν Πολωνοί και Ρωσοπόντιοι, απ' ό,τι βλέπω. Η μάνα μου θα μπορούσε να τους καταλάβει με την πρώτη ματιά, μια ζωή ξενιτεμένη, η ματιά της σκανάριζε πρόσωπα σαν διαβατήρια. Πάντως δεν της άρεσαν τα παλιά σπίτια, ακόμη και συντηρημένα. Φοβόταν το παρελθόν τους, τη φθορά που δεν καλυπτόταν με καμία ανακαίνιση.

Ξύλινα πατώματα, σκοροφαγωμένα, αγυάλιστα από καιρό, περπατημένα, μαυρισμένα όπου σύρθηκαν έπιπλα και βούλιαξαν μυτερά τακούνια. Κουφώματα που δεν είναι για χάιδεμα, γιατί οι ακίδες θα φωλιάσουν κάτω από το δέρμα σου. Ψηλά ταβάνια, απαγχονισμένος πολυέλαιος απ' τον οποίο λείπουν κομματάκια κρύσταλλα, εκείνα τα διαφανή λαμπερά δάκρυα, μνήμες του χρόνου.

Η Μαργαρίτα λάτρευε τα κρύσταλλα. Αν ήθελε, θα της τα είχα αποκαταστήσει με τα λιγοστά λεφτά που μου απόμειναν. Ενώ η πόλη βυθίζεται στα έξοδα και στο χρήμα και φτιασιδώνεται για τους Ολυμπιακούς αγώνες, εγώ ζω κυριολεκτικά με τα λιγότερα χρήματα που έβγαλα στη ζωή μου. Πιο συγκεκριμένα, δε βγάζω παρά τόσα όσα χρειάζονται για την καθημερινότητά μου.

Καθώς δεν έχω κινητό, δεν μπορεί να με αναζητήσει κανείς, ούτε καν η Ντίνα, που με κουβαλούσε στα καλά στέκια. Στο Multi Culti δεν πηγαίνω πια, κι ας με εκλιπαρεί όταν με συναντήσει τυχαία ο Κώστας μέσα σε κανένα βιβλιοπωλείο. Δεν έχω ούτε την κατάλληλη εμφάνιση ούτε τη διάθεση για κοσμική ζωή. Προτιμώ να γράφω αργά αργά ένα κείμενο, κάτι σαν ημερολόγιο με όσα μου συμβαίνουν εδώ και καιρό και με ήρωα κάποιον που θα μπορούσε να μου μοιάζει. Πολλές φορές, για έμπνευση, το παίρνω μαζί μου στις εξορμήσεις μου, σε μια μικρή τσάντα που την κουβαλάω στην πλάτη. Ένα μολύβι και αυτό.

Περισσότερο πηγαίνω στην Ακαδημία Πλάτωνος μόνος ή για τις ξεναγήσεις, είναι πολύ πιο κοντά μου τώρα ή χάνομαι και σε άλλους, άσημους και άβολους δρόμους, πιο κοντινούς, που δεν καταχωρίζονται στον τουριστικό οδηγό της πόλης.

Προχθές ξέχασα το χαρτόδετο τετράδιο –με το σκληρό εξώφυλλο, για να θυμίζει έκδοση– καθώς διάβαζα όσα είχα γράψει ως τότε καθισμένος κάτω από ένα δέντρο, ξυπόλυτος. Όπως έγερνα, με πήρε λιγάκι ο ύπνος. Πετάχτηκα πάνω ύστερα από ένα παράξενο όνειρο, κάποιος ερχόταν τρέχοντας και μου το άρπαζε.

Δε θυμόμουν το όνειρο καλά, αναρωτιόμουν τι να έγινε το τετράδιο και στενοχωριόμουν που ίσως να διάβαζε κάποιος όσα είχα γράψει μέχρι τότε. Κρίμα, φαίνεται δε μου ταίριαζε η γραφή στο χέρι, ενώ στον υπολογιστή θα το είχα σώσει.

Τελικά μόνο τα γραπτά της μάνας μου διασώθηκαν καλύτερα και από σκληρό δίσκο. Κρατάω τα γράμματα της Μαργαρίτας καλά φυλαγμένα, σε ένα κουτί. Με τον καιρό απαλύνεται ο πόνος και η ενοχή, ενώ εκείνη αναδεικνύεται μια δυνατή και θαυμαστή γυναίκα. Θέλω να πιστεύω ότι υπάρχει κάπου ζώντας με τον δικό της τρόπο, κι ας μη βρέθηκαν ακόμη τα ίχνη της, παρά τις έρευνες της αστυνομίας και τις δικές μου οδυνηρές προσπάθειες να την εντοπίσω. Ωστόσο έχει αφήσει ένα γερό αποτύπωμα πίσω της, ένα πιστό αντίγραφο.

Μη φανταστείτε ότι θα ζω με τις Ερινύες μου. Δεν υπάρχει τέτοια περίπτωση, τις εκτόπισα στα υπόγεια του μυαλού και της πόλης κι άσ' τες να ολολύζουν. «*Παρ' όλα αυτά, όσο αφελείς κι όχι σκληροί κι αν σταθήκαμε η αναζήτησή μας όχι μόνον αδυνατεί να βρει την αλήθεια αλλά την περιγέλασε τόσο ώστε αυτό που εμείς πρωτύτερα, συμφωνώντας σε υποθέσεις και σε πλαστά πράγματα, δεχόμασταν ότι είναι σωφροσύνη, τελικά αυτό αλαζονικότατα μας αποδείκνυε πως είναι κάτι ανώφελο*».*

---

* Πλάτωνος, *Χαρμίδης*, ό.π., σελ. 103.

ΜΠΗΚΕ Ο ΣΕΠΤΕΜΒΡΙΟΣ, και όταν τελειώσει αυτό το φθινόπωρο, του 1999, θα μπούμε στην επόμενη χιλιετία. Ο Σβεν με είχε ρωτήσει μια φορά αν θα προλαβαίναμε να γιορτάσουμε μαζί την επόμενη χιλιετία, λες και έβλεπε τη λαχτάρα στα μάτια μου να ξαναβρεθώ πάλι μόνος. Τι άραγε θα αλλάξει στο μεταξύ αν την υποδεχτούμε με πυροτεχνήματα και μουσικές κάτω από τον Παρθενώνα, όπως σχεδιάζεται;

Σήμερα από το πρωί δεν είχα κέφια, σηκώθηκα βαρύς, πάλι εκείνα τα όνειρα, πάλι εκείνο το κενό, δίπλα μου, στο κρεβάτι, με τρόμαζε. Βγήκα να πιω τον καφέ μου στο μπροστινό μπαλκονάκι, ο ουρανός είχε θολώσει, κάτι βαρύ κρεμόταν από τα σύννεφα, που μ' άρπαζε από μέσα μου βαθιά. Τα περιστέρια είχαν στήσει πανηγύρι στα κάγκελα – δεν τους έφτανε η σκουριά τους, τώρα λιπαίνονται καλύτερα με τις κουτσουλιές τους. Ένα κοριτσάκι στο απέναντι διαμέρισμα, μόνο και έγκλειστο θαρρείς, μου έκανε νοήματα να τη σώσω χτυπώντας τα χεράκια της πάνω στην τζαμαρία.

Προσπάθησα λίγο να διαβάσω και ύστερα πέταξα μακριά το βιβλίο.

Κοντεύει μεσημέρι, θαμπά όλα.

Στο μεταξύ χτυπάνε κάτω την πόρτα με το σπασμένο ρόπτρο. Ποιος να 'ναι τέτοια ώρα; Η ελπίδα είναι σαν μια πεταλούδα που φτεροκοπάει στο σπίτι ώσπου να βρει μια χαραμάδα για να πετάξει ελεύθερη.

«Ένα λεπτό» φωνάζω. «Κατεβαίνω. Ποιος είναι;»

Κατεβαίνω τρέχοντας τις τριζάτες σκάλες.

«Ποιον θέλετε;» ξαναρωτάω.

Ανοίγω την πόρτα και πέφτω πάνω του, στον αθλητή που τρέχει παντού. Κρατάει στα χέρια του το τετράδιό μου! Δεν προλαβαίνω να συνέλθω από τη διπλή έκπληξη.

«Το ξεχάσατε στην Ακαδημία» μου λέει.

«Κι εσείς πώς το βρήκατε; Πώς ξέρατε ότι ζω εδώ;»

«Βρισκόταν ανάμεσα στους θάμνους. Γράφει μέσα τη διεύθυνση».

Ανοίγει την πρώτη σελίδα για επιβεβαίωση.

Τον ευχαριστώ. Του συστήνομαι.

«Φαίδρος» μου λέει εκείνος.

Και μετά, πριν προλάβω να πω οτιδήποτε, γυρίζει την πλάτη και φεύγει τρέχοντας.

«Θα τα ξαναπούμε» ακούγεται η φωνή του πριν χαθεί στον επόμενο κάθετο δρόμο.

Μένω στο πεζοδρόμιο κοιτάζοντας τριγύρω, κοιτάζω και το τετράδιό μου. Ξαναμπαίνω στο σπίτι, βάζω βιαστικά τα αθλητικά μου παπούτσια, θέλω να βγω κι εγώ έξω, θέλω να πεταχτώ στον δρόμο, αλλά δεν προλαβαίνω να πατήσω στο πρώτο σκαλοπάτι. Ένα υπόκωφο βουητό τραντάζει το κτίριο, πρώτα αρχίζει να κουνιέται πέρα δώθε ο πολυέλαιος, που σωριάζεται με πάταγο ένα μέτρο πριν από το κεφάλι μου. Καθώς κατεβαίνω τρέχοντας τα ξύλινα σκαλοπάτια, το σπίτι τρίζει συθέμελα μαζί με το έδαφος, το υπέδαφος, τα έγκατα της γης.

Πετάγομαι στον δρόμο σε λίγα δευτερόλεπτα, ενώ πίσω μου, μέσα στο σπίτι, ακούγονται θόρυβοι, σπασίματα και τριγμοί που ακολουθούν το βίαιο τράνταγμα. Στη μέση του δρόμου, για ένα λεπτό, όλοι βουβαίνονται ξαφνικά. Σαν να δόθηκε σύνθημα από παντού, ακούγονται ουρλιαχτά, φωνές, άνθρωποι ξεπηδάνε από πόρτες και ισόγεια παράθυρα κοιτάζοντας έντρομοι αν έχει σωριαστεί πίσω τους το σπιτικό τους. Αντικείμενα, γλάστρες πεσμένα παντού, τούβλα και ακροκέραμα πάνω σε παρμπρίζ αυτοκινήτων και σε κεφάλια, αλλά ευτυχώς δε βλέπω να σωριάζεται κανένα κτίριο, κανένας άνθρωπος... ακόμη... ελπίζω...

Προλαβαίνω να δω μια μεγάλη ουλή, μια ρωγμή, να διασχίζει χιαστί το κτίριό μου στην Αλκιβιάδου 30, μια πληγή επικίνδυνη για το μέλλον τόσο του κτιρίου όσο και της δικής μου κατοίκησης. Όμως δεν μπορώ να προβλέπω τον επερχόμενο κίνδυνο. Προηγούνται οι άνθρωποι. Άραγε ο Φαίδρος, που έτρεχε δέκα λεπτά νωρίτερα, είναι ασφαλής ή μήπως βρέθηκε κάτω από κανένα ξεκολλημένο μπαλκόνι;

Πρέπει να φύγω από εδώ μέσα, ίσως προλάβω και τον σώσω αν είναι κάπου λαβωμένος, όμως όλα τα στενά κι οι δρόμοι είναι ασφυκτικά γεμάτα, τα αυτοκίνητα κορνάρουν ακινητοποιημένα, κραυγές περιγράφουν ότι έπεσαν κτίρια, ότι θάφτηκαν άνθρωποι, ότι άνοιξε ένα χάσμα ανάμεσα στην πόλη και στην Πάρνηθα, οργή Θεού, θυμός θεών.

Στρίβω στην Ιουλιανού, χάνομαι στα στενά και στις

κεντρικές αρτηρίες, προσπερνάω πεζούς κι οχήματα, σειρήνες ακούγονται παντού, ασθενοφόρα επείγονται, πηδάω πάνω από ανθρώπους και οχήματα, αναπτύσσω ταχύτητα και νιώθω ότι πετάω επιτέλους πάνω απ' όλους, πάνω από το κακό, εισπνέοντας τον πνιγμό της ατμόσφαιρας ενώ αυτό που αφήνω πίσω μου στα χαμηλά μοιάζει με μια άλλη, μια καινούργια πόλη.

Ευχαριστώ το Baltic Centre for Writers and Translators για τη φιλοξενία.

Ευχαριστώ την ψυχίατρο-αναλύτρια Χλόη Κολλύρη για μια χρήσιμη συμβουλή.